胡适致青年

HU SHI
ZHI QING NIAN

胡适 著

群言出版社
QUNYAN PRESS
·北京·

图书在版编目（CIP）数据

胡适致青年 / 胡适著 . -- 北京 : 群言出版社，2016.7

ISBN 978-7-5193-0137-8

Ⅰ. ①胡… Ⅱ. ①胡… Ⅲ. ①随笔—作品集—中国—现代 Ⅳ. ①I266.1

中国版本图书馆 CIP 数据核字（2016）第 140528 号

责任编辑：朱前前
封面设计：逸品书装设计

出版发行：群言出版社
社　　址：北京市东城区东厂胡同北巷 1 号（100006）
网　　址：www.qypublish.com
自营网店：https://qycbs.tmall.com（天猫旗舰店）
http://qycbs.shop.kongfz.com（孔夫子旧书网）
http://www.qypublish.com（群言出版社官网）
电子信箱：qunyancbs@126.com
联系电话：010-65267783　65263836
经　　销：全国新华书店
法律顾问：北京天驰君泰律师事务所

印　　刷：北京毅峰迅捷印刷有限公司
版　　次：2016 年 10 月第 1 版　2016 年 10 月第 1 次印刷
开　　本：880mm × 1230mm　1/32
印　　张：10
字　　数：215 千字
书　　号：ISBN 978-7-5193-0137-8
定　　价：38.00 元

出版说明

胡适（1891年—1962年），原名嗣穈，学名洪骍，字希疆，后改名胡适，字适之，笔名天风、藏晖等，因提倡文学革命而成为新文化运动的领袖之一，曾担任北京大学校长等职。胡适兴趣广泛，著述丰富，被誉为中国自由主义的先驱，一生获得36个博士头衔，在文学、哲学、史学、考据学、教育学、伦理学、红学等诸多领域都有深入的研究。1939年，曾获得诺贝尔文学奖提名。

胡适离世距今已有54年，作品均已公版。他的思想、学识、风度深受后世景仰，他留下的文字为中华民族宝贵的文化财富，历久弥新，读来令读者回味无穷。

《胡适致青年》是由群言出版社编辑从胡适已出版的作品中择取对青年人有启示意义的几十篇文章，重新校订出版，以飨读者。希望这些精心撷取的文章能给予青年人以启迪。

目录

发起《读书杂志》的缘起

差不多一百年前，清朝的大学者王念孙和他的儿子王引之两个人合办了一种不朽的杂志，叫做《读书杂志》。这个杂志前后共出了七十六卷，这一百年来，也不知翻刻翻印了多少次了！我们想象那两位白发的学者——一位八十多岁，一位六十多岁——用不老的精神和科学的方法，校注那许多的古书来嘉惠我们，那一副“白发校书图”还不够使我们少年人惭愧感奋吗？我是崇拜高邮王氏父子的一个人，现在发起这个新的《读书杂志》，希望各位爱读书的朋友们把读书研究的结果，借他发表出来。一来呢，各人的心得可以因此得着大家的批评。二来呢，我们也许能引起国人一点读书的兴趣，——大家少说点空话，多读点好书！

十,二,二二

（原载1921年4月4日上海《民国日报·觉悟》副刊，

又载1922年9月3日《读书杂志》第1期）

一个最低限度的国学书目

序言

这个书目是我答应清华学校胡君敦元等四个人拟的。他们都是将要往外国留学的少年，很想在短时期中得着国故学的常识。所以我拟这个书目的时候，并不为国学有根柢的人设想，只为普通青年人想得一点系统的国学知识的人设想。这是我要声明的第一点。

这虽是一个书目，却也是一个法门。这个法门可以叫做“历史的国学研究法”。这四五年来，我不知收到多少青年朋友询问“治国学有何门径”的信。我起初也学着老前辈们的派头，劝人从“小学”入手，劝人先通音韵训诂。我近来忏悔了！那种话是为专家说的，不是为初学人说的；是学者装门面的话，不是教育家引人入胜的法子。音韵训诂之学自身还不曾整理出个头绪系统来，如何可作初学人的入手工夫？十几年的经验使我不能不承认音韵训诂之学只可以作“学者”的工具，而不是“初学”的门径。老实说来，国学在今日还没有门径可说；那些国学有成绩的人大都是下死工夫笨干出来的。死工夫固是重要，但究竟不是初学的门径。对初学人说法，须先引起他的真兴趣，他然后肯下死工夫。在这个没有门径的时候，我曾想出一个下手方法来：就是用历史的线索做我们的天然系统，用这个天然继续演进的顺序做我们治国学的历程。这个书目便是依着这个观念做的。这个书目的顺序便是下手的法门。这是我要声明的第二点。

这个书目不单是为私人用的，还可以供一切中小学校图书馆及地方公共图书馆之用。所以每部书之下，如有最易得的版本，皆为注出。

（一）工具之部

《书目举要》（周贞亮，李之鼎） 南城宜秋馆本。这是书目的书目。

《书目答问》（张之洞）刻本甚多，近上海朝记书庄有石印"增辑本"最易得。

《四库全书总目提要》，附存目录，广东图书馆刻本，又点石斋石印本最方便。

《汇刻书目》（顾修） 顾氏原本已不适用，当用朱氏增订本，或上海、北京书店翻印本，北京有益堂翻本最廉。

《续汇刻书目》（罗振玉） 双鱼堂刻本。

《史姓韵编》（汪辉祖） 刻本稍贵，石印本有两种。此为《廿四史）的人名索引，最不可少。

《中国人名大辞典》（商务印书馆）

《历代名人年谱》(吴荣光) 北京晋华书局新印本。

《世界大事年表》(傅运森) 商务印书馆。

《历代地理韵编》《清代舆地韵编》(李兆洛) 广东图书馆本，又坊刻《李氏五种》本。

《历代纪元编》(六承如)《李氏五种》本。

《经籍纂诂》(阮元等) 点石斋石印本可用。读古书者，于寻常字典外，应备此书。

《经传释词》(王引之) 通行本。

(佛学大辞典》(丁福保等译编) 上海医学书局。

(二)思想史之部

《中国哲学史大纲》上卷(胡适) 商务印书馆。

二十二子：

《老子》《庄子》《管子》《列子》

《墨子》《荀子》《尸子》《孙子》

《孔子集语》《晏子春秋》《吕氏春秋》《贾谊新书》

《春秋繁露》《扬子法言》《文子缵义》《黄帝内经》

《竹书纪年》《商君书》《韩非子》《淮南子》

《文中子》《山海经》

浙江公立图书馆(即浙江书局)刻本。上海有铅印本亦尚可用。汇刻子书，以此部为最佳。

《四书》(《论语》《大学》《中庸》《孟子》) 最好先看白文，或用朱熹集注本。

《墨子间诂》（孙诒让） 原刻本，商务印书馆影印本。

《庄子集释》（郭庆藩） 原刻本，石印本。

《荀子集注》（王先谦） 原刻本，石印本。

《淮南鸿烈集解》（刘文典） 商务印书馆出版。

《春秋繁露义证》（苏舆） 原刻本。

《周礼》 通行本。

《论衡》（王充） 通津草堂本（商务印书馆影印）；湖北崇文书局本。

《抱朴子》（葛洪） 平津馆丛书本最佳，亦有单行的；湖北崇文书局本。

《四十二章经》 金陵刻经处本。以下略举佛教书。

《佛遗教经》 同上。

《异部宗轮论述记》（窥基） 江西刻经处本。

《大方广佛华严经》（东晋译本） 金陵刻经处。

《妙法莲华经》（鸠摩罗什译） 同上。

《般若纲要》（葛日趋鼺）《大般若经》太繁，看此书很够了。扬州藏经院本。

《般若波罗密多心经》（玄奘译）

《金刚般若波罗密经》（鸠摩罗什译，菩提流支译，真谛译） 以上两书，流通本最多。

《阿弥陀经》（鸠摩罗什译） 此书译本与版本皆极多，金陵刻经处有《阿弥陀经要解》（智旭）最便。

《大方广圆觉了义经》（即《圆觉经》）（佛陀多罗译） 金陵刻经处白文本最好。

《十二门论》(鸠摩罗什译) 金陵刻经处本。

《中论》(同上) 扬州藏经院本。

以上两种，为三论宗《三论》之二。

《三论玄义》(隋吉藏撰) 金陵刻经处本。

《大乘起信论》(伪书) 此虽是伪书，然影响甚大。版本甚多，金陵刻经处有沙门真界纂注本颇便用。

《大乘起信论考证》(梁启超) 此书绍介日本学者考订佛书真伪的方法，甚有益。商务印书馆将出版。

《小止观》(一名《童蒙止观》，智觊撰) 天台宗之书不易读，此书最便初学。金陵刻经处本。

《相宗八要直解》(智旭直解) 金陵刻经处本。

《因明入正理论疏》(窥基疏) 金陵刻经处本。

《大慈恩寺三藏法师传》(慧立撰) 玄奘为中国佛教史上第一伟大人物，此传为中国传记文学之大名著。常州天宁寺本。

《华严原人论》(宗密撰) 有正书局有合解本，价最廉。

《坛经》(法海录) 流通本甚多。

《古尊宿语录》 此为禅宗极重要之书，坊间现尚无单行刻本。《大藏经》缩刷本腾字四至六。

《宏明集》(梁僧祐集) 此书可考见佛教在晋、宋、齐、梁士大夫间的情形。金陵刻经处本。

《韩昌黎集》(韩愈) 坊间流通本甚多。

《李文公集》(李翱)《三唐人集》本。

《柳河东集》(柳宗元) 通行本。

《宋元学案》(黄宗羲，全祖望等) 冯云濠刻本，何绍基刻本，光绪五年长沙重刊本。坊间石印本不佳。

《明儒学案》（黄宗羲） 莫晋刻本最佳。坊间通行有江西本，不佳。

以上两书，保存原料不少，为宋、明哲学最重要又最方便之书。此下所列，乃是补充这两书之缺陷，或是提出几部不可不备的专家集子。

《直讲李先生集》（李觏） 商务印书馆印本。

《王临川集》（王安石） 通行本。商务印书馆影印本。

《二程全书》（程颢，程颐） 六安涂氏刻本。

《朱子全书》（朱熹） 六安涂氏刻本；商务印书馆影印本。

《朱子年谱》（王懋竑） 广东图书馆本，湖北局本。此书为研究朱子最不可少之书。

《陆象山全集》（陆九渊） 上海江左书林铅印本很可用。

《陈龙川全集》（陈亮） 通行本。

《叶水心全集》（叶适） 通行本。

《王文成公全书》（王守仁） 浙江图书馆本。

《困知记》（罗钦顺） 嘉庆四年翻明刻本。正谊堂本。

《王心斋先生全集》（王艮） 近年东台袁氏编订排印本最好，上海国学保存会寄售。

《罗文恭公全集》（罗洪先） 雍正间刻本，《四库全书》本与此本同。

《胡子衡齐》（胡直） 此书为明代哲学中一部最有条理又最有精采之书。《豫章丛书》本。

《高子遗书》（高攀龙） 无锡刻本。

《学蔀通辨》(陈建) 正谊堂本。

《正谊堂全书》(张伯行编) 这部丛书搜集程朱一系的书最多，欲研究“正统派”的哲学的，应备一部。全书六百七十余卷，价约三十元。初刻本已不可得，现行者为同治间补刻本。

《清代学术概论》(梁启超) 商务印书馆。

《日知录》(顾炎武) 用黄汝成《集释》本。通行本。

《明夷待访录》(黄宗羲) 单行本。扫叶山房《梨洲遗著汇刊》本。

《张子正蒙注》(王夫之)《船山遗书》本。

《思问录内外篇》(王夫之) 同上。

《俟解》一卷,《噩梦》一卷(王夫之) 同上。

《颜李遗书》(颜元，李塨)《畿辅丛书》 本可用。北京四存学会增补全书本。

《费氏遗书》(费密) 成都唐氏刻本。(北京大学出版部寄售)

《孟子字义疏证》(戴震)《戴氏遗书》本。国学保存会有铅印本，但已卖缺了。

《章氏遗书》(章学诚) 浙江图书馆排印本，上海刘翰怡新刻全书本。

《章实斋年谱》(胡适) 商务印书馆出版。

《崔东壁遗书》(崔述) 道光四年陈履和刻本;《畿辅丛书》本只有《考信录》，亦可够用了。全书现由亚东图书馆重印，不久可出版。

《汉学商兑》(方东树) 此书无甚价值，但可考见当日汉宋学之争。单行本，朱氏《槐庐丛书》本。

《汉学师承记》(江藩) 通行本，附《宋学师承记》。

《新学伪经考》(康有为) 光绪辛卯初印本；新刻本只增一序。

《史记探源》(崔适) 初刻本；北京大学出版部排印本。

《章氏丛书》(章炳麟) 康宝忠等排印本；浙江图书馆刻本。

(三)文学史之部

《诗经集传》(朱熹) 通行本。

《诗经通论》(姚际恒) 闻商务印书馆将重印。

《诗本谊》(龚橙) 浙江图书馆《半广丛书》本。

《诗经原始》(方玉润) 闻商务印书馆不久将有重印本。

《诗毛氏传疏》(陈奂)《清经解续编》卷七百七十八以下。

《檀弓》《礼记》 第二篇。

《春秋左氏传》 通行本。

《战国策》 商务印书馆有铅印补注本。

《楚辞集注》，附《辨证后语》(朱熹) 通行本；扫叶山房有石印本。

《全上古三代秦汉三国六朝文》(严可均编) 广雅局本。此书搜集最富，远胜于张溥的《汉魏六朝百三家集》。

《全汉三国晋南北朝诗》(丁福保编) 上海医学书局出版。

《古文苑》(章樵注) 江苏书局本。

《续古文苑》(孙星衍编) 江苏书局本。

《文选》(萧统编) 上海会文堂有石印胡刻李善注本最方便。

《文心雕龙》(刘勰) 原刻本;通行本。

《乐府诗集》(郭茂倩编) 湖北书局刻本。

《唐文粹》(姚铉编) 江苏书局本。

《唐文粹补遗》(郭麟编) 同上。

《全唐诗》(康熙朝编) 扬州原刻本,广州本,石印本,五代词亦在此中。

《宋文鉴》(吕祖谦编) 江苏书局本。

《南宋文范》(庄仲方编) 同上。

《南宋文录》(董兆熊编) 同上。

《宋诗抄》(吕留良、吴之振等编) 商务印书馆本。

《宋诗抄补》(管庭芬等编) 商务印书馆本。

《宋六十家词》(毛晋编) 汲古阁本,广州刊本,上海博古斋石印本。

《四印斋王氏所刻宋元人词》(王鹏运编刻) 原刻本,板存北京南阳山房。

《彊邨所刻词》(朱祖谋编刻) 原刻本。王、朱两位刻的词集都很精,这是近人对于文学史料上的大贡献。

《太平乐府》(杨朝英编)《四部丛刊》本。

《阳春白雪》(杨朝英编) 南陵徐氏《随庵丛书》本。

以上两种为金元人曲子的选本。

《董解元弦索西厢》(董解元) 刘世珩、暖红室汇刻传奇本。

《元曲选一百种》(臧晋叔编) 商务印书馆有影印本。

《金文最》(张金吾编) 江苏书局本。

《元文类》(苏天爵编) 同上。

《宋元戏曲史》(王国维) 商务印书馆本。

《京本通俗小说》 这是七种南宋的话本小说，上海蟫隐庐《烟画东堂小品》本。

《宣和遗事》《士礼居丛书》本；商务印书馆有排印本。

《五代史平话》残本 董康刻本。

《明文在》(薛熙编) 江苏书局本。

《列朝诗集》(钱谦益编) 国学保存会排印本。

《明诗综》(朱彝尊编) 原刻本。

《六十种曲》(毛晋编刻) 汲古阁本。此书善本已不易得。

《盛明杂剧》(沈泰编) 董康刻本。

《暖红室汇刻传奇》(刘世珩编刻) 原刻本。

《笠翁十二种曲)(李渔) 原刻巾箱本。

《九种曲》(蒋士铨) 原刻本。

《桃花扇》(孔尚任) 通行本。

《长生殿》(洪昇) 通行本。

清代戏曲多不胜举；故举李、蒋两集，孔、洪两种历史戏，作几个例而已。

《曲苑》 上海古书流通处(？)编印本。此书汇集关于戏曲的书十四种，中如焦循《剧说》，如梁辰鱼《江东白苎》，皆不易得。石印本价亦廉，故存之。

《缀白裘》 这是一部传奇选本，虽多是零篇，但明末清初的戏曲名著都有代表的部分存在此中。在戏曲总集中，这也是一部重要书了。通行本。

《曲录》(王国维)《晨风阁丛书》本。

《湖海文传》(王昶编) 所选都[是]清朝极盛时代的文章，最可代表清朝“学者的文人”的文学。原刻本。

《湖海诗传》(王昶编) 原刻本。

《鲒埼亭集》(全祖望) 借树山房本。

《惜抱轩文集》(姚鼐) 通行本。

《大云山房文稿》(恽敬) 四川刻本，南昌刻本。

《文史通义》(章学诚) 贵阳刻本，浙江局本，铅印本。

《龚定盦全集》(龚自珍) 万本书堂刻本。国学扶轮社本。

《曾文正公文集》(曾国藩)《曾文正全集》本。

清代古文专集，不易选择，我经过很久的考虑，选出全，姚，恽，章，龚，曾六家来作例。

《吴梅村诗》(吴伟业)《梅村家藏稿》(董康刻本，商务印书馆影印本)本，无注；此外有靳荣藩《吴诗集览》本，有吴翌凤《梅村诗集笺注》本。

《瓯北诗钞》(赵翼)《瓯北全集》本，单行本。

《两当轩诗钞》(黄景仁) 光绪二年重刻本。

《巢经巢诗钞》(郑珍) 贵州刻本；北京有翻刻本，颇有误字。

《秋蟪吟馆诗钞》(金和) 铅印全本；家刻本略有删减。

《人境庐诗钞》(黄遵宪) 日本铅印本。

清代诗也很难选择。我选梅村代表初期，瓯北与仲则代表乾隆一朝；郑子尹与金亚匏代表道、咸、同三朝；黄公度代表末年的过渡时期。

明、清两朝小说：

《水浒传》 亚东图书馆三版本。

《西游记》(吴承恩) 亚东图书馆再版本。

《三国志》 亚东图书馆本。

《儒林外史》(吴敬梓) 亚东图书馆四版本。

《红楼梦》(曹霑) 亚东图书馆三版本。

《水浒后传》(陈忱，自署古宋遗民) 此书借宋徽、钦二帝事来写明末遗民的感慨，是一部极有意义的小说。亚东图书馆《水浒续集》本。

《镜花缘》(李汝珍) 此书虽有“掉书袋”的毛病，但全篇为女子争平等的待遇，确是一部很难得的书。亚东图书馆本。

以上各种，均有胡适的考证或序，搜集了文学史的材料不少。

《今古奇观》 通行本。可代表明代的短篇。

《三侠五义》 此书后经俞樾修改，改名《七侠五义》。此书可代表北方的义侠小说。旧刻本《七侠五义》流通本较多。亚东图书馆不久将有重印本。

《儿女英雄传》(文康) 蜚英馆石印本最佳；流通本甚多。

《九命奇冤》(吴沃尧) 广智书局铅印本。

《恨海》(吴沃尧) 通行本甚多。

《老残游记》(刘鹗) 商务印书馆铅印本。

以上略举十三种，代表四五百年的小说。

《五十年来的中国文学》(胡适)本书卷二。

(跋)文学史一部，注重总集：无总集的时代，或总集不能包括的文人，始举别集。因为文集太多，不易收买，尤不易遍览，故为初学人及小图书馆计，皆宜先从总集下手。

（原载 1923 年 2 月 25 日《东方杂志》第 20 卷第 4 号，又载 1923 年 3 月 4 日《读书杂志》第 7 期）

附录一 《清华周刊》记者来书

适之先生：

在《努力周报》的增刊，《读书杂志》第七期上，我们看见先生为清华同学们拟的一个最低限度的国学书目。我们看完以后，心中便起了若干问题，现在愿说给先生听听，请先生赐教。

第一，我们以为先生这次所说的国学范围太窄了。先生在文中并未下国学的定义，但由先生所拟的书目推测起来，似乎只指中国思想史及文学史而言。思想史与文学史便是代表国学么？先生在《国学季刊》的发刊宣言里，拟了一个中国文化史的系统，其中包括（一）民族史，（二）语言文字史，（三）经济史，（四）政治史，（五）国际交通史，（六）思想学术史，（七）宗教史，（八）文艺史，（九）风俗史，（十）制度史。中国文化史的研究，便是国学研究，这是先生在该宣言里指示我们的。既然如此，为什么先生不在国学书目文学史之部以后，加民族史之部，语言文学史之部，经济史之部……呢？

第二，我们一方面嫌先生所拟的书目范围不广；一方面又以为先生所谈的方面——思想史与文学史——谈得太深了，不合于“最低限度”四字。我们以为定清华学生的国学最低限度，应该顾到两种事实：第一是我们的时间，第二是我们的地位。我们清华学生，从中等科一年起，到大学一年止，求学的时间共八年。八年之内一个普通学生，于他必读的西文课程之外，如肯切实地去研究国学，可以达到一个什么程度，这是第一件应该考虑的。第二，清华学生都有留美的可能。教育家对于一般留学生，要求一个什么样的国学程度，这是第二件事应该考虑的。先生现在所拟的书目，我们是无论如何读不完的，因为书目太多，时间太少。而且做留学生的，如没有读过《大方广圆觉了义经》或《元曲选一百种》，当代的教育家，不见得会非难他们，以为未满足国学最低的限度。

因此，我们希望先生替我们另外拟一个书目，一个实在最低的国学书目。那个书目中的书，无论学机械工程的，学应用化学的，学哲学文学，学政治经济的，都应该念，都应该知道。我们希望读过那书目中所列的书籍以后，对于中国文化，能粗知大略。至于先生在《读书杂志》第七期所列的书目，似乎是为有志专攻哲学或文学的人作参考之用的，我们希望先生将来能继续发表民族史之部，制度史之部等的书目，让有志于该种学科的青年，有一个深造的途径。

敬祝先生康健。

《清华周刊》记者　十二年三月十一日

附录二　答书

记者先生：

关于第一点，我要说，我暂认思想与文学两部为国学最低限度；其余民族史经济史等等，此时更无从下手，连这样一个门径书目都无法可拟。

第二，关于程度方面和时间方面，我也曾想过，这个书目动机虽是为清华的同学，但我动手之后就不知不觉的放高了，放宽了。我的意思是要用这书目的人，从这书目里自己去选择；有力的，多买些；有时间的，多读些；否则先买二三十部力所能及的，也不妨；以后还可以自己随时添备。若我此时先定一个最狭义的最低限度，那就太没有伸缩的余地了。先生以为是吗？

先生说，“做留学生的，如没有读过《圆觉经》或《元曲选》，当代教育家不见得非难他们”。这一层，到有讨论的余地。正因为当代教育家不非难留学生的国学程度，所以留学生也太自菲薄，不肯多读点国学书，所以他们在国外既不能代表中国，回国后也没有多大影响。我们这个书目的意思，一部分也正是要一班留学生或候补留学生知道《元曲选》等是应该知道的书。

如果先生们执意要我再拟一个“实在的最低限度的书目”，我只好在原书目加上一些圈；那些有圈的，真是不可少的了。此外还应加上一部《九种纪事本末》（铅印本）。

以下是加圈的书：

《书目答问》《法华经》《左传》

《中国人名大辞典》《阿弥陀经》《文选》

《九种纪事本末》《坛经》《乐府诗集》

《中国哲学史大纲》《宋元学案》《全唐诗》

《老子》《明儒学案》《宋诗钞》

《四书》《王临川集》《宋六十家词》

《墨子间诂》《朱子年谱》《元曲选一百种》

《荀子集注》《王文成公全书》《宋元戏曲史》

《韩非子》《清代学术概论》《缀白裘》

《淮南鸿烈集解》《章实斋年谱》《水浒传》

《周礼》《崔东壁遗书》《西游记》

《论衡》《新学伪经考》《儒林外史》

《佛遗教经》《诗集传》《红楼梦》

▲《墨子》

孔墨在先秦时两圣并称，故此书非读不可。除《备城门》以下各篇外，余篇皆宜精读。注释书以孙诒让《墨子间诂》为最善，读《墨子》宜即读此本。《经上、下》《经说上、下》四篇，有张惠言《墨子经说解》及梁启超《墨经》两书可参观，但皆有未精惬处。《小取篇》有胡适新诂可参观。梁启超《墨子学案》，属通释体裁，可参观助兴味；但其书为临时讲义，殊未精审。

▲《庄子》

“内篇”七篇及“杂篇”中之《天下》篇最当精读。注释有郭庆藩之《庄子集释》差可。

▲《荀子》

《解蔽》《正名》《天论》《正论》《性恶》《礼论》《乐论》诸篇最当精读。余亦须全部浏览。注释书王先谦《荀子注》甚善。

▲《尹文子》《慎子》《公孙龙子》

今存者皆非完书。但三子皆为先秦大哲，虽断简亦宜一读；篇帙甚少，不费力也。《公孙龙子》之真伪，尚有问题。三书皆无善注。《尹文子》《慎子》易解。

▲《韩非子》

法家言之精华。须全部浏览。（其特别应精读之诸篇，因手边无原书，胪举恐遗漏，他日补列。）注释书王先慎《韩非子集释》差可。

▲《管子》

战国末年人所集著者，性质颇杂驳，然古代各家学说存其中者颇多，宜一浏览。注释书戴望《管子校正》甚好。

▲《吕氏春秋》

此为中国最古之类书。先秦学说存其中者颇多，宜浏览。

▲《淮南子》

此为秦、汉间道家言荟萃之书，宜稍精读。注释书闻有刘文典《淮南鸿烈集解》颇好。

▲《春秋繁露》

此为西汉儒家代表的著作。宜稍精读。注释书有苏舆《春秋繁露义证》颇好。康有为之《春秋董氏学》，为通释体裁，宜参看。

▲《盐铁论》

此书为汉代儒家法家对于政治问题对垒抗辩之书，宜浏览。

▲《论衡》

此书为汉代怀疑派哲学，宜浏览。

▲《抱朴子》

此书为晋以后道家言代表作品，宜浏览。

▲《列子》

晋人伪书，可作魏、晋间玄学书读。

右（上）所列为汉、晋以前思想界之重要著作。六朝、隋、唐间思想界著光采者为佛学，其书目当别述。以下举宋以后学术之代表书。但为一般学者节啬精力计，不愿多举也。

▲《近思录》 朱熹著，江永注。

读此书可见程、朱一派之理学其内容何如。

▲《朱子年谱》，附朱子《论学要语》 王懋竑著。

此书叙述朱学全面目，最精要有条理。

若欲研究程、朱学派，宜读《二程遗书》及《朱子语类》。非专门斯业者可置之。

南宋时与朱学对峙者尚有吕东莱之文献学一派，陈龙川、叶水心之功利主义一派，及陆象山之心学一派。欲知其详，宜读各人专集。若观大略，可求诸《宋元学案》中。

▲《传习录》 王守仁语，徐爱、钱德洪等记。

读此可知王学梗概。欲知其详，宜读《王文成公全书》。因阳明以知行合一为教，要合观学问事功，方能看出其全部人格。

而其事功之经过，具见集中各文。故《阳明集》之重要，过于朱、陆诸集。

▲《明儒学案》 黄宗羲著。

▲《宋元学案》 黄宗羲初稿，全祖望、王梓材两次续成。

此二书为宋、元、明三朝理学之总记录，实创作的学术史。《明儒学案》中姚江、江右、王门、泰州、东林、蕺山诸案最精善。《宋元学案》中象山案最精善，横渠二程东莱龙川水心诸案亦好。晦翁案不甚好。百源（邵雍）涑水（司马光）诸案失之太繁，反不见其真相。末附（王安石）《荆公新学略》最坏。因有门户之见，故为排斥。欲知荆公学术，宜看《王临川集》。

此二书卷帙虽繁，吾总望学者择要浏览，因其为六百年间学术之总汇，影响于近代甚深。且汇诸家为一编，读之不甚费力也。

清代学术史可惜尚无此等佳著。唐鉴之《国朝案小识》以清代最不振之程朱学派为立脚点，褊狭固陋，万不可读。江藩之《国朝汉学师承记》《国朝宋学渊源记》，亦学案体裁，较好。但江氏学识亦凡庸，殊不能叙出各家独到之处。万不得已，姑以备参考而已。启超方有事于清儒学案，汗青尚无期也。

▲《日知录》《亭林文集》 顾炎武著。

顾亭林为清学开山第一人。其精力集注于《日知录》，宜一浏览。读文集中各信札，可见其立身治学大概。

▲《明夷待访录》 黄宗羲著。

黄梨洲为清初大师之一。其最大贡献在两学案。此小册可见其政治思想之大概。

▲《思问录》 王夫之著。

王船山为清初大师之一。非通观全书，不能见其神深博大。但卷帙太繁，非别为系统的整理，则学者不能读。聊举此书发凡，实不足以代表其学问之全部也。

▲《颜氏学记》 戴望编。

颜习斋为清初大师之一。戴氏所编学记，颇能传其真。徐世昌之《颜李学》，亦可供参考。但其所集习斋语要，恕谷（李塨）语要，将攻击宋儒语多不录，稍失其真。

顾、黄、王、颜四先生之学术，为学者所必须知，然其著述皆浩瀚或散殊，不易寻绎。启超行将为系统的整理记述以饷学者。

▲《东原集》 戴震著。

▲《雕菰楼集》 焦循著。

戴东原、焦理堂为清代经师中有精深之哲学思想者。读其集可知其学并知其治学方法。

启超所拟著之《清儒学案》《东原理学》两案正在属稿中。

▲《文史通义》 章学诚著。

此书虽以文史标题，实多论学术流别，宜一读。胡适著《章实斋年谱》，可供参考。

▲《大同书》 康有为著。

南海先生独创之思想在此书。曾刊于《不忍杂志》中。

▲《国故论衡》 章炳麟著。

可见章太炎思想之一斑。其详当读《章氏遗[丛]书》。

▲《东西文化及其哲学》 梁漱溟著。

有偏宕处，亦有独到处。

▲《中国哲学史大纲》上卷　胡适著。

▲《先秦政治思想史》 梁启超著。

将读先秦经部子部书，宜先读此两书。可引起兴味，并启发自己之判断力。

▲《清代学术概论》 梁启超著。

欲略知清代学风，宜读此书。

（乙）政治史及其他文献学书类

▲《尚书》

内中惟二十八篇是真书，宜精读。但其文佶屈聱牙，不能成诵亦无妨。余篇属晋人伪撰，一浏览便足（真伪篇目，看启超所著《古书之真伪及其年代》，日内当出版）。此书非看注释不能解，注释书以孙星衍之《尚书今古文注疏》为最好。

▲《逸周书》

此书真伪参半。宜一浏览。注释书有朱右曾《逸周书集训校释》颇好。

▲《竹书纪年》

此书现通行者为元、明人伪撰。其古本，清儒辑出者数家。王国维所辑最善。

▲《国语》《春秋左氏传》

此两书或本为一书，由西汉人析出，（？）宜合读之。《左传》宜选出若干篇熟读成诵，于学文甚有益。读《左传》宜参观顾栋高《春秋大事表》，可以得治学方法。

▲《战国策》

宜选出若干篇熟读。于学文有益。

▲《周礼》

此书西汉末晚出。何时代人所撰，尚难断定。惟书中制度，当有一部分为周代之旧；其余亦战国、秦汉间学者理想的产物。故总宜一读。注释书有孙诒让《周礼正义》最善。

▲《考信录》 崔述著。

此书考证三代史事实最谨严，宜一浏览，以为治古史之标准。

▲《资治通鉴》

此为编年政治史最有价值之作品。虽卷帙稍繁，总希望学者能全部精读一过。若苦干燥无味，不妨仿《春秋大事表》之例，自立若干门类。标治摘记，作将来著述资料（吾少时曾用此法，虽无成书，然增长兴味不少）。王船山《读通鉴论》，批评眼光，颇异俗流，读《通鉴》时取以并读，亦助兴之一法。

▲《续资治通鉴》 毕沅著。

此书价值远在司马光原著之下，自无待言；无视彼更优者，姑以备数耳。或不读《正续资治通鉴》，而读《九种纪事本末》亦可。要之非此则彼，必须有一书经目者。

▲《文献通考》《续文献通考》《皇朝文献通考》

三书卷帙浩繁。今为学者摘其要目：《田赋考》《户口考》《职役考》《市籴考》《征榷考》《国用考》《钱币考》《兵考》《刑考》《经籍考》《四裔考》，不必读。《王礼考》《封建考》《象纬考》，……绝对不必读。其余或读或不读随人（手边无原书，不能具记其目，有漏略当校补）。各人宜因其所嗜，择类读之。例如欲研究经济史财政史者，则读前七考。余仿此。马氏《文献通考》，本依仿杜氏《通典》而作，若尊创作，应举《通典》。今舍彼取此者，取其资料较丰富耳。吾辈读旧史，所贵者惟在原料，炉锤组织，当求之在我也。《两汉会要》《唐会要》《五代会要》，可与《通考》合读。

▲《通志·二十略》

郑渔仲学识史才，皆迈寻常。《通志》全书卷帙繁，不必读。《二十略》则其精神所聚，必须浏览。其中与通考门类同者或可省。最要者《氏族略》《六书略》《七音略》《校雠略》等篇。

▲《二十四史》

通鉴通考，已浩无涯涘，更语及庞大之《二十四史》，学者几何不望而却走！然而《二十四史》终不可不读。其故有二：（一）现在既无满意之通史，不读《二十四史》，无以知先民活动之遗迹。（二）假令虽有佳的通史出现，然其书自有别裁，《二十四史》之原料，终不能全行收入。以故，《二十四史》终久仍为国民应读之书。

书既应读，而又浩繁难读，则如之何？吾今试为学者拟摘读之法数条。

一曰就书而摘。《史记》《汉书》《后汉书》《三国志》：俗称“四史”。其书皆大史家一手著述，体例精严；且时代近古，向来学人诵习者众，在学界之势力与六经诸子埒。吾辈为常识计，非一读不可。吾希望学者将此《四史》之列传，全体浏览一过，仍摘出若干篇稍为熟诵以资学文之助。因《四史》中佳文最多也。（若欲吾举其目亦可，但手边无原书，当以异日。）《四史》之外，则《明史》共认为官修书中之最佳者，且时代最近，亦宜稍为详读。

二曰就事分类而摘读志。例如欲研究经济史财政史，则读《平准书》《食货志》；欲研究音乐，则读《乐书》《乐志》；欲研究兵制，则读《兵志》；欲研究学术史，则读《艺文志》《经籍志》，附以《儒林传》；欲研究宗教史，则读《魏书·释老志》（可惜他史无之）。……每研究一门，则通各史此门之志而读之，且与《文献通考》之此门合读。当其读时，必往往发现许多资料散见于各传者，随即跟踪调查其传以读之。如此引申触类，渐渐便能成为经济史宗教史……等等之长编，将来荟萃而整理之，便成著述矣。

三曰就人分类而摘读传。读名人传记，最能激发人志气，且于应事接物之智慧增长不少，古人所以贵读史者以此。全史名传既不能遍读（且亦不必），则宜择伟大人物之传读之，每史亦不过二三十篇耳，此外又可就其所欲研究者而择读：如欲研究学术史，则读《儒林传》及其他学者之专传；欲研究文学史，则读《文苑传》及其他文学家之专传。……用此法读去，恐只患其少，不患其多矣。

又各史之《外国传》《蛮夷传》《土司传》等，包含种族史及社会学之原料最多，极有趣，吾深望学者一读之。

▲《廿二史札记》 赵翼著

学者读正史之前，吾劝其一浏览此书。记称“属辞比事春秋之教”，此书深得“比事”之诀，每一个题目之下其资料皆从几十篇传中零零碎碎觅出，如采花成蜜，学者能用其法以读史，便可养成著述能力（内中校勘文字异同之部约占三分之一，不读亦可）。

▲《圣武记》 魏源著。

▲《国朝先正事略》 李元度著。

清朝一代史迹，至今尚无一完书可读，最为遗憾。姑举此二书充数。魏默深有良史之才，《圣武记》为《纪事本末》体裁，叙述绥服蒙古戡定金川抚循西藏……诸役，于一事之原因结果及其中间进行之次序，若指诸掌，实罕见之名著也。李次青之《先正事略》，道光以前人物略具，文亦有法度，宜一浏览，以知最近二三百年史迹大概。日本人稻叶君山所著《清朝全史》尚可读（有译本）。

▲《读史方舆纪要》 顾祖禹著。

此为最有组织的地理书。其特长在专论形势，以地域为经，以史迹为纬，读之不感干燥。此书卷帙虽多，专读其叙论（至各府止），亦不甚费力，且可引起地理学兴味。

▲《史通》 刘知几著。

此书论作史方法，颇多特识，宜浏览。章氏《文史通义》，性质略同，范围较广，已见前。

▲《中国历史研究法》 梁启超著。

读之可增史学兴味，且知治史方法。

（丙）韵文书类

▲《诗经》

希望学者能全部熟读成诵；即不尔，亦须一大部分能举其词。注释书，陈奂《诗毛氏传疏》最善。

▲《楚辞》

屈、宋作，宜熟读，能成诵最佳。其余可不读。注释书，朱熹《楚辞集注》较可。

▲《文选》

择读。

▲《乐府诗集》 郭茂倩编。

专读其中不知作者姓名之汉古辞，以见魏六朝乐府风格。其他不必读。

魏、晋、六朝人诗宜读以下各家：曹子建，阮嗣宗，陶渊明，谢康乐，鲍明远，谢玄晖。无单行集者，可用张溥《汉魏百三家集》本或王闿运《八代诗选》本。

▲《李太白集》

▲《杜工部集》

▲《王右丞集》

▲《孟襄阳集》

▲《韦苏州集》

▲《高常侍集》

▲《韩昌黎集》

▲《柳河东集》

▲《白香山集》

▲《李义山集》

▲《王临川集》（诗宜用李壁注本）

▲《苏东坡集》

▲《元遗山集》

▲《陆放翁集》

以上唐、宋人诗文集。

▲《唐百家诗选》 王安石选。

▲《宋诗钞》 吕留良钞。

以上唐、宋诗选本。

▲《清真词》 周美成。

▲《醉翁琴趣》 欧阳修。

▲《东坡乐府》 苏轼。

▲《屯田集》 柳永。

▲《淮海词》 秦观。

▲《樵歌》 朱敦儒。

▲《稼轩词》 辛弃疾。

▲《后村词》 刘克庄。

▲《白石道人歌曲》 姜夔。

▲《碧山词》 王沂孙。

▲《梦窗词》 吴文英。

以上宋人词集。

▲《西厢记》

▲《琵琶记》

▲《牡丹亭》

▲《桃花扇》

▲《长生殿》

以上元明清人曲本。

本门所列书，专资学者课余讽诵陶写情趣之用，既非为文学专家说法，尤非为治文学史者说法，故不曰文学类而曰韵文类。文学范围，最少应包含古文（骈散文）及小说。吾以为苟非欲作文学专家，则无专读小说之必要。至于古文，本不必别学。吾辈总须读周秦诸子《左传》《国策》《四史》《通鉴》及其关于思想关于记载之著作，苟能多读，自能属文。何必格外标举一种名曰古文耶？故专以文鸣之文集不复录（其与学问有关系之文集散见各门）。《文选》及韩、柳、王集聊附见耳。学者如必欲就文求文，无已，则姚鼐之《古文辞类纂》，李兆洛之《骈体文钞》，曾国藩之《经史百家杂钞》可用也。

清人不以韵文见长，故除曲本数部外，其余诗词皆不复列举。无已，则于最初期与最末期各举诗词家一人，吴伟业之《梅村诗集》与黄遵宪之《人境庐诗集》，成德之《饮水词》与文焯之《樵风乐府》也。

（丁）小学书及文法书类

▲《说文解字注》 段玉裁著。

▲《说文通训定声》 朱骏声著。

▲《说文释例》 王筠著。

段著为《说文》正注。朱注明音与义之关系。王著为《说文》通释。读此三书，略可通《说文》矣。

▲《经传释词》 王引之著。

▲《古书疑义举例》 俞樾著。

▲《文通》 马建忠著。

读此三书，可知古人语法文法。

▲《经籍纂诂》 阮元编。

此书汇集各字之义训，宜置备检查。

文字音韵，为清儒最擅之学，佳书林立。此仅举入门最要之数种。若非有志研究斯学者，并此诸书不读亦无妨耳。

（戊）随意涉览书类

学问固贵专精，又须博涉以辅之。况学者读书尚少时，不甚自知其性所近者为何。随意涉猎，初时并无目的，不期而引起问题，发生趣味，从此向某方面深造研究，遂成绝业者，往往而有也。吾故杂举有用或有趣之各书，供学者自由翻阅之娱乐。读此者不必顺叶次，亦不必求终卷也（各书亦随忆想所及杂举，无复诠次）。

▲《四库全书总目提要》

清乾隆间四库馆，董其事者皆一时大学者，故所作提要，最称精审，读之可略见各书内容（中多偏至语，自亦不能免）。宜先读各部类之叙录，其各书条下则随意抽阅。有所谓存目者，其书被屏，不收入四库者也。内中颇有怪书，宜稍注意读之。

▲《世说新语》

将晋人谈玄语分类纂录，语多隽妙，课余暑暇之良伴侣。

▲《水经注》 郦道元撰，戴震校。

六朝人地理专书。但多描风景，记古迹，文辞华妙，学作小品文最适用。

▲《文心雕龙》 刘勰撰。

六朝人论文书。论多精到，文亦雅丽。

▲《大唐三藏慈恩法师传》 慧立撰。

此为玄奘法师详传。玄奘为第一位留学生，为大思想家，读之可以增长志气。

▲《徐霞客游记》

霞客晚明人，实一大探险家。其书极有趣。

▲《梦溪笔谈》 沈括。

宋人笔记中含有科学思想者。

▲《困学纪闻》 王应麟撰，阎若璩注。

宋人始为考证学者。顾亭林《日知录》颇仿其体。

▲《通艺录》 程瑶田撰。

清代考证家之博物书。

▲《癸巳类稿》 俞正燮撰。

多为经学以外之考证，如考棉花来历，考妇人缠足历史，辑李易安事迹等。又多新颖之论，如论妒非妇人恶德等。

▲《东塾读书记》 陈澧撰。

此书仅五册，十余年乃成。盖合数十条笔记之长编乃成一条笔记之定稿，用力最为精苦，读之可识搜集资料及驾驭资料之方法。书中论郑学，论朱学，论诸子，论三国诸卷最善。

▲《庸盦笔记》 薛福成。

多记清咸丰同治间掌故。

▲《张太岳集》 张居正。

江陵为明名相，其信札益人神智，文章亦美。

▲《王心斋先生全书》 王艮。

吾常名心斋为平民的理学家。其人有生气。

▲《朱舜水遗集》 朱之瑜。

舜水为日本文化之开辟人，唯一之国学输出者，读之可见其人格。

▲《李恕谷文集》 李塨

恕谷为习斋门下健将，其文劲达。

▲《鲒埼亭集》 全祖望。

集中记晚明掌故甚多。

▲《潜研堂集》 钱大昕。

竹汀为清儒中最博洽者，其对伦理问题，亦颇有新论。

▲《述学》 汪中。

容甫为治诸子学之先登者，其文格在汉晋间，极遒美。

▲《洪北江集》 洪亮吉。

北江之学长于地理，其小品骈体文描写景物，美不可言。

▲《定盦文集》 龚自珍。

吾少时心醉此集，今颇厌之。

▲《曾文正公全集》 曾国藩。

▲《胡文忠公集》 胡林翼。

右（上）二集信札最可读，读之见其治事条理及朋友风义。曾涤生文章尤美，集桐城派之大成。

▲《苕溪渔隐丛话》 胡仔。

诗话中资料颇丰富者。

▲《词苑丛谈》 徐釚。

唯一之词话，颇有趣。

▲《语石》 叶昌炽。

以科学方法治金石学，极有价值。

▲《书林清话》 叶德辉。

论刻书源流及藏书掌故，甚好。

▲《广艺舟双楫》 康有为。

论写字，极精博，文章极美。

▲《剧说》 焦循。

▲《宋元戏曲史》 王国维。

二书论戏剧，极好。

既谓之涉览，自然无书不可涉，无书不可览，本不能胪举书目，若举之非累数十纸不可。右（上）所列不伦不类之寥寥十余种，随杂忆所及当坐谭耳。若绳以义例，则笑绝冠缨矣。

附录一　最低限度之必读书目

右（上）所列五项，倘能依法读之，则国学根柢略立，可以为将来大成之基矣。惟青年学生校课既繁，所治专门别有在，恐仍不能人人按表而读。今再为拟一真正之最低限度如下：

《四书》《易经》《书经》《诗经》《礼记》《左传》《老子》《墨子》《庄子》《荀子》《韩非子》《战国策》《史记》

《汉书》《后汉书》《三国志》《资治通鉴》（或《通鉴纪事本末》）《宋元明史纪事本末》《楚辞》《文选》《李太白集》《杜工部集》《韩昌黎集》《柳河东集》《白香山集》 其他词曲集随所好选读数种。

以上各书，无论学矿学工程学……皆须一读。若并此未读，真不能认为中国学人矣。

附录二　治国学杂话

学生做课外学问是最必要的，若只求讲堂上功课及格，便算完事，那么，你进学校，只是求文凭，并不是求学问。你的人格，先已不可问了。再者，此类人一定没有“自发”的能力，不特不能成为一个学者，亦断不能成为社会上治事领袖人才。课外学问，自然不专指读书：如试验，如观察自然界，……都是极好的。但读课外书，最少要算课外学问的主要部分。

一个人总要养成读书趣味。打算做专门学者，固然要如此。打算做事业家，也要如此，因为我们在工厂里在公司里在议院里在……里做完一天的工作出来之后，随时立刻可以得着愉快的伴侣，莫过于书籍，莫便于书籍。

但是将来这种愉快得着得不着，大概是在学校时代已经决定。因为必须养成读书习惯才能尝着读书趣味。人生一世的习惯，出了学校门限，已经铁铸成了。所以在学校中不读课外书以养成自己自动的读书习惯，这个人简直是自己剥夺自己终身的幸福。

读书自然不限于读中国书，但中国人对于中国书，最少也该和外国书作平等待遇，你这样待遇他，他给回你的愉快报酬，最少也和读外国书所得的有同等分量。

中国书没有整理过，十分难读，这是人人公认的。但会做学问的人，觉得趣味就在这一点。吃现成饭，是最没有意思的事，是最没有出息的人才喜欢的。一种问题，被别人做完了，四平八正的编成教科书样子给我读，读去自然是毫不费力。但从这不费力上头结果便令我的心思不细致不刻入。专门喜欢读这类书的人，久而久之，会把自己创作的才能汩没哩。在纽约、芝加哥笔直的马路崭新的洋房里舒舒服服混一世，这个人一定是过的毫无意味的平庸生活；若要过有意味的生活，须是哥仑布初到美洲时。

中国学问界，是千年未开的矿穴，矿苗异常丰富。但非我们亲自绞脑筋绞汗水，却开不出来。翻过来看，只要你绞一分脑筋一分汗水，当然还你一分成绩，所以有趣。

所谓中国学问界的矿苗，当然不专指书籍。自然界和社会实况，都是极重要的。但书籍为保存过去原料之一种宝库，且可以为现在实测各方面之引线。就这点看来，我们对于书籍之浩瀚，应该欢喜感谢他，不应该厌恶他。因为我们的事业比方要开工厂，原料的供给，自然是越丰富越好。

读中国书，自然像披沙拣金，沙多金少。但我们若把他作原料看待，有时寻常人认为极无用的书籍和语句，也许有大功用。须知工厂种类多着呢。一个厂里头还有许多副产物哩。何止金有用，沙也有用。

若问读书方法，我想向诸君上一个条陈：这方法是极陈旧极笨极麻烦的。然而实在是极必要的。什么方法呢？是抄录或笔记。我们读一部名著，看见他征引那么繁博，分析那么细密，动辄伸着舌头说道：这个人不知有多大记忆力，记得许多东西，这是他的特别天才，我们不能学步了。其实那里有这回事。好记性的人不见得便有智慧；有智慧的人比较的倒是记性不甚好。你所看见者是他发表出来的成果，不知他这成果原是从铢积寸累困知勉行得来。大抵凡一个大学者平日用功，总是有无数小册子或单纸片，读书看见一段资料觉其有用者，即刻抄下（短的抄全文，长的摘要记书名卷数页数）。资料渐渐积得丰富，再用眼光来整理分析他，便成一篇名著。想看这种痕迹，读赵瓯北的《二十二史札记》，陈兰甫的《东塾读书记》，最容易看出来。

这种工作，笨是笨极了，苦是苦极了。但真正做学问的人，总离不了这条路。做动植物的人，懒得采集标本，说他会有新发明，天下怕没有这种便宜事。

发明的最初动机在注意。抄书便是促醒注意及继续保存注意的最好方法。当读一书时，忽然感觉这一段资料可注意，把他抄下，这件资料，自然有一微微的印象印入脑中，和滑眼看过不同。经过这一番后，过些时碰着第二个资料和这个有关系的，又把他抄下，那注意便加浓一度，经过几次之后，每翻一书，遇有这项资料，便活跳在纸上，不必劳神费力去找了。这是我多年经验得来的实况。诸君试拿一年工夫去试试，当知我不说谎。

先辈每教人不可轻言著述。因为未成熟的见解公布出来，会自误误人，这原是不错的。但青年学生“斐然有述作之誉”，也是实际上鞭策学问的一种妙用。譬如同是读《文献通考》的《钱币考》，各史《食货志》中钱币项下各文，泛泛读去，没有什么所得。倘若你一面读一面便打主意做一篇中国货币沿革考，这篇考做的好不好另一问题，你所读的自然加几倍受用。譬如同读一部《荀子》，某甲泛泛读去，某乙一面读一面打主意做部荀子学案，读过之后，两个人的印象深浅，自然不同。所以我很奖励青年好著书的习惯。至于所著的书，拿不拿给人看，什么时候才认成功，这还不是你的自由吗？

每日所读之书，最好分两类：一类是精读的，一类是涉览的。因为我们一面要养成读书心细的习惯，一面要养成读书眼快的习惯。心不细则毫无所得，等于白读；眼不快则时候不够用，不能博搜资料。诸经诸子《四史》《通鉴》等书，宜入精读之部，每日指定某时刻读他，读时一字不放过，读完一部才读别部。想抄录的随读随抄。另外指出一时刻，随意涉览。觉得有趣，注意细看；觉得无趣，便翻次页。遇有想抄录的，也俟读完再抄，当时勿窒其机。

诸君勿因初读中国书勤劳大而结果少，便生退悔。因为我们读书，并不是想专向现时所读这一本书里头现钱现货的得多少报酬，最要紧的是涵养成好读书的习惯和磨炼出善读书的脑力。青年期所读各书，不外借来做达这两个目的的梯子。我所说的前提倘若不错，则读外国书和读中国书当然都各有益处。外国名著，组织得好，易引起趣味；他的研究方法，整整齐齐摆出来，可以做我们的模范；这是好处。我们滑眼读去，容易变成享现成福的少爷们，不知甘苦来历，这是坏处。中国书未经整理，一读便是一个闷头棍，每每打断趣味，这是坏处。逼着你披荆斩棘，寻路来走，或者走许多冤枉路（只要走路断无冤枉，走错了回头，便是绝好教训）。从甘苦阅历中磨炼出智慧，得苦尽甘来的趣味，那智慧和趣味却最真切，这是好处。

还有一件：我在前项书目表中，有好几处写“希望熟读成诵”字样。我想诸君或者以为甚难，也许反对说我顽旧。但我有我的意思，我并不是奖励人勉强记忆。我所希望熟读成诵的有两种类。一种类是最有价值的文学作品；一种类是有益身心的格言。好文学是涵养情趣的工具，做一个民族的分子，总须对于本民族的好文学十分领略。能熟读成诵，才在我们的“下意识”里头，得着根柢，不知不觉会“发酵”。有益身心的圣哲格言，一部分久已在我们全社会上形成共同意识。我既做这社会的分子，总要彻底了解他，才不至和共同意识生隔阂。一方面我们应事接物时候，常常仗他给我们的光明。要平日摩得熟，临时才用得着。我所以有些书希望熟读成诵者在此。但亦不过一种格外希望而已，并不谓非如此不可。

最后我还专向清华同学诸君说几句话：我希望诸君对于国学的修养比旁的学校学生格外加功。诸君受社会恩惠，是比别人独优的。诸君将来在全社会上一定占势力，是眼看得见的。诸君回国之后对于中国文化有无贡献，便是诸君功罪的标准。饶你学成一位天字第一号形神毕肖的美国学者，只怕于中国文化没有多少影响。若这样便有影响，我们把美国蓝眼睛的大博士抬一百几十位来便够了，又何必诸君呢。诸君须要牢牢记着：你不是美国学生，是中国留学生。如何才配叫做中国留学生，请你自己打主意罢。

附录三　评胡适之的《一个最低限度的国学书目》

胡君这书目，我是不赞成的，因为他文不对题。胡君说："并不为国学有根柢的人设想，只为普通青年人想得一点系统的国学知识的人设想。"依我看，这个书目，为"国学已略有根柢而知识绝无系统"的人说法，或者还有一部分适用。我想:《清华周刊》诸君所想请教胡君的并不在此，乃是替那些"除却读商务印书馆教科书之外没有读过一部中国书"的青年们打算。若我所猜不错，那么，胡君答案，相隔太远了。

胡君致误之由：第一在不顾客观的事实，专凭自己主观为立脚点。胡君正在做中国哲学史中国文学史，这个书目正是表示他自己思想的路径和所凭借的资料（对不对又另是一问题，现在且不讨论）。殊不知一般青年，并不是人人都要做哲学史家文学史家。不是做哲学史家文学史家，这里头的书十有七八可以不读。真要做哲学史文学史家，这些书却又不够了。

胡君第二点误处，在把应读书和应备书混为一谈。结果不是个人读书最低限度，却是私人及公共机关小图书馆之最低限度（但也不对，只好说是哲学史文学史家私人小图书馆之最低限度）。殊不知青年学生（尤其清华）正苦于跑进图书馆里头不知读什么书才好，不知如何读法，你给他一张图书馆书目，有何用处。何况私人购书，谈何容易。这张书目，如何能人人购置。结果还不是一句话吗？

我最诧异的：胡君为什么把史部书一概屏绝！一张书目名字叫做“国学最低限度”，里头有什么《三侠五义》《九命奇冤》，却没有《史记》《汉书》《资治通鉴》，岂非笑话？若说《史》《汉》《通鉴》是要“为国学有根柢的人设想”才列举，恐无此理。若说不读《三侠五义》《九命奇冤》便够不上国学最低限度，不瞒胡君说，区区小子便是没有读过这两部书的人。我虽自知学问浅陋，说我连国学最低限度都没有，我却不服。

平心而论，做文学史（尤其做白话文学史）的人，这些书自然该读。但胡君如何能因为自己爱做文学史便强一般青年跟着你走？譬如某人喜欢金石学，尽可将金石类书列出一张系统的研究书目；某人喜欢地理学，尽可以将地理类书列出一张系统的研究书目。虽然，只是为本行人说法，不能应用于一般。依我看，胡君所列各书，大半和《金石萃编》《窓斋集古录》《殷墟书契考释》（金石类书）《水道提纲》《朔方备乘》《元史译文证补》（地理类书）等等同一性质。虽不是不应读之书，却断不是人人必应读之书（胡君复《清华周刊》信说：“我的意思是要一班留学生知道《元曲选》等是应该知道的书。”依着这句话，留学生最少也该知道《殷墟书契考释》《朔方备乘》……是应该知道的书。那么，将一部《四库全书总目》搬字过纸更列举后出书千数百种便了，何必更开最低限度书目？须知“知道”是一件事，“必读”又别是一件事）。

我的主张，很是平淡无奇。我认定史部书为国学最主要部分。除先秦几部经书几部子书之外，最要紧的便是读正史《通鉴》、《宋元明纪事本末》和《九通》中之一部分，以及关系史学之笔记文集等，算是国学常识，凡属中国读书人都要读的。有了这种常识之人不自满足，想进一步做专门学者时，你若想做哲学史家，文学史家，你就请教胡君这张书目。你若想做别一项专门家，还有许多门我也可以勉强照胡君样子替你另开一张书目哩。

胡君对于自己所好的两门学问研究甚深，别择力甚锐，以为一般青年也该如此，不必再为别择，所以把许多书目胪列出来便了。试思一百多册的《正谊堂全书》千篇一律的“理气性命”，叫青年何从读起？何止正谊堂，即以浙刻《二十二子》论，告诉青年说这书该读，他又何从读起？至于其文学史之部所列《全上古三代秦汉三国六朝文》《全汉三国晋南北朝诗》《古文苑》《续古文苑》《唐文粹》《全唐诗》《宋文鉴》《南宋文范》《南宋文录》《宋诗钞》《宋六十家词》《四印斋宋元词》《彊邨所刻词》《元曲选百种》《金文最》《元文类》《明文在》《列朝诗集》《明诗综》《六十种曲》等书，我大略估计，恐怕总数在一千册以上，叫人从何读起？青年学生，因为我们是“老马识途”，虚心请教，最少也应告诉他一个先后次序。例如唐诗该先读某家后读某家，不能说你去读《全唐诗》便了。《宋词》该先读某家后读某家，不能说请你把王幼霞、朱古微所刻的都读。若说你全部读过后自会别择，诚然不错。只怕他索性不读便了。何况青年若有这许多精力日力来读胡君指定的一千多册文学书，何如用来读《二十四史》《九通》呢？

还有一层：胡君忘却学生没有最普通的国学常识时，有许多书是不能读的。试问连《史记》没有读过的人，读崔适《史记探源》懂他说的什么？连《尚书》《史记》《礼记》《国语》没有读过的人，读崔述《考信录》懂他说的什么？连《史记·儒林传》《汉书·艺文志》没有读过的人，读康有为《新学伪经考》，懂他说的什么？这不过随手举几个例，其他可以类推。假如有一位学生（假定还是专门研究思想史的学生），敬谨遵依胡君之教，顺着他所开书目读去，他的书明明没有《尚书》《史记》《汉书》这几部书，你想这位学生，读到崔述、康有为、崔适的著述时，该怎么样狼狈呢？胡君之意，或者以这位学生早已读过《尚书》《史记》《汉书》为前提，以为这样普通书，你当然读过，何必我说。那么，《四书》更普通，何以又列入呢？总而言之，《尚书》《史记》《汉书》《资治通鉴》为国学最低限度不必要之书，《正谊堂全书》……《缀白裘》……《儿女英雄传》……反是必要之书，真不能不算石破天惊的怪论！（思想史之部，连《易经》也没有。什么原故，我也要求胡君答复。）

总而言之，胡君这篇书目，从一方面看，嫌他挂漏太多；从别方面看，嫌他博而寡要，我认为是不合用的。

信心与反省

这一期(《独立》一〇三期)里有寿生先生的一篇文章，题为《我们要有信心》，在这文里，他提出一个大问题：中华民族真不行吗？他自己的答案是：我们是还有生存权的。

我很高兴我们的青年在这种恶劣空气里还能保持他们对于国家民族前途的绝大信心。这种信心是一个民族生存的基础，我们当然是完全同情的。

可是我们要补充一点：这种信心本身要建筑在稳固的基础之上，不可站在散沙之上。如果信仰的根据不稳固，一朝根基动摇了，信仰也就完了。

寿生先生不赞成那些旧人“拿什么五千年的古国哟，精神文明哟，地大物博哟，来遮丑”。这是不错的。然而他自己提出的民族信心的根据，依我看来，文字上虽然和他们不同，实质上还是和他们同样的站在散沙之上，同样的挡不住风吹雨打。例如他说：

> 我们今日之改进不如日本之速者，就是因为我们的固有

文化太丰富了。富于创造性的人，个性必强，接受性就较缓。

这种思想在实质上和那五千年古国精神文明的迷梦是同样的无稽的夸大。第一，他的原则"'富于创造性的人，个性必强，接受性就较缓"，这个大前提就是完全无稽之谈，就是懒惰的中国士大夫捏造出来替自己遮丑的胡说。事实上恰是相反的：凡富于创造性的人必敏于模仿，凡不善模仿的人决不能创造。创造是一个最误人的名词，其实创造只是模仿到十足时的一点点新花样。古人说的最好："太阳之下，没有新的东西。"一切所谓创造都从模仿出来。我们不要被新名词骗了。新名词的模仿就是旧名词的"学"字；"学之为言效也"是一句不磨的老话。例如学琴，必须先模仿琴师弹琴；学画必须先模仿画师作画；就是画自然界的景物，也是模仿。模仿熟了，就是学会了，工具用的熟了，方法练的细密了，有天才的人自然会"熟能生巧"，这一点工夫到时的奇巧新花样就叫做创造。凡不肯模仿，就是不肯学人的长处。不肯学如何能创造？葛理略（Galileo）听说荷兰有个磨镜匠人做成了一座望远镜，他就依他听说的造法，自己制造了一座望远镜。这就是模仿，也就是创造。从十七世纪初年到如今，望远镜和显微镜都年年有进步，可是这三百年的进步，步步是模仿，也步步是创造。一切进步都是如此：没有一件创造不是先从模仿下手的。孔子说的好：

三人行，必有我师焉：择其善者而从之，其不善者而改之。

这就是一个圣人的模仿。懒人不肯模仿，所以决不会创造。一个民族也和个人一样，最肯学人的时代就是那个民族最伟大的时代；等到他不肯学人的时候，他的盛世已过去了，他已走上衰老僵化的时期了，我们中国民族最伟大的时代，正是我们最肯模仿四邻的时代：从汉到唐、宋，一切建筑、绘画、雕刻、音乐、宗教、思想、算学、天文、工艺，那一件里没有模仿外国的重要成分？佛教和他带来的美术建筑，不用说了。从汉朝到今日，我们的历法改革，无一次不是采用外国的新法；最近三百年的历法是完全学西洋的，更不用说了。到了我们不肯学人家的好处的时候，我们的文化也就不进步了。我们到了民族中衰的时代，只有懒劲学印度人的吸食鸦片，却没有精力学满洲人的不缠脚，那就是我们自杀的法门了。

第二，我们不可轻视日本人的模仿。寿生先生也犯了一般人轻视日本的恶习惯，抹杀日本人善于模仿的绝大长处。日本的成功，正可以证明我在上文说的“一切创造都从模仿出来”的原则。寿生说：

> 从唐以至日本明治维新，千数百年间，日本有一件事足为中国取镜者吗？中国的学术思想在她手里去发展改进过吗？我们实无法说有。

这又是无稽的诬告了。三百年前，朱舜水到日本，他居留久了，能了解那个岛国民族的优点，所以他写信给中国的朋友说，日本的政治虽不能上比唐、虞，可以说比得上三代盛世。这一个中国大学者在长期寄居之后下的考语，是值得我们的注意的。日本民族的长处全在他们肯一心一意的学别人的好处。他们学了中国的无数好处，但始终不曾学我们的小脚，八股文，鸦片烟。这不够"为中国取镜"吗？他们学别国的文化，无论在那一方面，凡是学到家的，都能有创造的贡献。这是必然的道理。浅见的人都说日本的山水人物画是模仿中国的；其实日本画自有他的特点，在人物方面的成绩远胜过中国画，在山水方面也没有走上四王的笨路。在文学方面，他们也有很大的创造。近年已有人赏识日本的小诗了。我且举一个大家不甚留意的例子。文学史家往往说日本的《源氏物语》等作品是模仿中国唐人的小说《游仙窟》等书的。现今《游仙窟》已从日本翻印回中国来了，《源氏物语》也有了英国人卫来先生（Anhur Waley）的五巨册的译本。我们若比较这两部书，就不能不惊叹日本人创造力的伟大。如果《源氏》真是从模仿《游仙窟》出来的，那真是徒弟胜过师傅千万倍了！寿生先生原文里批评日本的工商业，也是中了成见的毒。日本今日工商业的长脚发展，虽然也受了生活程度比人低和货币低落的恩惠，但他的根基实在是全靠科学与工商业的进步。今日大阪与兰肯歇的竞争，骨子里还是新式工业与旧式工业的竞争。日本今日自造的纺织器是世界各国公认为最新最良的。今日英国纺织业也不能不购买日本的新机器了，这是从模仿到创造的最好的例子。不然，我们工人的工资比日本更低，货币平常也比日本钱更贱，为什么我们不能"与他国资本家抢商场"呢？我们到了今日，若还要抹煞事实，笑人模仿，而自居于"富于创造性者"的不屑模仿，那真是盲目的夸大狂了。

第三，再看看“我们的固有文化”是不是真的“太丰富了”。寿生和其他夸大本国固有文化的人们，如果真肯平心想想，必然也会明白这句话也是无根的乱谈。这个问题太大不是这篇短文里所能详细讨论的，我只能指出这个比较重要之点，使人明白我们的固有文化实在是很贫乏的，谈不到“太丰富”的梦话。近代的科学文化，工业文化，我们可以撇开不谈，因为在那些方面，我们的贫乏未免太丢人了。我们且谈谈老远的过去时代罢。我们的周秦时代当然可以和希腊、罗马相提比论，然而我们如果平心研究希腊、罗马的文学，雕刻，科学，政治，单是这四项就不能不使我们感觉我们的文化的贫乏了。尤其是造形美术与算学的两方面，我们真不能不低头愧汗。我们试想想，《几何原本》的作者欧几里得（Euclid）正和孟子先后同时；在那么早的时代，在二千多年前，我们在科学上早已太落后了！（少年爱国的人何不试拿《墨子·经上》篇里的三五条几何学界说来比较《几何原本》？）从此以后，我们所有的，欧洲也都有；我们所没有的，人家所独有的，人家都比我们强。试举一个例子：欧洲有三个一千年的大学，有许多个五百年以上的大学，至今继续存在，继续发展：我们有没有？至于我们所独有的宝贝，骈文，律诗，八股，小脚，太监，姨太太，五世同居的大家庭，贞节牌坊，地狱活现的监狱，廷杖，板子夹棍的法庭，……虽然“丰富”，虽然“在这世界无不足以单独成一系统”，究竟都是使我们抬不起头来的文物制度。即如寿生先生指出的“那更光辉万丈”的宋、明理学，说起来也真正可怜！讲了七八百年的理学，没有一个理学圣贤起来指出裹小脚是不人道的野蛮行为，只见大家崇信“饿死事极小，失节事极大”的吃人礼教：请问那万丈光辉究竟照耀到哪里去了？

以上说的，都只是略略指出寿生先生代表的民族信心是建筑在散沙上面，禁不起风吹草动，就会倒塌下来的。信心是我们需要的，但无根据的信心是没有力量的。

可靠的民族信心，必须建筑在一个坚固的基础之上，祖宗的光荣自是祖宗之光荣，不能救我们的痛苦羞辱。何况祖宗所建的基业不全是光荣呢？我们要指出：我们的民族信心必须站在“反省”的唯一基础之上。反省就是要闭门思过，要诚心诚意的想，我们祖宗的罪孽深重，我们自己的罪孽深重；要认清了罪孽所在，然后我们可以用全副精力去消灾灭罪。寿生先生引了一句“中国不亡是无天理”的悲叹词句，他也许不知道这句伤心的话是我十三四年前在中央公园后面柏树下对孙伏园先生说的，第二天被他记在《晨报》上，就流传至今。我说出那句话的目的，不是要人消极，是要人反省：不是要人灰心，是要人起信心，发下大弘誓来忏悔，来替祖宗忏悔，替我们自己忏悔；要发愿造新因来替代旧日种下的恶因。

今日的大患在于全国人不知耻。所以不知耻者，只是因为不曾反省。一个国家兵力不如人，被人打败了，被人抢夺了一大块土地去，这不算是最大的耻辱。一个国家在今日还容许整个的省分遍种鸦片烟，一个政府在今日还要依靠鸦片烟的税收——公卖税、吸户税、烟苗税、过境税——来做政府的收入的一部分，这是最大的耻辱。一个现代民族在今日还容许他们的最高官吏公然提倡什么“时轮金刚法会”“息灾利民法会”，这是最大的耻辱。一个国家有五千年的历史，而没有一个四十年的大学，甚至于没有一个真正完备的大学，这是最大的耻辱。一个国家能养三百万不能捍卫国家的兵，而至今不肯计划任何区域的国民义务教育，这是最大的耻辱。

真诚的反省自然发生于真诚的愧耻。孟子说的好："不耻不若人，何若人有？"真诚的愧耻自然引起向上的努力，要发弘愿努力学人家的好处，铲除自家的罪恶。经过这种反省与忏悔之后，然后可以起新的信心：要信仰我们自己正是拨乱反正的人，这个担子必须我们自己来挑起。三四十年的天足运动已经差不多完全铲除了小脚的风气：从前大脚的女人要装小脚，现在小脚的女人要装大脚了。风气转移的这样快，这不够坚定我们的自信心吗？

历史的反省自然使我们明了今日的失败都因为过去的不努力，同时也可以使我们格外明了"种瓜得瓜，种豆得豆"的因果铁律。铲除过去的罪孽只是割断已往种下的果。我们要收新果，必须努力造新因。祖宗生在过去的时代，他们没有我们今日的新工具，也居然能给我们留下了不少的遗产。我们今日有了祖宗不曾梦见的种种新工具，当然应该有比祖宗高明千百倍的成绩，才对得起这个新鲜的世界。日本一个小岛国，那么贫瘠的土地，那么少的人民，只因为伊藤博文，大久保利通，西乡隆盛等几十个人的努力，只因为他们肯拼命的学人家，肯拼命的用这个世界的新工具，居然在半个世纪之内一跃而为世界三五大强国之一。这不够鼓舞我们的信心吗？

反省的结果应该使我们明白那五千年的精神文明，那"光辉万丈"的宋、明理学，那并不太丰富的固有文化，都是无济于事的银样蜡枪头。我们的前途在我们自己的手里。我们的信心应该望在我们的将来。我们的将来全靠我们下什么种，出多少力。“播了种一定会有收获，用了力决不至于白费”：这是翁文灏先生要我们有的信心。

二十三，五，二十八

（原载 1934 年 6 月 3 日《独立评论》第 103 号）

再论信心与反省

在《独立》第一〇三期，我写了一篇《信心与反省》，指出我们对国家民族的信心不能建筑在歌颂过去上，只可以建筑在“反省”的唯一基础之上。在那篇讨论里，我曾指出我们的固有文化是很贫乏的，决不能说是“太丰富了”的。我们的文化，比起欧洲一系的文化来，“我们所有的，人家也都有；我们所没有的，人家所独有的，人家都比我们强。至于我们所独有的宝贝，骈文，律诗，八股，小脚，……又都是使我们抬不起头来的文物制度”。所以我们应该反省：认清了我们的祖宗和我们自己的罪孽深重，然后肯用全力去消灾灭罪；认清了自己百事不如人，然后肯死心塌地的去学人家的长处。

我知道这种论调在今日是很不合时宜的，是触犯忌讳的，是至少要引起严厉的抗议的。可是我心里要说的话，不能因为人不爱听就不说了。正因为人不爱听，所以我更觉得有不能不说的责任。

果然，那篇文章引起了一位读者子固先生的悲愤，害他终夜不能睡眠，害他半夜起来写他的抗议，直写到天明。他的文章，

《怎样才能建立起民族的信心》是一篇很诚恳的，很沉痛的反省。我很尊敬他的悲愤，所以我很愿意讨论他提出的论点，很诚恳的指出他那“一半不同”正是全部不同。

子固先生的主要论点是：

> 我们民族这七八十年以来，与欧美文化接触，许多新奇的现象炫盲了我们的眼睛，在这炫盲当中，我们一方面没出息地丢了我们固有的维系并且引导我们向上的文化，另一方面我们又没有能够抓住外来文化之中那种能够帮助我们民族更为强盛的一部分。结果我们走入迷途，堕落下去！
>
> 忠孝仁爱信义和平是维系并且引导我们民族向上的固有文化，科学是外来文化中能够帮助我们民族更为强盛的一部分。

子固先生的论调，其实还是三四十年前的老辈的论调。他们认得了富强的需要，所以不反对西方的科学工业；但他们心里很坚决的相信一切伦纪道德是我们所固有而不须外求的。老辈之中，一位最伟大的孙中山先生，在他的通俗讲演里，也不免要敷衍一般夸大狂的中国人，说：“中国先前的忠孝仁爱信义种种的旧道德”都是“驾乎外国人”之上。中山先生这种议论在今日往往被一般人利用来做复古运动的典故，所以有些人就说“中国本来是一个由美德筑成的黄金世界”了！（这是民国十八年叶楚伧先生的名言。）

子固先生也特别提出孙中山先生的伟大，特别颂扬他能“在当时一班知识阶级盲目崇拜欧美文化的狂流中，巍然不动地指示我们救国必须恢复我们固有文化，同时学习欧美科学”。但他如果留心细读中山先生的讲演，就可以看出他当时说那话时是很费力的，很不容易自圆其说的。例如讲“修身”，中山先生很明白的说：

> 但是从修身一方面来看，我们中国人对于这些功夫是很缺乏的。中国人一举一动都欠检点，只要和中国人来往过一次，便看得很清楚。(《三民主义》六)

他还对我们说：

> 所以今天讲到修身，诸位新青年，便应该学外国人的新文化。(《三民主义》六)

可是他一会儿又回过去颂扬固有的旧道德了。本来有保守性的读者只记得中山先生颂扬旧道德的话，却不曾细想他所颂扬的旧道德都只是几个人类共有的理想，并不是我们这个民族实行最力的道德。例如他说的“忠孝仁爱信义和平”，哪一件不是东西哲人共同提倡的理想？除了割股治病，卧冰求鲤一类不近人情的行动之外，哪一件不是世界文明人类公有的理想？孙中山先生也曾说过：

> 照这样实行一方面讲起来，仁爱的好道德，中国人现

> 在似乎远不如外国。……但是仁爱还是中国的旧道德。我们要学外国，只要学他们那样实行，把仁爱恢复起来，再去发扬光大，便是中国固有的精神。（同上书）

在这短短一段话里，我们可以看出中山先生未尝不明白在仁爱的“实行”上，我们实在远不如人。所谓“仁爱还是中国的旧道德”者，只是那个道德的名称罢了。中山先生很明白的教人：修身应该学外国人的新文化，仁爱也“要学外国”。但这些话中的话都是一般人不注意的。

在这些方面，吴稚晖先生比孙中山先生澈底多了。吴先生在他的《一个新信仰的宇宙观及人生观》里，很大胆的说中国民族的“总和道德是低浅的”同时他又指出西洋民族

> 什么仁义道德，孝弟忠信，吃饭睡觉，无一不较上三族（亚剌伯，印度，中国）的人较有作法，较有热心。……讲他们的总和道德叫做高明。

这是很公允的评判。忠孝信义仁爱和平，都是有文化的民族共有的理想；在文字理论上，犹太人，印度人，亚剌伯人，希腊人，以至近世各文明民族，都讲的头头是道。所不同者，全在吴先生说的“有作法，有热心”两点。若没有切实的办法，没有真挚的热心，虽然有整千万册的理学书，终无救于道德的低浅。宋、明的理学圣贤，谈性谈心，谈居敬，谈致良知，终因为没有作法，只能走上“终日端坐，如泥塑人”的死路上去。

我所以要特别提出子固先生的论点，只因为他的悲愤是可敬的，而他的解决方案还是无补于他的悲愤。他的方案，一面学科学，一面恢复我们固有的文化，还只是张之洞一辈人说的“中学为体，西学为用”的方案。老实说，这条路是走不通的。如果过去的文化是值得恢复的，我们今天不至糟到这步田地了。况且没有那科学工业的现代文化基础，是无法发扬什么文化的“伟大精神”的。忠孝仁爱信义和平是永远存在书本子里的；但是因为我们的祖宗只会把这些好听的名词都写作八股文章，画作太极图，编作理学语录，所以那些好听的名词都不能变成有作法有热心的事实。西洋人跳出了经院时代之后，努力做征服自然的事业，征服了海洋，征服了大地，征服了空气电气，征服了不少的原质，征服了不少的微生物，——这都不是什么“保存国粹”“发扬固有文化”的口号所能包括的工作，然而科学与工业发达的自然结果是提高了人民的生活，提高了人类的幸福，提高了各个参加国家的文化。结果就是吴稚晖先生说的“总和道德叫做高明”。

世间讲“仁爱”的书，莫过于《华严经》的《净行品》，那一篇妙文教人时时刻刻不可忘了人类的痛苦与缺陷，甚至于大便小便时都要发愿不忘众生：

> 左右便利，当愿众生，蠲除污秽，无淫怒痴。
>
> 已而就水，当愿众生，向无上道，得出世法。
>
> 以水涤秽，当愿众生，具足净忍，毕竟无垢。
>
> 以水盥掌，当愿众生，得上妙手，受持佛法。
>
> ……

但是一个和尚的弘愿，究竟能做到多少实际的“仁爱”？回头看看那一心想征服自然的科学救世者，他们发现了一种病菌，制成了一种血清，可以激活无量数的人类，其为“仁爱”岂不是千万倍的伟大？

以上的讨论，好像全不曾顾到“民族的信心”的一个原来问题。这是因为子固先生的来论，剥除了一些动了感情的话，实在只说了一个“中学为体，西学为用”的老方案，所以我要指出这个方案的“一半”是行不通的：忠孝仁爱信义和平等等并不是“维系并且引导我们民族向上的固有文化”，他们不过是人类共有的几个理想，如果没有作法，没有热力，只是一些空名词而已。这些好名词的存在并不曾挽救或阻止“八股，小脚，太监，姨太太，贞节牌坊，地狱的监牢，夹棍板子的法庭”的存在。这些八股，小脚，……等等“固有文化”的崩溃，也全不是程颢，朱熹，顾亭林，戴东原……等等圣贤的功绩，乃是“与欧美文化接触”之后，那科学工业造成的新文化叫我们相形之下太难堪了，这些东方文明的罪孽方才逐渐崩溃的。我要指出：我们民族这七八十年来与欧美文化接触的结果，虽然还不曾学到那个整个的科学工业的文明，（可怜丁文江，翁文灏，颜任光诸位先生都还是四十多岁的少年，他们的工作刚开始哩！）究竟已替我们的祖宗消除了无数的罪孽，打倒了“小脚，八股，太监，五世同居的大家庭，贞节牌坊，地狱活现的监狱，夹棍板子的法庭”的一大部分或一小部分。这都是我们的“数不清的圣贤天才”从来不曾指摘讥弹的；这都是“忠孝仁爱信义和平”的固有文化从来不曾“引导向上”的。这些祖宗罪孽的崩溃，固然大部分是欧美文明的恩赐，同时也可以表示我们在这七八十年中至少也还做到了这些消极的进步。子固先生说我们在这七八十年中“走入迷途，堕落下去”，这真是无稽的诬告！中国民族在这七八十年中何尝“堕落”？在几十年之中，废除了三千年的太监，一千年的小脚，六百年的八股，五千年的酷刑，这是“向上”，不是堕落！

不过我们的“向上”还不够，努力还不够。八股废止至今不过三十年，八股的训练还存在大多数老而不死的人的心灵里，还间接直接的传授到我们的无数的青年人的脑筋里。今日还是一个大家做八股的中国，虽然题目换了。小脚逐渐绝迹了，夹棍板子，砍头碎剐废止了，但裹小脚的残酷心理，上夹棍打屁股的野蛮心理，都还存在无数老少人们的心灵里。今日还是一个残忍野蛮的中国，所以始终还不曾走上法治的路，更谈不到仁爱和平了。

所以我十分诚挚的对全国人说：我们今日还要反省，还要闭门思过，还要认清祖宗和我们自己的罪孽深重，决不是这样浅薄的“与欧美文化接触”就可以脱胎换骨的。我们要认清那个容忍拥戴“小脚，八股，太监，姨太太，骈文，律诗，五世同居的大家庭，贞节牌坊，地狱的监牢，夹棍板子的法庭”到几千几百年之久的固有文化，是不足迷恋的，是不能引我们向上的。那里面浮沉着的几个圣贤豪杰，其中当然有值得我们崇敬的人，但那几十颗星儿终究照不亮那满天的黑暗。我们的光荣的文化不在过去，是在将来，是在那扫清了祖宗的罪孽之后重新改造出来的文化。替祖国消除罪孽，替子孙建立文明，这是我们人人的责任。古代哲人曾参说的最好：

士不可以不弘毅：任重而道远。

先明白了“任重而道远”的艰难，自然不轻易灰心失望了。凡是轻易灰心失望的人，都只是不曾认清他挑的是一个百斤的重担，走的是一条万里的长路。今天挑不动，努力磨炼了总有挑得起的一天。今天走不完，走得一里前途就缩短了一里。“播了种一定会有收获，用了力决不至于白费”，这是我们最可靠的信心。

二十三，六，十一夜

（原载 1934 年 6 月 17 日《独立评论》第 105 号）

三论信心与反省

自从《独立》第一〇三号发表了那篇《信心与反省》之后，我收到了不少的讨论，其中有几篇已在《独立》(第一〇五,一〇六及一〇七号)登出了。我们读了这些和还有一些未发表的讨论，忍不住还要提出几个值得反复申明的论点来补充几句话。

第一个论点是：我们对于我们的“固有文化”，究竟应该采取什么态度？吴其玉先生(《独立》一〇六)怪我“把中国文化压得太低了”；寿生先生也怪我把中国文化“抑”的太过火了。他们都怕我把中国看的太低了，会造成“民族自暴自弃的心理，造成他对于其他民族屈服卑鄙的心理”。吴其玉先生说：我们“应该优劣并提。不可只看人家的长，我们的短；更应当知道我们的长，人家的短。这样我们才能有努力的勇气”。

这些责备的话，含有一种共同的心理，就是不愿意揭穿固有文化的短处，更不愿意接受“祖宗罪孽深重”的控诉。一听见有人指出“骈文，律诗，八股，小脚，太监，姨太太，贞节牌坊，地狱的监牢，板子夹棍的法庭”等等，一般自命为爱国的人们总觉得心里怪不舒服，总要想出法子来证明这些“未必特别羞辱我们”，因为这些都是“不可免的现象”，“无古今中外是一样的”（吴其玉先生的话）。所以吴其玉先生指出日本的“下女，男女同浴，自杀，暗杀，娼妓的风行，贿赂，强盗式的国际行为”；所以寿生先生也指出欧洲中古武士的“初夜权”“贞操锁”。所以子固先生也要问：“欧洲可有一个文化系统过去没有类似小脚，太监，姨太太，骈文，律诗，八股，地狱活现的监狱，廷杖，板子夹棍的法庭一类的丑处呢？”（《独立》一〇五号）本期（《独立》一〇七号）有周作人先生来信，指出这又是“西洋也有臭虫”的老调。这种心理实在不是健全的心理，只是“遮羞”的一个老法门而已。从前笑话书上说：甲乙两人同坐，甲摸着身上一个虱子，有点难为情，把它抛在地上，说：“我道是个虱子，原来不是的。”乙偏不识窍，弯身下去，把虱子拾起来，说：“我道不是个虱子，原来是个虱子！”甲的做法，其实不是除虱的好法子。乙的做法，虽然可恼，至少有“实事求是”的长处。虱子终是虱子，臭虫终是臭虫，何必讳呢？何必问别人家有没有呢？

况且我原来举出的“我们所独有的宝贝”：骈文，律诗，八股，小脚，太监，姨太太，五世同居的大家庭，贞节牌坊，地狱的监牢，廷杖，板子夹棍的法庭，这十一项，除姨太太外，差不多全是“我们所独有的”，“在这世界无不足以单独成一系统的”。高跟鞋与木屐何足以媲美小脚？“贞操锁”我在巴黎的克吕尼博物院看见过，并且带有照片回来，这不过是几个色情狂的私人的特制，万不配上比那普及全国至一千多年之久，诗人颂为香钩，文人尊为金莲的小脚。我们走遍世界，研究过初民社会，没有看见过一个文明的或野蛮的民族把他们的女人的脚裹小到三四寸，裹到骨节断折残废，而一千年公认为“美”的！也没有看见过一个文明的民族的智识阶级有话不肯老实的说，必须凑成对子，做成骈文律诗律赋八股，历一千几百年之久，公认为“美”的！无论我们如何爱护祖宗，这十项的“国粹”是洋鬼子家里搜不出来的。

况且西洋的“臭虫”是装在玻璃盒里任人研究的，所以我们能在巴黎的克吕尼博物院纵观高跟鞋的古今沿革，纵观“贞操锁”的制法，并且可以在博物院中购买精制的“贞操锁”的照片寄回来让国中人士用作“西洋也有臭虫”的实例。我们呢？我们至今可有一个历史博物馆敢于搜集小脚鞋样，模型，图画，或鸦片烟灯，烟枪，烟膏，或廷杖，板子，闸床，夹棍，等等极重要的文化史料，用历史演变的原理排列展览，供全国人的研究与警醒的吗？因为大家都要以为灭迹就可以遮羞，所以青年一辈人全不明白祖宗造的罪孽如何深重，所以他们不能明白国家民族何以堕落到今日的地步，也不能明白这三四十年的解放与改革的绝大成绩。不明白过去的黑暗，所以他们不认得今日的光明；不懂得祖宗罪孽的深重，所以他们不能知道这三四十年革新运动的努力并非全无效果。我们今日所以还要郑重指出八股，小脚，板子，夹棍，等等罪孽，岂是仅仅要宣扬家丑？我们的用意只是要大家明白我们的脊梁上驮着那二三千年的罪孽重担，所以几十年的不十分自觉的努力还不能够叫我们海底翻身。同时我们也可以从这种历史的知识上得着一种坚强的信心：三四十年的一点点努力已可以废除三千年的太监，一千年的小脚，六百年的八股，四五百年的男娼，五千年的酷刑，这不够使我们更决心向前努力吗！西洋人把高跟鞋，细腰模型，贞操锁都装置在博物院里，任人观看，叫人明白那个“美德造成的黄金世界”原来不在过去，而在那辽远的将来。这正是鼓励人们向前努力的好方法，是我们青年人不可不知道的。

固然，博物院里同时也应该陈列先民的优美成绩，谈固有文化的也应该如吴其玉先生说的“优劣并提”。这虽然不是我们现在讨论的本题，（本题是“我们的固有文化真是太丰富了吗？”）我们也可以在此谈谈。我们的固有文化究竟有什么“优”“长”之处呢？我是研究历史的人，也是个有血气的中国人，当然也时常想寻出我们这个民族的固有文化的优长之处。但我寻出来的长处实在不多，说出来一定叫许多青年人失望。依我的愚见，我们的固有文化有三点是可以在世界上占数一数二的地位的：第一是我们的语言的“文法”是全世界最容易最合理的。第二是我们的社会组织，因为脱离封建时代最早，所以比较的是很平等的，很平民化的。第三是我们的先民，在印度宗教输入以前，他们的宗教比较的是最简单的，最近人情的；就在印度宗教势力盛行之后，还能勉力从中古宗教之下爬出来，勉强建立一个人世的文化：这样的宗教迷信的比较薄弱，也可算是世界希有的。然而这三项都夹杂着不少的有害的成分，都不是纯粹的长处。文法是最合理的简易的，可是文字的形体太繁难，太不合理了。社会组织是平民化了，同时也因为没有中坚的主力，所以缺乏领袖，又不容易组织，弄成一个一盘散沙的国家；又因为社会没有重心，所以一切风气都起于最下层而不出于最优秀的分子，所以小脚起于舞女，鸦片起于游民，一切赌博皆出于民间，小说戏曲也皆起于街头弹唱的小民。至于宗教，因为古代的宗教太简单了，所以中间全国投降了印度宗教，造成了一个长期的黑暗迷信的时代，至今还留下了不少的非人生活的遗痕。——然而这三项究竟还是我们在这个世界上最特异的三点：最简易合理的文法，平民化的社会构造，薄弱的宗教心。此外，我想了二十年，实在想不出什么别的优长之点了。如有别位学者能够指出其他的长处来，我当然很愿意考虑的。（这个问题当然不是一段短文所能讨论的，我在这里不过提出一个纲要而已。）

所以，我不能不被逼上"固有文化实在太不丰富"之结论了。我以为我们对于固有的文化，应该采取历史学者的态度，就是"实事求是"的态度。一部文化史平铺放着，我们可以平心细看：如果真是丰富，我们又何苦自讳其丰富？如果真是贫乏，我们也不必自讳其贫乏。如果真是罪孽深重，我们也不必自讳其罪孽深重。"实事求是"，才是最可靠的反省。自认贫乏，方才肯死心塌地的学；自认罪孽深重，方才肯下决心去消除罪愆。如果因为发现了自家不如人，就自暴自弃了，那只是不肖的纨挎子弟的行径，不是我们的有志青年应该有的态度。

话说长了，其他的论点不能详细讨论了，姑且讨论第二个论点，那就是模仿与创造的问题。吴其玉先生说文化进步发展的方式有四种：（　）模仿，（二，）改进，（三）发明，（四）创作。这样分法，初看似乎有理，细看是不能成立的。吴先生承认"发明"之中"很多都由模仿来的"。"但也有许多与旧有的东西毫无关系的"。其实没有一件发明不是由模仿来的。吴先生举了两个例：一是瓦特的蒸汽力，一是印字术。他若翻开任何可靠的历史书，就可以知道这两件也是从模仿旧东西出来的。印字术是模仿抄写，这是最明显的事：从抄写到刻印章，从刻印章到刻印板画，从刻印板画到刻印符咒短文，逐渐进到刻印大部书，又由刻板进到活字排印，历史具在，那一个阶段不是模仿前一个阶段而添上的一点新花样？瓦特的蒸汽力，也是从模仿来的。瓦特生于1736年，他用的是牛可门（Newcomen）的蒸汽机，不过加上第二个凝冷器及其他修改而已。牛可门生于1663年，他用了同时人萨维里（Savery）的蒸汽机。牛、萨两人又都是根据法国人巴平（Denis Papin）的蒸汽唧筒。巴平又是模仿他的老师荷兰人胡根斯（Huygens）的空气唧筒的（看 Kaempffert：Modem Wonder Workers，pp.467—503）。吴先生举的两个"发明"的例子，其实都是我所说的"模仿到十足时的一点新花样"。吴先生又说："创作也须靠模仿为入手，但只模仿是不够的。"这和我的说法有何区别？他把"创作"归到"精神文明"方面，如美术、音乐、哲学等。这几项都是"模仿以外，还须有极高的开辟天才，和独立的精神"。我的说法并不曾否认天才的重要。我说的是：

> 模仿熟了，就是学会了，工具用的熟了，方法练的细密了，有天才的人自然会"熟能生巧"，这一点功夫到时的奇巧新花样就叫做创造。（《信心与反省》页四八〇）

吴先生说："创造须由模仿入手。"我说："一切所谓创造都从模仿出来。"我看不出有一丝一毫的分别。

如此看来，吴先生列举的四个方式，其实只有一个方式：一切发明创作都从模仿出来。没有天才的人只能死板的模仿；天才高的人，功夫到时，自然会改善一点；改变的稍多一点，新花样添的多了，就好像是一件发明或创作了，其实还只是模仿功夫深时添上的一点新花样。

这样的说法，比较现时一切时髦的创造论似乎要减少一点弊窦。今日青年人的大毛病是误信"天才""灵感"等等最荒谬的观念，而不知天才没有功力只能蹉跎自误，一无所成。世界大发明家爱迪生说的最好："天才（Genius）是一分神来，九十九分汗下。"他所谓"神来"（Inspiration）即是玄学鬼所谓"灵感"。用血汗苦功到了九十九分时，也许有一分的灵巧新花样出来，那就是创作了。颓废懒惰的人，痴待"灵感"之来，是终无所成的。寿生先生引孔子的话："吾尝终日不食，终夜不寝，以思，无益，不如学也。"这一位最富于常识的圣人的话是值得我们大家想想的。

二十三，六，廿五

（原载1934年7月1日《独立评论》第107号）

悲观声浪里的乐观

双十节的前一日，我在燕京大学讲演《究竟我们在这二十三年里干了些什么？》各报的记录，都不免有错误。我今天把那天说的话的大意写出来，做一篇应时节的星期论文。

我们在这个双十节的前后，总不免要想想，究竟辛亥革命至今二十三年中我们干了些什么？究竟有没有成绩值得纪念？在这个最危急的国难时期里，我们最容易走上悲观的路，最容易灰心短气，只觉得革命革了二十三个整年，到头来还是一事无成，文不能对世界文化有任何的贡献，武不能抵御一个强邻的侵暴，我们还有什么兴致年年做这样照例的纪念？这是很普遍的国庆日的感想。所以我觉得我们不肯灰心的人应该用公平的态度和历史的眼光，来重新估计这二十三年中的总成绩，来替中华民国盘一盘账。

今日最悲观的人，实在都是当初太乐观了的人。他们当初就根本没有了解他们所期望的东西的性质，他们梦想一个自由平等，繁荣强盛的国家，以为可以在短时期中就做到那种梦想的境界。他妄想一个“奇迹”的降临，想了二十三年，那“奇迹”还没有影子，于是他们的信心动摇了，他们的极度乐观变成极度悲观了。

换句话说：悲观的人的病根在于缺乏历史的眼光。因为缺乏历史的眼光，所以第一不明白我们的问题是多么艰难，第二不了解我们应付艰难的凭借是多么薄弱，第三不懂得我们开始工作的时间是多么迟晚，第四不想想二十三年是多么短的一个时期，第五不认得我们在这样短的时期里居然也做到了一点很可观的成绩。

如果大家能有一点历史的眼光，大家就可以明白这二十多年来，“奇迹”虽然没有光临，至少也有了一点很可以引起我们的自信心的进步。进步都是比较的。必须要有历史的比较，方才可以明白那一点是进步，那一点是退化。我们要计算这二十三年的成绩，必须要拿现在的成绩来比较二十三年前的状态，然后可以下判断。这是历史眼光的最浅近的说法。

上星期教育部长王世杰先生在他的广播演说里，谈到这二十三年里的教育进步，他说：拿民国二十三年来比民国元年，小学生增多了四倍，中学生增加了十倍，大学及专科学校学生增加了差不多一百倍。这三级的数量的太不相称，是很不应该的，是必须努力补救纠正的。但这个历史统计的比较，至少可以使我们明白这二十三年中，尽管在贫穷纷乱之中，也不是没有惊人的进步。

二十三年中教育上的进步，不仅仅是王世杰先生指出的数量上的增加而已，还有统计数字不能表现出来的各种进步。我们四十岁以上的人，试回头想想二十多年前的中国学校是个什么样子。二十五六年前，当我在上海做中学生的时代，中学堂的博物，用器画，三角，解析几何，高等代数，往往都是请日本教员来教的。北京、天津、南京、苏州、上海、武昌、成都、广州，各地的官立中学师范的理科工课，甚至于图画手工，都是请日本人教的。外国文与外国地理历史也都是请青年会或圣约翰出身的教员来教的。我记得我们学堂里的西洋历史课本是美国十九世纪前期一个托名“Peter Parley”的《世界通史》，开卷就说上帝七日创造世界，接着就说“洪水”，卷末有两页说中国，插了半页的图，刻着孔夫子戴着红缨大帽，拖着一条辫子！这是二十五年前的中国学堂的现状！现在我们有了一百十一所大学与学院了，这里面，除了极少数之外，一切学系都是中国人做主任做教员了；其中有好几个学系是可以在世界大学里立得住脚的；其中也有许多学者的科学成绩是世界学术界公认的。这不能不算是二十三年中的大进步吧？

试再看看二十五年前中国小学堂里读的什么书，用的什么文字。我在上海（最开通的上海！）做小学生的时候，读的是古文，一位先生用浦东话逐字逐句的解释，其实是翻译！做的是“孝弟说”，“今之为关也将以为暴义”，“汉文帝、唐太宗优劣论”。后来新编的教科书出来了，也还是用古文写的，字字句句都还要翻译讲解。民六以后，始有白话文的运动。民九以后，北京教育部始命令初小第一二年改用国语。民十一以后，小学与中学始改用国语教本。我们姑且不谈这十六七年中的新文学的积极的绝大成绩。我们试想想每年一千一百万小学儿童避免了的苦痛，节省了的脑力，总不能不说这是二十年来的一大进步吧？

试再举科学研究来作个例。辛亥革命的时候，全国没有一个科学研究的机关，这是历史的事实。国内现在所有的科学研究机关，——从最早成立的北京地质调查所，到最近成立的中央研究院，——都是这二十年中的产儿。二十年是很短的时间，何况许多科学研究所与各大学的科学试验室又都只有四五年的历史呢？然而在这短时间内，在经费困难与时局不安定之下，我们居然发展了不少方面的科学。在自然科学的方面，地质学与古生物学的成绩是无疑的赶过日本的六十年的成绩了；生物学，生理学，药物化学，气象学，也都有了很显著的成绩。在历史科学与社会科学的方面，中央研究院的历史语言研究所在考古学上的工作，地质调查所在先史考古学上的工作，北平社会调查所与南开经济学院在经济社会方面的调查工作，也都在短时期中做出了很大的成绩，得到了世界学人的承认。二十年中有了这些方面的科学发展，比起民国初元的贫乏状态来，真好像在荒野里建造起了一些琼楼玉宇，这不可以算是这二十年的大进步吗？

这样的历史比较，是打破悲观鼓舞信心最有效的方法。即如那二十年中好像最不争气的交通事业，如果用历史眼光去评量，这里那里也未尝没有一点进步。我们从徽州山里出来的人，从徽州到杭州从前要走六七天，现在只消六点钟了，这就是二十四倍的进步。前十年，一个甘肃朋友来到北京，走了一百零四天；上星期有人从甘肃来，只消走十四天了；今年年底，陇海路通到了西安，时间更可以缩短了。

但这二十三年中最伟大而又最容易被人忽略的进步，要算各方面的社会改革。最明显的当然是女子的解放。在身体的方面，现在二十岁左右的中国女子不但恢复了健全的人样，并且渐渐的要变成世界上最美的女性了。在教育的方面，男女同学的实行不过十多年，现在不但社会默认为当然，在校的男女学生也都渐渐消除了从前男女之间那种种不自然的丑态。此外如女子的经济地位与法律地位的抬高，如女子参加职业和社会政治事业的人数的加多，如婚姻习惯的逐渐变更，如离婚妇女与再嫁妇女在社会上的地位的改善，这都是二十年来中国社会的大进步。

我记得在民九的前后，四川有一个十九岁的女子杀了她的“十不全”的残废丈夫，她在法庭上的自辩是：“我没有别的法子可以避开他！”四川的法院判了她十五年的监禁。这个案子详到司法部，部里的大官认为判得太轻了，把原审法官交付惩戒。有一天，在一个席上，一位有名的法学家（那时是法官惩戒委员会的会长）大骂我们北京大学的教授，说我们提倡打倒礼教，所以影响到四川的法官，使他们故意宽纵这样谋杀亲夫的女人！然而十年之后，国民政府颁布的新刑律与新民法，有许多方面比我们在民八九年所梦想的还要激进的多了。时代变了，法学家也只好跟着走了。

总而言之，这二十三年中固然有许多不能满人意的现状，其中也有许多真正有价值的大进步。革命到底是革命，总不免造成一些无忌惮的恶势力，但同时也总会打倒一些应该打倒的旧制度与旧势力。有许多不满人意的事，当然是革命后的纷乱时期所造成的，所以我们也赞成“革命尚未成功”的名言。但我们如果平心估量这二十多年的盘账单，终不能不承认我们在这个民国时期确然有很大的进步；也不能不承认那些进步的一大部分都受了辛亥以来的革命潮流的解放作用的恩惠。明白承认了这二十年努力的成绩，这可以打破我们的悲观，鼓励我们的前进。事实明告我们，这点成绩还不够抵抗强暴，还不够复兴国家，这也不应该叫我们灰心，只应该勉励我们鼓起更大的信心来，要在这将来的十年二十年中做到更大仟佰倍的成绩。古代哲人曾说：“士不可以不弘毅，任重而道远。”悲观与灰心永远不能帮助我们挑那重担，走那长路！

二十三年双十节后二日

（原载 1934 年 10 月 14 日天津《大公报》，又载 1934 年 10 月 21 日《独立评论》第 123 号）

写在孔子诞辰纪念之后

我们家乡有句俗话说："做戏无法，出个菩萨。"编戏的人遇到了无法转变的情节，往往请出一个观音菩萨来解围救急。这两年来，中国人受了外患的刺激，颇有点手忙脚乱的情形，也就不免走上了"做戏无法，出个菩萨"的一条路。这本是人之常情。西洋文学批评史也有deusex machina的话，译出来也可说，"解围无计，出个上帝"。本年五月里美国奇旱，报纸上也曾登出旱区妇女孩子跪着祈祷求雨的照片。这都是穷愁呼天的常情，其可怜可恕，和今年我们国内许多请张天师求雨或请班禅喇嘛消灾的人，是一样的。

这种心理，在一般愚夫愚妇的行为上表现出来，是可怜而可恕的；但在一个现代政府的政令上表现出来，是可怜而不可恕的。现代政府的责任在于充分运用现代科学的正确智识，消极的防患除弊，积极的兴利惠民。这都是一点一滴的工作，一尺一步的旅程，这里面绝对没有一条捷径可以偷度。然而我们观察近年我们当政的领袖好像都不免有一种"做戏无法，出个菩萨"的心理，想寻求一条救国的捷径，想用最简易的方法做到一种复兴的灵迹。最近政府忽然手忙脚乱地恢复了纪念孔子诞辰的典礼，很匆遽的颁布了礼节的规定。8 月 27 日，全国都奉命举行了这个孔诞纪念的大典。在每年许多个先烈纪念日之中加上一个孔子诞辰的纪念日，本来不值得我们的诧异。然而政府中人说这是“倡导国民培养精神上之人格”的方法；舆论界的一位领袖也说：“有此一举，诚足以奋起国民之精神，恢复民族的自信。”难道世间真有这样简便的捷径吗？

我们当然赞成“培养精神上之人格”，“奋起国民之精神，恢复民族的自信”。但是古人也曾说过：“礼乐所由起，百年积德而后可兴禽无别”——只是任何革命时代所不能避免的一点附产物而已。这种现状的存在，只够证明革命还没有成功，进步还不够。孔圣人是无法帮忙的；开倒车也决不能引你们回到那个本来不存在的“美德造成的黄金世界”的！养个孩子还免不了肚痛，何况改造一个国家，何况改造一个文化？别灰心了，向前走罢！

二十三，九，三夜

（原载 1934 年 9 月 9 日《独立评论》第 117 号）

领袖人才的来源

北京大学教授孟森先生前天寄了一篇文字来，题目是论“士大夫”（见《独立》第十二期）。他下的定义是：

> “士大夫”者，以自然人为国负责，行事有权，败事有罪，无神圣之保障，为诛殛所可加者也。

虽然孟先生说的“士大夫”，从狭义上说，好像是限于政治上负大责任的领袖，然而他又包括孟子说的“天民”一级不得位而有绝大影响的人物，所以我们可以说，若用现在的名词，孟先生文中所谓“士大夫”应该可以叫做“领袖人物”，省称为“领袖”。孟先生的文章是他和我的一席谈话引出来的，我读了忍不住想引伸他的意思，讨论这个领袖人才的问题。

孟先生此文的言外之意是叹息近世居领袖地位的人缺乏真领袖的人格风度，既抛弃了古代“士大夫”的风范，又不知道外国的“士大夫”的流风遗韵，所以成了一种不足表率人群的领袖。他发愿要搜集中国古来的士大夫人格可以做后人模范的，做一部

《士大夫集传》；他又希望有人搜集外国士大夫的精华，做一部《外国模范人物集传》。这都是很应该做的工作，也许是很有效用的教育材料。我们知道《新约》里的几种耶稣传记影响了无数人的人格；我们知道布鲁达克（Plutarch）的英雄传影响了后世许多的人物。欧洲的传记文学发达的最完备，历史上重要人物都有很详细的传记，往往有一篇传记长至几十万言的，也往往有一个人的传记多至几十种的。这种传记的翻译，倘使有审慎的选择和忠实明畅的译笔，应该可以使我们多知道一点西洋的领袖人物的嘉言懿行，间接地可以使我们对于西方民族的生活方式得一点具体的了解。

中国的传记文学太不发达了，所以中国的历史人物往往只靠一些干燥枯窘的碑版文字或史家列传流传下来；很少的传记材料是可信的，可读的已很少了；至于可歌可泣的传记，可说是绝对没有。我们对于古代大人物的认识，往往只全靠一些很零碎的轶事琐闻。然而我至今还记得我做小孩子时代读的朱子《小学》里面记载的几个可爱的人物，如汲黯、陶渊明之流。朱子记陶渊明，只记他做县令时送一个长工给他儿子，附去一封家信，说："此亦人子也，可善遇之。"这寥寥九个字的家书，印在脑子里，也颇有很深刻的效力，使我三十年来不敢轻用一句暴戾的辞气对待那帮我做事的人。这一个小小例子可以使我承认模范人物的传记，无论如何不详细，只须剪裁的得当，描写的生动，也未尝不可以做少年人的良好教育材料，也未尝不可介绍一点做人的风范。

但是传记文学的贫乏与忽略，都不够解释为什么近世中国的领袖人物这样稀少而又不高明。领袖的人才决不是光靠几本《士大夫集传》就能铸造成功的。“士大夫”的稀少，只是因为“士大夫”在古代社会里自成一个阶级，而这个阶级久已不存在了。在南北朝的晚期，颜之推说：

> 吾观《礼经》，圣人之教，箕帚匕箸，咳唾唯诺，执烛沃盥，皆有节文，亦为至矣。但〔《礼经》〕既残缺非复全书，其有所不载，及世事变改者，学达君子自为节度，相承行之。故世号“士大夫风操”。而家门颇有不同，所见互称长短。然其阡陌亦自可知。（《颜氏家训·风操》第六）

在那个时代，虽然经过了魏、晋旷达风气的解放，虽然经过了多少战祸的摧毁，“士大夫”的阶级还没有完全毁灭，一些名门望族都竭力维持他们的门阀。帝王的威权，外族的压迫，终不能完全消灭这门阀自卫的阶级观念。门阀的争存不全靠声势的煊赫，子孙的贵盛。他们所倚靠的是那“士大夫风操”，即是那个士大夫阶级所用来律己律人的生活典型。即如颜氏一家，遭遇亡国之祸，流徙异地，然而颜之推所最关心的还是“整齐门内，提撕子孙”，所以他著作家训，留作他家子孙的典则。隋、唐以后，门阀的自尊还能维持这“士大夫风操”至几百年之久。我们看唐朝柳氏和宋朝吕氏、司马氏的家训，还可以想见当日士大夫的风范的保存是全靠那种整齐严肃的士大夫阶级的教育的。

然而这士大夫阶级终于被科举制度和别种政治和经济的势力打破了。元、明以后，三家村的小儿只消读几部刻板书，念几百篇科举时文，就可以有登科作官的机会；一朝得了科第，像《红鸾禧》戏文里的丐头女婿，自然有送钱投靠的人来拥戴他去走马上任。他从小学的是科举时文，从来没有梦见过什么古来门阀里的“士大夫风操”的教育与训练，我们如何能期望他居士大夫之位要维持士大夫的人品呢？

以上我说的话，并不是追悼那个士大夫阶级的崩坏，更不是希冀哪种门阀训练的复活。我要指出的是一种历史事实。凡成为领袖人物的，固然必须有过人的天资做底子，可是他们的知识见地，做人的风度，总得靠他们的教育训练。一个时代有一个时代的“士大夫”，一个国家有一个国家的范型式的领袖人物。他们的高下优劣，总都逃不出他们所受的教育训练的势力。某种范型的训育自然产生某种范型的领袖。

这种领袖人物的训育的来源，在古代差不多全靠特殊阶级（如中国古代的士大夫门阀，如日本的贵族门阀，如欧洲的贵族阶级及教会）的特殊训练。在近代的欧洲则差不多全靠那些训练领袖人才的大学。欧洲之有今日的灿烂文化，差不多全是中古时代留下的几十个大学的功劳。近代文明有四个基本源头：一是文艺复兴，二是十六七世纪的新科学，三是宗教革新，四是工业革命。这四个大运动的领袖人物，没有一个不是大学的产儿。中古时代的大学诚然是幼稚的可怜，然而意大利有几个大学都有一千年的历史；巴黎，牛津，康桥都有八九百年的历史；欧洲的有名大学，多数是有几百年的历史的；最新的大学，如莫斯科大学也有一百八十多年了，柏林大学是一百二十岁了。有了这样长期的存在，才有积聚的图书设备，才有集中的人才，才有继长增高的学问，才有那使人依恋崇敬的“学风”。至于今日，西方国家的领袖人物，那一个不是从大学出来的？即使偶有三五个例外，也没有一个不是直接间接受大学教育的深刻影响的。

在我们这个不幸的国家，一千年来，差不多没有一个训练领袖人才的机关。贵族门阀是崩坏了，又没有一个高等教育的书院是有持久性的，也没有一种教育是训练“有为有守”的人才的。五千年的古国，没有一个三十年的大学！八股试帖是不能造领袖人才的，做书院课卷是不能造领袖人才的，当日最高的教育，——理学与经学考据——也是不能造领袖人才的。现在这些东西都快成了历史陈迹了，然而这些新起的“大学”，东抄西袭的课程，朝三暮四的学制，七零八落的设备，四成五成的经费，朝秦暮楚的校长，东家宿而西家餐的教员，十日一雨五日一风的学潮，——也都还没有造就领袖人才的资格。

丁文江先生在《中国政治的出路》(《独立》第十一期)里曾指出“中国的军事教育比任何其他的教育都要落后”，所以多数的军人都“因为缺乏最低的近代知识和训练，不足以担任国家的艰巨”。其实他太恭维“任何其他的教育”了！茫茫的中国，何处是训练大政治家的所在？何处是养成执法不阿的伟大法官的所在？何处是训练财政经济专家学者的所在？何处是训练我们的思想大师或教育大师的所在？

领袖人物的资格在今日已不比古代的容易了。在古代还可以有刘邦、刘裕一流的枭雄出来平定天下，还可以像赵普那样的人妄想用“半部《论语》治天下”。在今日的中国，领袖人物必须具备充分的现代见识，必须有充分的现代训练，必须有足以引起多数人信仰的人格。这种资格的养成，在今日的社会，除了学校，别无他途。

我们到今日才感觉整顿教育的需要，真有点像“临渴掘井”了。然而治七年之病，终须努力求三年之艾。国家与民族的生命是千万年的。我们在今日如果真感觉到全国无领袖的苦痛，如果真感觉到“盲人骑瞎马”的危机，我们应当深刻的认清只有咬定牙根来彻底整顿教育，稳定教育，提高教育的一条狭路可走。如果这条路上的荆棘不扫除，虎狼不驱逐，奠基不稳固；如果我们还想让这条路去长久埋没在淤泥水潦之中，——那么，我们这个国家也只好长久被一班无知识无操守的浑人领导到沉沦的无底地狱里去了。

（原载1932年8月7日《独立评论》第12号）

论六经不够作领袖人才的来源

答孟心史先生

心史先生：

前说四事，都是匆匆写的，不成意思，居然劳先生殷殷赐答，不安之至。

顷重读《学记》，终觉其为一种教育理论之书，而不是记叙一种现行制度之书。其述“今之教者呻其占毕，多其讯……”，乃是实写其所见闻之学校。其云“古之教者家有塾，党有庠，术有序，国有学”以下，则是提出一种理想的制度。孟子谓“夏曰校，殷曰序，周曰庠”，是纵的时代差别；《学记》则以此诸名施于横的地域差别。此无他，同是信口开河的托古，正不妨相矛盾也。

“通一经至纤屑无有滞碍”，此种境界，谈何容易？纵观两汉博士，其通一经，只是通其所谓通，以后人眼光观之，如京房、翼奉之流皆“不通”之尤者也。

禁私学一点，尊旨甚是。

尊经一点，我终深以为疑。儒家经典之中，除《论》《孟》及《礼记》之一部分之外，皆系古史料而已，有可精义可作做人模范？我们在今日尽可挑出《论》《孟》诸书，或整理成新式读本，或译成今日语言，使今人与后人知道儒家典型的来源，这是我很赞成的。其他《诗》则以文学眼光读之；《左传》与《书》与《仪礼》，则以历史材料读之，皆宜与其他文学历史同等齐观，方可容易了解。我对于“经”的态度，大致如此，请教正。

先生问：“中国之士大夫，若谓不出于六经，试问古来更有何物为制造之具？”此大问题，不容易有简单的解答。鄙意以为制造士大夫之具，往往因时代而不同，而六经则非其主要之具。往年读汪辉祖《病榻梦痕录》（此为中国自传文学中最佳的一部），见他律己之法，每日早起焚香读《太上感应篇》一遍，其事最简陋，而其功效也可以使他佐幕则成好刑名，做官则是好官。由此推而上之，王荆公最得力于禅学，其行事亦可为士大夫模范；荆公答曾子固书说他自己博览广询，他深信“治经而已，则不足以知经”。更推上去，如张释之、汲黯，其风度人格岂不比董生、公孙丞相更可敬爱？经学大师未必一定超过治黄、老学的人。更推上去，则孔子固可敬爱，墨子独不可敬爱耶？

我略举此数人，以明此问题不能有简单的答案。所以我说：“一个时代有一个时代的士大夫，一个国家有一个国家的范型式的领袖人物。他们的高下优劣总都逃不出他们所受的教育训练的势力。某种范型的训育自然产生某种范型的领袖。”（《独立》十二号，页四）如梁任公所举“中国之武士道”，此一个时代的范型的人物也。如萧望之、匡衡、孔光、张禹，此又一个时代的范型的人物也。如阮籍、嵇康，此又一个时代的范型的人物也。过此以往，代有其人。理学以前，有范文正、王荆公诸人；理学时代，有朱子、方正学、王文成以至东林诸公。

若分析此等人物所受训育，有得力于一时代的特殊阶级之特别风尚者，有得力于学问者，有得力于宗教者，有得力于家庭教育者，有得力于经或理学者，有得力于文学者，有得力于史传者，——其途径不一，而皆不能以经学一事包括之。不能人人有一部《病榻梦痕录》式之自传，故我们不能作详细精密的分析。约略估计之，我们可以说：经学的影响不如史传，史传的影响又不如宗教，书本的教育又不如早年家庭的训育。而宗教所含成分，佛道远大于儒门；名为“六经尊服郑，百行法程朱”，实则《功过格》与《太上感应篇》的势力远超过《近思录》与《性理大全》或《传习录》也！至于家庭教育，则宗教与俗文学的势力尤远过于六经四子书。

吾国训育的工具有几个最大的弱点，遂成为致命之伤。第一，“儒门淡薄，收拾不住”一般的平常老百姓；试问《尚书》《周礼》一类的书，即使人人熟读，岂能在人生观上发生什么影响？六经皆如此。即《论语》《孟子》之中，又能有几十章可使一般人受用呢？第二，两个大宗教——佛与道——都不高明，都太偏于消极的制裁，都不曾产生伟大的范型人物足以供千百世人的歌泣模仿。第三，士大夫太偏重制举的文艺与虚伪的文学，全不曾注意到那影响千万人的通俗文学，所以通俗文学全在鄙人俗士的手里出来，可以诲盗诲淫，可以歆动富贵利禄才子佳人的迷梦，而不足以造成一种健全的最低限度的道德习惯。第四，传记文学太贫乏了，虽偶有伟大的人物，而其人格风范皆不能成为多数人的读物。第五，女子的教育太忽略了，没有好母教，则虽有士大夫门第而难于长久保存其门风。第六，人民太穷苦了，救死犹恐不赡，奚暇治礼义哉？

凡教育皆有两方面，一为提高，一为普及。上述六种缺陷，使这两方面皆无进展，人才之缺乏不自今日始，孔家店之倒也，也不自今日始也。满清之倒，岂辛亥一役为之？辛亥之役乃摧枯拉朽之业。我们打孔家店，及今回想，真同打死老虎，既不能居功，亦不足言罪也！

西洋所以见长，正因无此六病，而有六长。第一，自希腊以来，古典文学之内容丰富远非我国典籍所企及。第二，基督教的“人格的”影响远非佛道两教所能梦见。第三，通俗文学的制作多出于士大夫阶级，故多有极动人的伟大作品。第四，传记文学特别发达，其传记多能写生传神，而又纤细详尽，足为后人矜式。第五，女子教育发达的早，又非如我国之仅以做闺秀诗词为女子教育而已，故家庭教育特别优胜。第六，生活较高，教育易为力。

即以我在论《领袖人才的来源》文中所举大学问题言之，欧洲最早的大学的来源多与教会有关，而教会有组织，有永久性，有人才，有富力，能使大学继长增高。国家与社会的富力，又足以继承此遗产而继续光大之，此皆吾国所无的条件也。又因其古代学术遗风有多方面的丰富，虽有教会的一尊，而医学与法学皆得列为学科，故自然科学与社会科学皆有所附丽而渐次发展。此岂吾国学校之以尊经习科举文自限者所能比拟哉？

古人造作人才，究竟由何途径，我们不能作简单答复。但以现存史料观之，则两汉以前，必不全靠书本子，尤必不靠六经。射御等艺，先生谓“非士大夫之根本品质”，实则此等艺事足以养成“士大夫之根本品质”，其功效必远在书本教育之上！孔子屡称射为君子之事，其所言即今日西方所谓“竞艺员美德”（Sportsmanship）也。古人卜御，何等郑重？以《左传》所记观之，御亦人格教育之一个重要方面。礼乐之事，其重要亦不过如此。后世尽去此等艺事，只剩一个“书”字，而“书”之中又损之又损以至于几本最不足养成人才的六经！此中关键，虽非一朝一夕之故，然甚耐吾人今日之玩味寻思。

以上所言，在百忙中写成，时作时辍，故甚无伦次。其主旨在说明六经不足为“旧士大夫之来源”，尤不足为新的来源，不知能达此意否？

今日之事如造百层之台，当大做脚始得。先生所收集之中国士大夫之嘉言懿行，我们所希望介绍之西方士大夫美德，不过是供这台脚的一砖一石而已。

久迟奉答，匆匆先呈所见，尚望先生多赐教言。改日当奉谒请教。敬问起居。

胡适敬上

二十一，九，七夜写完

（原载1932年9月11日《独立评论》第17号）

赠与今年的大学毕业生

这一两个星期里，各地的大学都有毕业的班次，都有很多的毕业生离开学校去开始他们的成人事业。学生的生活是一种享有特殊优待的生活，不妨幼稚一点，不妨吵吵闹闹，社会都能纵容他们，不肯严格地要他们负行为的责任。现在他们要撑起自己的肩膀来挑他们自己的担子了。在这个国难最紧急的年头，他们的担子真不轻！我们祝他们的成功，同时也不忍不依据我们自己的经验，赠与他们几句送行的赠言，——虽未必是救命毫毛，也许做个防身的锦囊罢！

你们毕业之后，可走的路不出这几条：绝少数的人还可以在国内或国外的研究院继续做学术研究；少数的人可以寻着相当的职业；此外还有做官，办党，革命三条路；此外就是在家享福或者失业闲居了。第一条继续求学之路，我们可以不讨论。走其余几条路的人，都不能没有堕落的危险。堕落的方式很多，总括起来，约有这两大类：

第一是容易抛弃学生时代的求知识的欲望。你们到了实际社会里，往往所用非所学，往往所学全无用处，往往可以完全用不着学问，而一样可以胡乱混饭吃，混官做。在这种环境里，即使向来抱有求知识学问的决心的人，也不免心灰意懒，把求知的欲望渐渐冷淡下去。况且学问是要有相当的设备的：书籍，试验室，师友的切磋指导，闲暇的工夫，都不是一个平常要糊口养家的人所能容易办到的。没有做学问的环境，又谁能怪我们抛弃学问呢？

第二是容易抛弃学生时代的理想的人生的追求。少年人初次与冷酷的社会接触，容易感觉理想与事实相去太远，容易发生悲观和失望。多年怀抱的人生理想，改造的热诚，奋斗的勇气，到此时候，好像全不是那么一回事。眇小的个人在那强烈的社会炉火里，往往经不起长时期的烤炼就熔化了，一点高尚的理想不久就幻灭了。抱着改造社会的梦想而来，往往是弃甲曳兵而走，或者做了恶势力的俘虏。你在那俘虏牢狱里，回想那少年气壮时代的种种理想主义，好像都成了自误误人的迷梦！从此以后，你就甘心放弃理想人生的追求，甘心做现成社会的顺民了。

要防御这两方面的堕落，一面要保持我们求知识的欲望，一面要保持我们对于理想人生的追求。有什么好法子呢？依我个人的观察和经验，有三种防身的药方是值得一试的。

第一个方子只有一句话：“总得时时寻一两个值得研究的问题！”问题是知识学问的老祖宗；古今来一切知识的产生与积聚，都是因为要解答问题，——要解答实用上的困难或理论上的疑难。所谓“为知识而求知识”，其实也只是一种好奇心追求某种问题的解答，不过因为那种问题的性质不必是直接应用的，人们就觉得这是“无所为”的求知识了。我们出学校之后，离开了做学问的环境，如果没有一个两个值得解答的疑难问题在脑子里盘旋，就很难继续保持追求学问的热心。可是，如果你有了一个真有趣的问题天天逗你去想他，天天引诱你去解决他，天天对你挑衅笑你无可奈何他，——这时候，你就会同恋爱一个女子发了疯一样，坐也坐不下，睡也睡不安，没工夫也得偷出工夫去陪她，没钱也得撙衣节食去巴结她。没有书，你自会变卖家私去买书；没有仪器，你自会典押衣服去置办仪器；没有师友，你自会不远千里去寻师访友。你只要能时时有疑难问题来逼你用脑子，你自然会保持发展你对学问的兴趣，即使在最贫乏的智识环境中，你也会慢慢的聚起一个小图书馆来，或者设置起一所小试验室来。所以我说：第一要寻问题。脑子里没有问题之日，就是你的智识生活寿终正寝之时！古人说：“待文王而兴者，凡民也。若夫豪杰之士，虽无文王犹兴。”试想葛理略（Calileo）和牛敦（Newton）有多少藏书？有多少仪器？他们不过是有问题而已。有了问题而后，他们自会造出仪器来解答他们的问题。没有问题的人们，关在图书馆里也不会用书，锁在试验室里也不会有什么发现。

第二个方子也只有一句话：“总得多发展一点非职业的兴趣。”离开学校之后，大家总得寻个吃饭的职业。可是你寻得的职业未必就是你所学的，或者未必是你所心喜的，或者是你所学而实在和你的性情不相近的。在这种状况之下，工作就往往成了苦工，就不感觉兴趣了。为糊口而作那种非“性之所近而力之所能勉”的工作，就很难保持求知的兴趣和生活的理想主义。最好的救济方法只有多多发展职业以外的正当兴趣与活动。一个人应该有他的职业，又应该有他的非职业的顽艺儿，可以叫做业余活动。凡一个人用他的闲暇来做的事业，都是他的业余活动。往往他的业余活动比他的职业还更重要，因为一个人的前程往往全靠他怎样用他的闲暇时间。他用他的闲暇来打麻将，他就成个赌徒；你用你的闲暇来做社会服务，你也许成个社会改革者；或者你用你的闲暇去研究历史，你也许成个史学家。你的闲暇往往定你的终身。英国十九世纪的两个哲人，弥儿（J.S.Mill）终身做东印度公司的秘书，然而他的业余工作使他在哲学上，经济学上，政治思想史上都占一个很高的位置；斯宾塞（Spencer）是一个测量工程师，然而他的业余工作使他成为前世纪晚期世界思想界的一个重镇。古来成大学问的人，几乎没有一个不是善用他的闲暇时间的。特别在这个组织不健全的中国社会，职业不容易适合我们性情，我们要想生活不苦痛或不堕落，只有多方发展业余的兴趣，使我们的精神有所寄托，使我们的剩余精力有所施展。有了这种心爱的顽艺儿，你就做六个钟头的抹桌子工夫也不会感觉烦闷了，因为你知道，抹了六点钟的桌子之后，你可以回家去做你的化学研究，或画完你的大幅山水，或写你的小说戏曲，或继续你的历史考据，或做你的社会改革事业。你有了这种称心如意的活动，生活就不枯寂了，精神也就不会烦闷了。

第三个方子也只有一句话："你总得有一点信心。"我们生当这个不幸的时代，眼中所见，耳中所闻，无非是叫我们悲观失望的。特别是在这个年头毕业的你们，眼见自己的国家民族沉沦到这步田地，眼看世界只是强权的世界，望极天边好像看不见一线的光明，——在这个年头不发狂自杀，已算是万幸了，怎么还能够希望保持一点内心的镇定和理想的信任呢？我要对你们说：这时候正是我们要培养我们的信心的时候！只要我们有信心，我们还有救。古人说："信心（Faith）可以移山。"又说："只要工夫深，生铁磨成绣花针。"你不信吗？当拿破仑的军队征服普鲁士占据柏林的时候，有一位穷教授叫做菲希特（Fichte）的，天天在讲堂上劝他的国人要有信心，要信仰他们的民族是有世界的特殊使命的，是必定要复兴的。菲希特死的时候（1814），谁也不能预料德意志统一帝国何时可以实现。然而不满五十年，新的统一的德意志帝国居然实现了。

一个国家的强弱盛衰，都不是偶然的，都不能逃出因果的铁律的。我们今日所受的苦痛和耻辱，都只是过去种种恶因种下的恶果。我们要收将来的善果，必须努力种现在的新因。一粒一粒的种，必有满仓满屋的收，这是我们今日应该有的信心。

我们要深信：今日的失败，都由于过去的不努力。

我们要深信：今日的努力，必定有将来的大收成。

佛典里有一句话："福不唐捐。"唐捐就是白白地丢了。我们也应该说："功不唐捐！"没有一点努力是会白白的丢了的。在我们看不见想不到的时候，在我们看不见想不到的方向，你瞧！你下的种子早已生根发叶开花结果了！

你不信吗？法国被普鲁士打败之后，割了两省地，赔了五十万万佛郎的赔款。这时候有一位刻苦的科学家巴斯德（Pasteur）终日埋头在他的试验室里做他的化学试验和微菌学研究。他是一个最爱国的人，然而他深信只有科学可以救国。他用一生的精力证明了三个科学问题：（1）每一种发酵作用都是由于一种微菌的发展；（2）每一种传染病都是由于一种微菌在生物体中的发展；（3）传染病的微菌，在特殊的培养之下，可以减轻毒力，使它从病菌变成防病的药苗。——这三个问题，在表面上似乎都和救国大事业没有多大的关系。然而从第一个问题的证明，巴斯德定出做醋酿酒的新法，使全国的酒醋业每年减除极大的损失。从第二个问题的证明，巴斯德教全国的蚕丝业怎样选种防病，教全国的畜牧农家怎样防止牛羊瘟疫，又教全世界的医学界怎样注重消毒以减除外科手术的死亡率。从第三个问题的证明，巴斯德发明了牲畜的脾热瘟的疗治药苗，每年替法国农家减除了二千万佛郎的大损失；又发明了疯狗咬毒的治疗法，救济了无数的生命。所以英国的科学家赫胥黎（Huxley）在皇家学会里称颂巴斯德的功绩道："法国给了德国五十万万佛郎的赔款，巴斯德先生一个人研究科学的成绩足够还清这一笔赔款了。"

巴斯德对于科学有绝大的信心，所以他在国家蒙奇辱大难的时候，终不肯抛弃他的显微镜与试验室。他绝不想他的显微镜底下能偿还五十万万佛郎的赔款，然而在他看不见想不到的时候，他已收获了科学救国的奇迹了。

朋友们，在你最悲观最失望的时候，那正是你必须鼓起坚强的信心的时候。你要深信：天下没有白费的努力。成功不必在我，而功力必不唐捐。

二十一，六，二十七夜

（原载1932年7月3日《独立评论》第7号）

我们今日还不配读经

傅孟真先生昨天在《大公报》上发表星期论文，讨论学校读经的问题，我们得了他的同意，转载在这一期(《独立》第一四六号)里。他这篇文章的一部分是提倡读经的诸公所能了解(虽然不肯接受)的。但是其中最精确的一段，我们可以预料提倡读经的文武诸公决不会了解的。那一段是：

经过明末以来朴学之进步，我们今日应该充分感觉六经之难读。汉儒之师说既不可恃，宋儒的臆想又不可凭，在今日只有妄人才敢说诗书全能了解。有声音文字训诂学训练的人是深知“多闻阙疑”“不知为不知”之重要性的。那么，今日学校读经，无异于拿些教师自己半懂半不懂的东西给学生。……六经虽在专门家手中也是半懂半不懂的东西，一旦拿来给儿童，教者不是浑沌混过，便要自欺欺人。这样的效用，究竟是有益于儿童的理智呢，或是他们的人格？

孟真先生这段话，无一字不是事实。只可惜这番话是很少人能懂的。今日提倡读经的人们，梦里也没有想到五经至今还只是一半懂得一半不懂得的东西。这也难怪。毛公、郑玄以下，说(诗》的人谁肯说《诗》三百篇有一半不可懂？王弼、韩康伯以下，说《易》的人谁肯说《周易》有一大半不可懂？郑玄、马融、王肃以下，说《书》的人谁肯说《尚书》有一半不可懂？古人且不谈，三百年中的经学家，陈奂、胡承珙、马瑞辰等人的《毛诗》学，王鸣盛、孙星衍、段玉裁、江声、皮锡瑞、王先谦诸人的《尚书》学，焦循、江藩、张惠言诸人的《易》学，又何尝肯老实承认这些古经他们只懂得一半？所以孟真先生说的“六经虽在专门家手中也是半懂半不懂的东西”，这句话只是最近二三十年中的极少数专门家的见解，只是那极少数的“有声音文字训诂学训练的人”的见解。这种见解，不但陈济棠、何键诸公不曾梦见，就是一般文人也未必肯相信。

所以我们在今日正应该教育一般提倡读经的人们，教他们明白这一点。这种见解可以说是最新的经学，最新的治经方法。始创新经学的大师是王国维先生，虽然高邮王氏父子在一百多年前早已走上这条新经学的路了。王国维先生说：

> 《诗》《书》为人人诵习之书，然于六艺中最难读。以弟之愚暗，于《书》所不能解者殆十之五；于《诗》，亦十之一二。此非独弟所不能解也，汉、魏以来诸大师未尝不强为之说，然其说终不可通。以是知先儒亦不能解也。(《观堂集林》卷一,《与友人论诗书中成语书》)

这是新经学开宗明义的宣言，说话的人是近代一个学问最博而方法最缜密的大师，所以说的话最有分寸，最有斤两。科学的起点在于求知，而求知的动机必须出于诚恳地承认自己知识的缺乏。古经学所以不曾走上科学的路，完全由于汉、魏以来诸大师都不肯承认古经的难懂，都要“强为之说”。南宋以后，人人认朱子、蔡沈的《集注》为集古今大成的定论，所以经学更荒芜了。顾炎武以下，少数学者走上了声音文字训诂的道路，稍稍能补救宋、明经学的臆解的空疏。然而他们也还不肯公然承认他们只能懂得古经的一部分，他们往往不肯抛弃注释全经的野心。浅识的人，在一个过度迷信清代朴学的空气里，也就纷纷道听途说，以为经过了三百年清儒的整理，五经应该可以没有疑问了。谁料到了这三百年的末了，王国维先生忽然公开揭穿了这张黑幕，老实的承认，《诗经》他不懂的有十之一二，《尚书》他不懂的有十之五。王国维尚且如此说，我们不可以请今日妄谈读经的诸公细细想想吗？

何以古经这样难懂呢？王国维先生说：

其难解之故有三：讹阙，一也（此以《尚书》为甚）。古语与今语不同，二也。古人颇用成语，其成语之意义与其中单语分别之意义又不同，三也。

唐、宋之成语，吾得由汉、魏、六朝人书解之；汉、魏之成语，吾得由周、秦人书解之。至于《诗》《书》，则书更无古于是者。其成语之数数见者，得比较之而求其相沿之意义。否则不能赞一辞。若但合其中之单语解之，未有不龃龉

者。(同上书)

王国维说的三点，第一是底本，第二是训诂，第三还是训诂。其实古经的难懂，不仅是单字，不仅是成语，还有更重要的文法问题。前人说经，都不注意古文语法，单就字面作诂训，所以处处“强为之说”，而不能满人意。王念孙、王引之父子的《经传释词》，用比较归纳的方法，指出许多前人误认的字是“词”(虚字)，这是一大进步。但他们没有文法学的术语可用，只能用“词”“语词”“助词”“语已词”一类笼统的名词，所以他们的最大努力·还不能使读者明了那些做古文字的脉络条理的“词”在文法上的意义和作用。况且他们用的比较的材料绝大部分还是古书的文字，他们用的铜器文字是绝少的。这些缺陷，现代的学者刚刚开始弥补：文法学的知识，从《马氏文通》以来，因为有了别国文法作参考，当然大进步了；铜器文字的研究，在最近几十年中，已有了长足的进展；甲骨文字的认识又使古经的研究添出了不少的比较的材料。所以今日可说是新经学的开始时期。路子有了，方向好像也对了，方法好像更精细了，只是工作刚开始，成绩还说不上。离那了解古经的时期，还很远哩！

正因为今日的工具和方法都比前人稍进步了，我们今日对于古经的了解力的估计，也许比王国维先生的估计还要更小心一点，更谦卑一点。王先生说他对《诗经》不懂的有十之一二，对《尚书》有十之五。我们在今日，严格的估计，恐怕还不能有他那样的乐观。《尚书》在今日，我们恐怕还不敢说懂得了十之五。《诗经》的不懂部分，一定不止十之一二，恐怕要加到十之三四吧。这并不是因为我们比前人更笨，只是因为我们今日的标准更严格了。试举几个例来做说明。（1）《大诰》开篇就说：

王若曰，猷大诰尔多邦。

《微子之命》开篇也说：

王若曰，猷殷王元子。

《多方》开篇也说：

周公曰，王若曰，猷告尔四国多方。

这个“猷”字，古训作“道”，清代学者也无异说。但我们在今日就不能这样轻轻的放过他了。（2）又如“弗”“不”两个字，古人多不曾注意到他们的异同，但中央研究院的丁声树先生却寻出了很多的证据，写了两万多字的长文，证明这两个否定词在文法上有很大的区别，“弗”字是“不之”两字的连合省文，在汉以前这两字是从不乱用的。（3）又如《诗》《书》里常用的“诞”字，古训作“大”，固是荒谬；世俗用作“诞生”解，固是更荒谬；然而王引之《经传释词》里解作“发语词”，也还不能叫人明白这个字的文法作用。燕京大学的吴世昌先生释“诞”为“当”，然后我们懂得“诞弥厥月”就是当怀胎足月之时；“诞寘之隘巷”“诞寘之平林”就是当把他放在隘巷平林之时。这样说去，才可以算是认得这个字了。（4）又如《诗经》里常见的“于以”二字：

于以采苹，南涧之滨。
于以采藻，于彼行潦。
于以采蘩，于沼于沚。
于以用之，公侯之事。
于以求之，于林之下。

“于以”二字，谁不认得？然而清华大学的杨树达先生指出这个“以”字应解作“何”字，就是“今王其如台”的“台”字。这样一来，我们只消在上半句加个疑问符号（？），如下例：

于以求之？于林之下。
于以采蘩？于沼于沚。

这样说经，才可算是“涣然冰释，怡然顺理”了。

我举的例子，都是新经学提出的小小问题，都是前人说经时所忽略的，所认为不须诂释的。至于近二三十年中新经学提出的大问题和他们的新解决，那都不是这篇短文里说得明白的，我们姑且不谈。

总而言之，古代的经典今日正在开始受科学的整理的时期，孟真先生说的“六经虽在专门家手中也是半懂半不懂的东西”，真是最确当的估计。《诗》《书》《易》《仪礼》，固然有十之五是不能懂的，《春秋三传》也都有从头整理研究的必要；就是《论语》《孟子》也至少有十之一二是必须经过新经学的整理的。最近一二十年中，学校废止了读经的工课，使得经书的讲授完全脱离了村学究的胡说，渐渐归到专门学者的手里，这是使经学走上科学的路的最重要的条件。二三十年后，新经学的成绩积聚的多了，也许可以稍稍减低那不可懂的部分，也许可以使几部重要的经典都翻译成人人可解的白话，充作一般成人的读物。

在今日妄谈读经，或提倡中小学读经，都是无知之谈，不值得通人的一笑。

二十四，四，八

（原载 1935 年 4 月 14 日《独立评论》第 146 号）

试评所谓“中国本位的文化建设”

新年里，萨孟武、何炳松先生等十位教授发表的一个《中国本位的文化建设宣言》，在这两三个月里，很引起了国内人士的注意。我细读这篇宣言，颇感觉失望，现在把我的一点愚见写出来，请萨、何诸先生指教，并请国内留意这问题的朋友们指教。

十教授在他们的宣言里，曾表示他们不满意于“洋务”“维新”时期的“中学为体西学为用”的见解。这是很可惊异的！因为他们的“中国本位的文化建设”正是“中学为体西学为用”的最新式的化装出现。说话是全变了，精神还是那位《劝学篇》的作者的精神。“根据中国本位”，不正是“中学为体”吗？“采取批评态度，吸收其所当吸收”，不正是“西学为用”吗？

我们在今日必须明白“维新”时代的领袖人物也不完全是盲目的抄袭，他们也正是要一种“中国本位的文化建设”。他们很不迟疑的“检讨过去”，指出八股，小脚，鸦片等等为“可诅咒的不良制度”；同时他们也指出孔教，三纲，五常等等为“可赞美的良好制度，伟大思想”。他们苦心苦口的提倡“维新”，也正如萨、何诸先生们的理想，要“存其所当存，去其所当去”。

他们的失败是萨、何诸先生们在今日所应该引为鉴戒的。他们的失败只是因为他们的主张里含的保守的成分多过于破坏的成分，只是因为他们太舍不得那个他们心所欲而口所不能言的“中国本位”。他们舍不得那个“中国本位”，所以他们的维新政纲到后来失败了。到了辛亥革命成功之后，帝制推翻了，当年维新家所梦想的改革自然在那大变动的潮流里成功了。辛亥的革命是戊戌维新家所不敢要求的，因为推翻帝制，建立民主，岂不要毁了那个“中国本位”了吗？然而在辛亥大革命之后，“中国本位”依然存在，于是不久大家又都安之若固有之了！

辛亥以来，二十多年了，中国经过五四时代的大震动，又经过民国十五六年国共合作的国民革命的大震动。每一次大震动，老成持重的人们，都疾首蹙额，悲叹那个“中国本位”有陨灭的危险。尤其是民十五六年的革命，其中含有世界最激烈的社会革命思潮，所以社会政治制度受的震撼也最厉害。那激烈震荡在一刹那间过去了，虽然到处留下了不可磨灭的创痕，始终没有打破那个“中国本位”。然而老成持重的人们却至今日还不曾搁下他们悲天悯人的远虑。何键、陈济棠、戴传贤诸公的复古心肠当然是要维持那个“中国本位”，萨孟武、何炳松诸公的文化建设宣言也只是要护持那个“中国本位”。何键、陈济棠诸公也不是盲目的全盘复古，他们购买飞机枪炮，当然也会挑选一九三五的最新模特儿；不过他们要用二千五百年前的圣经贤传来教人做人罢了。这种精神，也正是萨、何十教授所提倡的“存其所当存，吸收其所当吸收”。

我们不能不指出，十教授口口声声舍不得那个“中国本位”，他们笔下尽管宣言“不守旧”，其实还是他们的保守心理在那里作怪。他们的宣言也正是今日一般反动空气的一种最时髦的表现。时髦的人当然不肯老老实实的主张复古，所以他们的保守心理都托庇于折衷调和的烟幕弹之下。对于固有文化，他们主张“去其渣滓，存其精英”；对于世界新文化，他们主张“取长舍短，择善而从”：这都是最时髦的折衷论调。陈济棠、何键诸公又何尝不可以全盘采用十教授的宣言来做他的烟幕弹？他们并不主张八股、小脚，他们也不反对工业建设，所以他们的新政建设也正是“取长舍短，择善而从”；而他们的读经祀孔也正可以挂起“去其渣滓，存其精英”的金字招牌！十教授的宣言，无一句不可以用来替何键、陈济棠诸公作有力的辩护的。何也？何、陈诸公的中心理论也正是要应付“中国此时此地的需要”，建立一个中国本位的文化。

萨、何十教授的根本错误在于不认识文化变动的性质。文化变动有这些最普遍的现象：第一，文化本身是保守的。凡一种文化既成为一个民族的文化，自然有他的绝大保守性，对内能抵抗新奇风气的起来，对外能抵抗新奇方式的侵入。这是一切文化所公有的惰性，是不用人力去培养保护的。

第二，凡两种不同文化接触时，比较观摩的力量可以摧陷某种文化的某方面的保守性与抵抗力的一部分。其被摧陷的多少，其抵抗力的强弱，都和那一个方面的自身适用价值成比例：最不适用的，抵抗力最弱，被淘汰也最快，被摧陷的成分也最多。如钟表的替代铜壶滴漏，如枪炮的替代弓箭刀矛，是最明显的例。如泰西历法之替代中国与回回历法，是经过一个时期的抵抗争斗而终于实现的。如饮食衣服，在材料方面虽不无变化，而基本方式则因本国所有也可以适用，所以至今没有重大的变化：吃饭的，决不能都改吃“番菜”，用筷子的，决不能全改用刀叉。

第三，在这个优胜劣败的文化变动的历程之中，没有一种完全可靠的标准可以用来指导整个文化的各方面的选择去取。十教授所梦想的“科学方法”，在这种巨大的文化变动上，完全无所施其技。至多不过是某一部分的主观成见而美其名为“科学方法”而已。例如妇女放脚剪发，大家在今日应该公认为合理的事。但我们不能滥用权力，武断的提出标准来说：妇女解放，只许到放脚剪发为止，更不得烫发，不得短袖，不得穿丝袜，不得跳舞，不得涂脂抹粉。政府当然可以用税则禁止外国奢侈品和化装品的大量输入，但政府无论如何圣明，终是不配做文化的裁判官的，因为文化的淘汰选择是没有“科学方法”能做标准的。

第四，文化各方面的激烈变动，终有一个大限度，就是终不能根本扫灭那固有文化的根本保守性。这就是古今来无数老成持重的人们所恐怕要陨灭的“本国本位”。这个本国本位就是在某种固有环境与历史之下所造成的生活习惯；简单说来，就是那无数无数的人民。那才是文化的“本位”。那个本位是没有毁灭的危险的。物质生活无论如何骤变，思想学术无论如何改观，政治制度无论如何翻造，日本人还只是日本人，中国人还只是中国人。试看今日的中国女子，脚是放了，发是剪了，体格充分发育了，曲线美显露了，但她无论如何摩登化，总还是一个中国女人，和世界任何国的女人都绝不相同。一个澈底摩登化的都市女人尚且如此，何况那无数无数仅仅感受文化变动的些微震荡的整个民族呢？所以“中国本位”，是不必劳十教授们的焦虑的。戊戌的维新，辛亥的革命，五四时期的潮流，民十五六的革命，都不曾动摇那个攀不倒的中国本位。在今日有先见远识的领袖们，不应该焦虑那个中国本位的动摇，而应该焦虑那固有文化的惰性之太大。今日的大患并不在十教授们所痛心的“中国政治的形态，社会的组织，和思想的内容与形式，已经失去它的特征”。我们的观察，恰恰和他们相反。中国今日最可令人焦虑的，是政治的形态，社会的组织，和思想的内容与形式，处处都保持中国旧有种种罪孽的特征，太多了，太深了，所以无论什么良法美意，到了中国都成了逾淮之橘，失去了原有的良法美意。政治的形态，从娘子关到五羊城，从东海之滨到峨嵋山脚，何处不是中国旧有的把戏？社会的组织，从破败的农村，到簇新的政党组织，何处不具有“中国的特征”？思想的内容与形式，从读经祀孔，国术国医，到满街的性史，满墙的春药，满纸的洋八股，何处不是“中国的特征”？

我的愚见是这样的：中国的旧文化的惰性实在大的可怕，我们正可以不必替“中国本位”担忧。我们肯往前看的人们，应该虚心接受这个利学工艺的世界文化和它背后的精神文明，让那个世界文化充分和我们的老文化自由接触，自由切磋琢磨，借它的朝气锐气来打掉一点我们的老文化的惰性和暮气。将来文化大变动的结晶品，当然是一个中国本位的文化，那是毫无可疑的。如果我们的老文化里真有无价之宝，禁得起外来势力的洗涤冲击的，那一部分不可磨灭的文化将来自然会因这一番科学文化的淘洗而格外发辉光大的。

总之，在这个我们还只仅仅接受了这个世界文化的一点皮毛的时候，侈谈“创造”固是大言不惭，而妄谈折衷也是适足为顽固势力添一种时髦的烟幕弹。

二十四，三，三十

（原载 1935 年 3 月 31 日天津《大公报·星期论文》，又载 1935 年 4 月 7 日《独立评论》第 145 号）

充分世界化与全盘西化

二十年前，美国《展望周报》(The Outlook) 总编辑阿博特 (Lyman Abbott) 发表了一部自传，其第一篇里记他的父亲的谈话，说："自古以来，凡哲学上和神学上的争论，十分之九都只是名词上的争论。" 阿博特在这句话的后面加上一句评论，他说："我父亲的话是不错的。但我年纪越大，越感觉到他老人家的算术还有点小错。其实剩下的那十分之一，也还只是名词上的争论。"

这几个月里，我读了各地杂志报章上讨论"中国本位文化""全盘西化"的争论，我常常想起阿博特父子的议论。因此我又联想到五六年前我最初讨论这个文化问题时，因为用字不小心，引起的一点批评。那一年 (1929)《中国基督教年鉴》(Christian Year-book) 请我做一篇文字，我的题目是"中国今日的文化冲突"，我指出中国人对于这个问题，曾有三派的主张：一是抵抗西洋文化，二是选择折衷，三是充分西化。我说，抗拒西化在今日已成过去，没有人主张了。但所谓"选择折衷"的议论，看去非常有理，其实骨子里只是一种变相的保守论。所以我主张全盘的西化，一心一意的走上世界化的路。

那部年鉴出版后，潘光旦先生在《中国评论周报》里写了一篇英文书评，差不多全文是讨论我那篇短文的。他指出我在那短文里用了两个意义不全同的字，一个是Wholesale westernization，可译为“全盘西化”；一个是Wholeheaaed modernization，可译为“一心一意的现代化”，或“全力的现代化”，或“充分的现代化”。潘先生说，他可以完全赞成后面那个字，而不能接受前面那个字。这就是说，他可以赞成“全力现代化”，而不能赞成“全盘西化”。

陈序经、吴景超诸位先生大概不曾注意到我们在五六年前的英文讨论。“全盘西化”一个口号所以受了不少的批评，引起了不少的辩论，恐怕还是因为这个名词的确不免有一点语病。这点语病是因为严格说来，“全盘”含有百分之一百的意义，而百分之九十九还算不得“全盘”。其实陈序经先生的原意并不是这样，至少我可以说我自己的原意并不是这样。我赞成“全盘西化”，原意只是因为这个口号最近于我十几年来“充分”世界化的主张；我一时忘了潘光旦先生在几年前指出我用字的疏忽，所以我不曾特别声明“全盘”的意义不过是“充分”而已，不应该拘泥作百分之百的数量的解释。

所以我现在很诚恳的向各位文化讨论者提议：为免除许多无谓的文字上或名词上的争论起见，与其说“全盘西化”，不如说“充分世界化”。“充分”在数量上即是“尽量”的意思，在精神上即是“用全力”的意思。

我的提议的理由是这样的：

第一，避免了“全盘”字样，可以免除一切琐碎的争论。例如我此刻穿着长袍，踏着中国缎鞋子，用的是钢笔，写的是中国字，谈的是“西化”，究竟我有“全盘西化”的百分之几，本来可以不生问题。这里面本来没有“折衷调和”的存心，只不过是为了应用上的便利而已。我自信我的长袍和缎鞋和中国字，并没有违反我主张“充分世界化”的原则。我看了近日各位朋友的讨论，颇有太琐碎的争论，如“见女人脱帽子”，是否“见男人也应该脱帽子”；如我们“能吃番菜”，是不是我们的饮食也应该全盘西化；这些事我看都不应该成问题。人与人交际，应该“充分”学点礼貌；饮食起居，应该“充分”注意卫生与滋养，这就够了。

第二，避免了“全盘”的字样，可以容易得着同情的赞助。例如陈序经先生说：“吴景超先生既能承认了西方文化十二分之十以上，那么吴先生之所异于全盘西化论者，恐怕是厘毫之间罢。”我却以为，与其希望别人牺牲那“毫厘之间”来牵就我们的“全盘”，不如我们自己抛弃那文字上的“全盘”来包罗一切在精神上或原则上赞成“充分西化”或“根本西化”的人们。依我看来，在“充分世界化”的原则之下，吴景超，潘光旦，张佛泉，梁实秋，沈昌晔……诸先生当然都是我们的同志，而不是论敌了。就是那发表“总答复”的十教授，他们既然提出了“充实人民的生活，发展国民的生计，争取民族的生存”的三个标准，而这三件事又恰恰都是必须充分采用世界文化的最新工具和方法的，那么，我们在这三点上边可以欢迎“总答复”以后的十教授做我们的同志了。

第三，我们不能不承认，数量上的严格“全盘西化”是不容易成立的。文化只是人民生活的方式，处处都不能不受人民的经济状况和历史习惯的限制，这就是我从前说过的文化惰性。你尽管相信“西菜较合卫生”，但事实上决不能期望人人都吃西菜，都改用刀叉。况且西洋文化确有不少的历史因袭的成分，我们不但理智上不愿采取，事实上也决不会全盘采取。你尽管说基督教比我们的道教佛教高明的多多，但事实上基督教有一两百个宗派，他们自己就互相诋毁，我们要的是那一派？若说，“我们不妨采取其宗教的精神”，那也就不是“全盘”了。这些问题，说“全盘西化”则都成争论的问题，说“充分世界化”则都可以不成问题了。

鄙见如此，不知各位文化讨论者以为如何？

二十四，六，二十二

（原载 1935 年 6 月 23 日天津《大公报·星期论文》）

中国思想史纲要

为了方便起见，中国思想史的历史，可以分为三个主要时期。耶稣纪元前的一千年为上古时期。伟大的中古佛教及道教时代，以及一直通过了纪元后一千年的全部时间，都为中古时期。而近世这一时期，则为中国理智复兴期；这一时期，远从第十世纪大规模的刊印书籍，以及第十一世纪、第十二世纪新孔子学派起来的时代起，一直延长到我们这个时代。每一时期，都占了将近千年的光景。

中国思想史的上古时期，可说是古典时代。从那时传下了一些前于孔子的古典作品，诗歌的，历史的，关于行为轨范的，关于宗教崇拜的；此外当然还有许多大哲学家的作品，如老子及孔子、墨翟，一直到孟子、庄子及韩非——这可称之为中国学术的“旧约全书”时代。这个上古时期，不独为所有后来各时代的中国思想史确定了一个主要的模型，而且也提供了许多灵感和智慧的工具，使中国中古及近世思想家们，可以用来做凭藉，去为哲学及文化的复兴而努力工作。简单说来，古典中国的理智遗产，共有三个方面：它的人文主义，它的合理主义，以及它的自由精神。

其所以成为人文主义的，是为了它始终而且明显地注意人类的生活，人类的行为，以及人类的社会。举例来说，当孔子被人问应当如何事鬼神时，他就说："未能事人，焉能事鬼？"他又被问关于死的意见时，他就说："未知生，焉知死？"这种对于人生的执着，就成了一个特点，使中国古代思想与印度、波斯甚至伊色列（Israel）的古代思想，截然不同了。中国古典时期的思想家，主要的是道德哲学家、教育哲学家、社会哲学家以及政治哲学家。古代中国曾建立一个伟大的文明，而且又产生了许多关于人性，关于道德行为，关于法律及政治组织的，种种成熟的学说，但对含有"乐园"意义的"天堂"，看作"末日裁判"地方的"地狱"，则一无所知，并且对于生死问题，也从来没有耽于玄思默想过。

其次，中国古典思想之所以成为合理，成为唯理智主义的原因，是由于他对于智识、学问和思想的重视。孔子说："学而不思则罔，思而不学则殆。"当时，中国思想的派别很多，从孔子的明显的唯理智主义的态度（孔子曾明白承认过："吾尝终日不食，终夜不寝，以思，无益，不如学也。"）一直到老子更明确的、唯理智主义者的（Rationalistic），但却几乎是反理智主义者的（Anti-intellectualistic）态度。老子这么吟咏过：

> 不出户，知天下；
> 不窥牖，见天道。

在这两极端之间，可以寻到那时中国思想上一些其他的伟大学派。他们的不同之处，是在于对那比较吃力的学习及研究过程的注重程度，各有不同。这一类的差别，在两种不同的性情之间，本是些很自然的差别。这两种性情，威廉詹姆斯氏曾把一个称之为“软心肠的性情”，把另一个称之为“硬心肠的性情”。中国思想从未诉之于超自然的或神秘的事物，以作为思想或推理的基础。从这一点看，一般说来，中国思想是始终唯理的。而且，它的所有正统学派，对于知识和考察，都十分重视。再从这一方面看，它确是偏重于唯理智主义者的态度。

人文主义者的兴趣，与合理及唯理主义者的方法论结合起来，这一结合，就给予古代中国思想以自由的精神。而且对于真理的追求，又使中国思想本身得以自由。孔子说：“君子不忧不惧”，又说：“内省不疚，夫何忧何惧！”讲到他自己时，他又说：“饭疏食，饮水，曲肱而枕之，乐亦在其中矣。不义而富且贵，于我如浮云。”在中国道德与理智力量仅次于孔子的孟子，也曾经更有力的表示过这个自由的精神。他说：“富贵不能淫，贫贱不能移，威武不能屈，此之谓大丈夫。”

这种人文的、合理的及自由的精神，就是古典时代对于后代理智生活留传下来的，最大的遗产。也就是因为这个精神，所以方能使得那个时代多样的伦理、社会及政治作品，现在读起来，还是和我们现代的作品一样。

这里就是孔子和他自己国家统治者的谈话：

鲁定公问：“一言可以兴邦，有诸？”

孔子对曰："言不可以若是其几也。人之言曰：'为君难，为臣不易。'如知为君之难也，不几乎一言而兴邦乎？"

定公又问："一言而丧邦，有诸？"

孔子对曰："言不可以若是其几也。人之言曰：'予无乐乎为君，唯其善而莫予违也。'知其善而莫之违也，不亦善乎？如不善而莫之违也，不几乎一言而丧邦乎？"

从这样一个人道的、合理的、客气的，然而在精神上又是这么坚定的、这么自由的回答里，我们可以了解二十五个世纪以来，孔子对于中国人的控制力量的所自来了。

下面是孟子和梁惠王的一段问答：

"杀人以梃与刃，有以异乎？"孟子问。

"无以异也。"梁惠王答。

"以刃与政有以异乎？"

王曰："无以异也。"

庖有肥肉，厩有肥马，民有饥色，野有饿莩，此率兽而食人也。兽相食，人且恶之，为民父母行政，不免于率兽而食人，恶在其为民父母也？

下面又是孟子告诉齐宣王的一段话：

君之视臣如手足，则臣视君如腹心。君之视臣如犬马，则臣视君如国人。君之视臣如土芥，则臣视君如寇雠。

从这类的讨论中，我们不禁要觉察到人文主义的精神、合理的精神以及自由政治批判的精神。这种精神，就使孟子成为人类史上民主政治的最早也许是最大的哲学家。

这个古典时代三重性质的遗产，就成为后来中国各时代文化与理智生活的基础。他供给了种子，由那里就生出了后来的成长与发展。它又尽了肥沃土壤一样的使命，在那里面，许多种类的外国思想与信仰都种了下去，而且成长、开花、结果了。它给中国一个理智的标准，可以用来判断及估计一切外国输入的理想与制度。而一遇到中国思想变得太迷信，太停滞，或太不人道时，这一个富于创造性的理智遗产，总归是出来救了它。

虽然当中曾经有过一千年的时光，一般人都集体改信佛教，也还并没有能够根除这个遗产。曾经有过一个时期，好像中国的合理性及人文主义，已经被一个中古时代思想的洪流所淹没了。这个中古思想，就是由印度及印度化思想信仰统治下所产生的。成千成万的男人女人，都出了家去当和尚或尼姑。宗教热就像浪潮一样地冲进了中国。作为对于佛教神圣献祭的最高形式，一个虔诚的和尚，可以欣然烧掉一个手指，一条膀臂，或者甚至他的整个身体。上千万的信男信女，有时甚至是宫庭中的人物，也都蜂涌到山上去，目击而且悲泣一个高僧的自焚。

正是为了这样的出世态度，和这样非人道的狂热，才又把中国震动得恢复了知觉，恢复了理性，恢复了人性。在历史上那几次政府迫害佛教举动的背后，永远的有中国文明对于要使中国“蛮化”的这潮流的一种反抗态度存在着。

举例来说，公元 845 年对佛教大迫害时，上谕里的主要意思是说："中国政府不能把中国人民弃之于对一个外国舍生宗教的崇奉了。"这就是中国人道主义对于使中国思想文明印度化的一个革命。

中国反抗佛教的最大代表，及大声疾呼得最厉害的领袖，是韩愈。他指出过，中国思想的最高理想，是说一切的个人道德及理智培养，必须有一个社会的目的，而这个目的呢，就是齐家，治国，平天下。所有一切志在由苦行及逃世以自救的个人教育，都是反社会的，因之也是非中国的。

韩愈为这个反抗提出了著名的冲锋呐喊，所谓："人其人！"那就是说，使和尚尼姑们一律恢复人性和人的生活！他对于佛教的严厉批评，特别是他对于皇家底庇护佛教的攻击，就使他在819年遭到了贬斥。然而，在精神上，他却是第十一、第十二世纪中新哲学运动的创造者。这个运动，后来就产生了"唯理哲学"（理学）的复兴与形成。

这次现世的及创造性的哲学运动的复兴，就为中国思想的第三或近世时期开了先河。那是中国哲学的一个复兴时代。在近世中国哲学前九百年的发展当中，古典时代的人文主义唯理主义，以及自由精神，又重新像花一样的放开了来。

"唯理哲学"的最初阶段，道院的苦行及学术性的冥想，仍然继续存在。这些是从中古宗教时期接受过来的。不过就一般而论，理智自由精神已经产生了许多敌对的思想派别，而其中有几派，曾经较为彻底地脱去了中古势力的牢笼。推想已变为有条理得多，科学化得多；道德教训也变得更人道些，更合理些。

十二世纪中，朱熹学派曾特别注重对于知识采取唯理主义的态度。这一派的口号是:“致知在格物。”主张“今日格一物,明日格一物”,“主于用力之久,而一旦豁然贯通焉,则众物之表里精粗无不到,而吾心之全体大用无不明矣”。

这种严格唯理主义者的精神及方法论,在中国思想里,就产生新的唯理主义。可是因为没有对于自然本身实验及处理的传统和技术,终至于,这种科学的思想,并没有能够产生一种自然科学,可是它的精神,却渐渐在历史及哲学的研究中被觉察出来了。过去三百年来,它曾经在对于古典著作的研究方面,产生了一个科学的方法论。它曾经展开了对于书本的批评,“高级”的批评,以及对于古代著述的哲学态度。那些图谋推翻传统注疏的学者们,现在却选了一个新的工具,这就是一个新的方法论。这样,他们可以凭借历史的证据及演绎的推理法,去扫除一切主观的解释,和传统的权威。固有的唯理主义,现在变成科学性的了。而理智自由的精神,也就寻到了一个有力的武器。

我将再叙述两个轶事,以结束这个简略的中国思想史叙述。中国现存的最老哲学家吴敬恒,曾经告诉我一个故事。他早年的时候,去见江阴南菁书院的山长黄以周。当他走进山长室时,他看见墙上挂着山长自己用大字泼笔写着的对联。那对联上八个字说:“实事求是,莫作调人。”

数年前,当我浏览我父亲未刊行的著作时,我寻到七十年前他在上海龙门书院所做的许多卷札记。每页顶上都用红字印着一段格言。其中一部分说:“学生研究任何题目时,都必须有先用怀疑的精神。”

以怀疑态度研究一切:实事求是,莫作调人。这就是那些中国思想家的精神，他们曾使中国理智自由的火炬，永远不熄。也就是这个精神，方使中国的思想家们，在这个新世界上，新时代中，还觉应完全的自如与合适。

（英文稿原载 1942 年 10 月《亚细亚杂志》第 42 卷第 10 期，冷观中译稿载 1943 年 2 月 16 日《读者通讯》半月刊第 60 期）

骂人

上海创造社出的《创造》季刊的第二期有郁达夫先生的《夕阳楼日记》，是批评译书的。译书是我近来想做而未能的事业，所以我很想看看郁先生的批评。他的引论里说：

> 我并非是那一种无学问的思想家，专爱说说大话，以寻人错处嘲弄古代的道德为本职的。我也不是那一种卑鄙的文人，专欲抑人之善而扬己之德的。
>
> 我之所以不能默默者，只为一般丑类，白昼横行，目空中外，欺人太甚的缘故。……“吾岂好辩哉？吾不得已也。”
>
> 我们中国的新闻杂志界的人物，都同清水粪坑里的蛆虫一样，身体虽然肥胖得很，胸中却一点儿学问也没有。……
>
> 天国近了，你们应当悔改！

这都是很厉害的教训。我更要看看他骂的是谁。原来他下文批评的是中华书局的新文化丛书内的《人生之意义与价值》。他举这书的开端五句作例列举英文、原译文和郁先生自己的译文。我们细细考察以后，不能不替原译者（余家菊）说一句公道话：余先生固然也不免有错误，郁先生的改本却几乎句句是大错的。我且把英文原本和他们的译本都写在下面，并且指出他们的错误：

（一）原文 Has human life any meaning and value？ In asking this question，we are under no illusion，we know that we can not pose today as possessors of a truth which we have but to unfold，The question confronts us as a problem that is still unsolved，whilst we may not renounce the attempt to solve it. That our modern ear lacks all assurance in regard to its solution is a point we shall have to establish more in detail.

（二）余译本："人生有无何等意义与价值？有此种怀疑的，并非为幻想所支配。我们有自知之明，知道我们不能冒充真理的主人，不过必须从事于真理的发现而已。烦扰我们的，是这个未曾解答的问题，然而我们对于解决的尝试决不可加以厌弃。关于这个问题的解答，以前各派说全无一点确实，往后我们要详细的指明。"

（三）郁改本："人生究竟有无什么意义与价值？问到这个问题，我们大家都是明白的了。目下我们能求那一种真理的发明的时候，我们知道我们不能装作已经是会得那一种真理的人。这个问题在我们的面前，还是一个未曾解决的问题，所以我们不应该把解决这个问题的尝试来拒绝了。我们现代：关于这个问题的解答，还缺少种种确实的地方，这就是教我们将来不得不更加详细造就之处。”

这里共五句，第一句是独立的，第二句是起下的，不是承上的。郁君把五句看作四句，把第二句看作承上的，便错了。第二句余译“有此种怀疑的”，确是错的；但 under no illusion，余译尚无大误，郁译为“大家都是明白的了”，却是错的（改正译本见下）。

第三句余译错在把“一个真理”看作“真理”，全句意思也不大明了。但郁君的改本竟是全不通了。他把句末 which we have but to unfold 一个形容词的分句，搬到前面去，变成表“时候”的副词分句，更是错的。

第四句余君似乎真是把 confront 认作了 confound（如郁君所说）：郁君修正前半句不误，但他把 whilst 译为“所以”，那可错了。此字在此地与 although 相等，当译为“虽”，在中文里“虽然”的分句应该移在前面去。

第五句余译“以前各派说”是错的，但文法大体却不错。郁君君不知 establish 一字在此处当如余君译为“说明”，而直译为“造就”，又加上一个“教”字，便大错了。

我现在且把这五句重译一遍，请余、郁两位的指正：

人生有什么意义和价值吗？我们发这疑问时，并不存什么妄想。我们知道我们现在不能自以为已得了一种真理，只须把他发挥出来就是了。我们虽不可把解决这问题的尝试抛弃了，然而这个问题现在还只是一个未曾解决的问题。我们这个时代对于这个问题的解答，竟全无把握：这一层是我们往后要详细说明的。

译书是一件难事，骂人是一件大事。译书有错误，是很难免的。自己不曾完全了解原书，便大胆翻译出来，固是有罪。但有些人是为糊口计，也有些人确是为介绍思想计：这两种人都可以原谅的。批评家随时指出他们的错误，那也是一种正当的责任。但译书的错误其实算不得十分大罪恶，拿错误的译书来出版，和拿浅薄无聊的创作来出版，同是一种不自觉的误人子弟。又何必彼此拿“清水粪坑里的蛆虫”来比喻呢？况且现在我们也都是初出学堂门的学生，彼此之间相去实在有限，有话好说，何必破口骂人？

（原载 1922 年 9 月 17 日《努力周报》第 20 期“编辑余谈”）

浅薄无聊的创作

第二十期的余谈里，曾说“拿错误的译书来出版，和拿浅薄无聊的创作来出版，同是一种不自觉的误人子弟”。会读书的人自然能看出这句话重在“错误的”“浅薄无聊的”两个形容词；凡自以为译书不错误的，和自以为创作不浅薄无聊的，尽可以不必介意。况且这句话只是泛论两桩罪过的均等，并不专指什么人的创作。前日上海一家报上有一位先生很忿忿的指出我自己的几首诗和几篇译的小说，说是“浅薄无聊的创作”。那几首诗的浅薄无聊正用不着我自己的辩护；但我要声明，我始终不敢叫它们做“创作”。我也羡慕那“创作”二字的尊贵，但我始终没有那胆子，所以只好自居于卑卑的“尝试”，始终不敢自居于“创作”之列。浅薄的罪名，我可以受；僭妄的罪名是我要上诉的，至于那几篇译稿自有原著者负内容的责任，我更不必替他们申辩了。

（原载 1922 年 10 月 8 日《努力周报》第 23 期“编辑余谈”）

爱情与痛苦（一）

《每周评论》第二十五号里，我的朋友陈独秀引我的话“爱情的代价是痛苦，爱情的方法是要忍得住痛苦”。他又加上一句评语道：“我看不但爱情如此，爱国爱公理也都如此。”这几句话出版后的第三日，他就被北京军警捉去了，现在已有半个多月，他还在警察厅里。我们对他要说的话是：“爱国爱公理的报酬是痛苦，爱国爱公理的条件是要忍得住痛苦。”

（原载 1919 年 6 月 29 日《每周评论》第 28 号，署名“适”）

爱情与痛苦（二）

我的朋友陈独秀被捕之前作了一条《爱情与痛苦》的随感录（本报第二十五号）。后来我也做了一条《爱情与痛苦》的随感录（第二十八号）。有一天，我觉得这个意思可以入诗，遂用《生查子》词调作了这首小诗。

也想不相思，
免得相思苦。
几度细思量，
情愿相思苦！

（原载 1919 年 7 月 6 日《每周评论》第 29 号）

怪不得他

上海《密勒评论报》的东家密勒君从巴黎写信给他的朋友说："我在巴黎和会仔细观察了三个月之后，对于将来的世界和平，我觉得狠怀疑。"怪不得他要说这话，我们读了三个月的电传报告，也就对于将来的和平十分怀疑了！

（原载1919年7月6日《每周评论》第29号）

论大学学制

现有安福部议员克希克图提议请恢复民国元年的大学学制。这个提议很不通，为什么呢？因为“民国元年大学学制”所指的是元年的“大学令”呢，还是元年的大学原状呢？

若说是“大学令”，则元年的大学令和六年的大学令，除了第八条预科修业年限由三年改为二年外，其余的并无根本的区别。两年以来大学的改革除了预科一项，并无和元年大学令不相容的地方。

若说是“大学原状”，则元年的组织有许多不能恢复的，也有许多决不该恢复的。如元年的农科已于三年改为农业专门学校了，这是不能恢复的。又如元年各科各有学长又各有教务长，这种制度，是决不该恢复的。至于民国六年以来大学之成绩为全国所公认，若非丧心病狂，决无主张回到八年前的原状之理。

如此看来，这个议案的用意不出两条：第一是恢复工科大学；第二是公然想破坏蔡校长两年余以来的内部改革，使蔡校长难堪，使他无北来的余地。

我且先论工科的问题。北京大学与北洋大学本来都有工科，蔡校长因为这个办法太不经济了，况且北洋也是国立的大学，工科成绩较好，不如由北洋专办工科，把北大的工科并入北洋，而北洋的法科并入北大。这个办法，两校的设备都经济，是一利；两校的教授都经济，是二利；北洋附近多工厂，便于实习，是三利；两校各办所长，不相重复，不相冲突，是四利——有如此四利，而无一弊，何以还有人偏反对呢？这里面的情形，不消说得，只是一个饭碗问题了。我再论蔡校长这两年多的种种改革。

第一，预科三年改为两年。预科的功课大都是语言文字的预备。中学毕业生不能进大学，已是大不经济了。单习这些大学预备功课，要用三年的工夫，那是更不经济了。预科占了三年，本科也只得三年。三年的本科能学得些什么？蔡校长改预科为两年，是极好的办法。其中只要教授得人得法，两年尽够了。将来中学程度增高，预科还可减少，到后来竟可完全废止。一方面延长本科为四年，开办大学院后，又加上两年，如此方才有高深学问可望。

第二，文理两科合并。造谣人说大学废止理科，专办文科，这是极荒谬的话。蔡校长因为学文科的人或专治文学，或专治哲学，于一切科学都不注意，流弊极大；理科的人专习一门科学，于世界思潮及人生问题多不注意，流弊也很大。因此他主张把文理两科打通，并为大学本科。他的目的是要使文科学生多懂得一些科学，不致流为空虚；使理科学生多研究一点人生基础观念，不致流为陋隘。这种制度是世界最新的制度，美国之大学以“文理院”为基本，即是此意。世之妄人，乃引中古相传的学制来驳他，岂非大笑话吗。

第三，法科问题。法科也不曾废除。蔡校长因为经济、政治两门在欧美各国都不属于法科，况且新合并之大学本科之哲学史学诸门皆与政治、经济极有关系，故想把这两门加入文理科真成一个完备的大学基础。而法科则专习法律，为养成律师法官之人材。这是欧美各国通行的制度，用意本很好，后来因为法律一门孤立，于事实上颇不方便，故索性把法律一门也合起来，和其他各科同组织一个大学教务处，以归划一。但法科学长一职至今存在，法科大学并不曾废，何用恢复呢。

以上诸项，除预科年限一项系由民国六年北京国立六大学校长联名请教育部核准公布外，其余各项均由去年十月全国专门以上七十余校校长会议通过，又由本年三月教育部召集全国教育调查会详细审定通过，请部颁大学试行。原案具在，利害得失，都可复核。我因为一二腐败政客任意诋毁蔡校长一片苦心，故不能不把这里面的实情报告给全国知道。

国立北京大学文科教授　胡适

（原载 1919 年 7 月 9 日上海《民国日报·觉悟》副刊）

孔教精义？

勾通程潜的信，还有一封是黄敦怿的。他说："昔管仲释射击之仇，入相小白，民到于今称之。若云人格为重，则事杀我君者，在当日伦纪森严，为世所唾弃，何孔子称道不置也？"原来孔二先生的学说还有军事的作用！怪不得军阀派要尊孔了！

（原载1919年7月20日《每周评论》第31号，署名"天风"）

女子解放从那里做起？

《星期评论》问我“女子解放从那里做起？”我的答案是：“女子解放当从女子解放做起。此外更无别法。”

这话初听了似乎不通，其实这是我想了一夜再三改正的答案。

先说女子的教育。人都说现在的女子教育大失败，因为女学生有卖淫的，有做妾的，有做种种不名誉的事的。我说这不是女子教育失败，这是女子教育不曾解放的失败。我们只给女子一点初等教育，不许他受高级教育；只教他读一点死书，不许他学做人的生活。这种教育我们就想收大功效吗？可算是做梦了！

补救女子教育的失败，就是多给他一点教育。不解放的教育失败了，多给他一点解放的教育。

解放的女子教育是：无论中学大学，男女同校，使他们受同等的预备，使他们有共同的生活。

初办解放的教育一定有危险的，但是这种危险没有法子补救，只有多多的解放。解放是消除解放的危险的唯一法子。

教育如此，女子社交的解放，生计的解放，婚姻的解放，都是一样的。解放的唯一方法就是实行解放。

人常说“解放必须女子先有解放的资格”。换句话说，“先教育，先预备，然后解放。”我说:“解放就是一种教育，而且是一种很有功效的活教育。”嘴上空谈解放的预备，实际上依旧把自己的姊妹妻女关起来，叫他们受那种预备将来解放的教育，这是极可笑的事。我十年前也曾提倡男女社交的解放，后来初同美国女子作朋友，竟觉得手足无措，话都说不出来。所以我说，我们如果深信女子解放，应该从实行解放做起。

（原载 1919 年 7 月 27 日《星期评论》第 8 号）

辜鸿铭（一）

现在的人看见辜鸿铭拖着辫子，谈着“尊王大义”，一定以为他是向来顽固的。却不知辜鸿铭当初是最先剪辫子的人；当他壮年时，衙门里拜万寿，他坐着不动。后来人家谈革命了，他才把辫子留起来。辛亥革命时，他的辫子还不曾养全，他带着假发接的辫子，坐着车子乱跑，很出风头。这种心理很可研究。当初他是“立异以为高”，如今竟是“久假而不归”了。

（原载 1919 年 8 月 3 日《每周评论》第 33 号，署名“天风”）

谈《女子解放与家庭改组》

慰慈这篇文章的见解很可以补救现时人所主张的缺点。现在有许多人提倡“小家庭”，以夫妇儿女为单位。这是很不错的。但这种个人主义的小家庭是一种奢侈品。除少数很有余钱的人家，决不能多雇男女仆人，所以家妇的职务格外加重，哪有余力来做真正解放的事业呢？我并不是说解放了的妇女便不该做煮饭炒菜洗衣裳的事。我的意思是说，如果一个女子是很配做学者或美术家的，因为社会的组织不完备，她不能不在她的小家庭里做那煮饭洗衣裳的事，这岂不是社会的大损失吗？所以慰慈说的“新家庭的事务非由多数家庭组织团体同力合办不可”，是比“小家庭”的主张更进一层了。

（原载 1919 年 8 月 10 日《每周评论》第 34 号）

辜鸿铭（二）

胡适之在英文《密勒评论报》上做了一篇论文学革命的文章，辜鸿铭做了一篇文章痛骂他。后来又有一个人写了一封信反驳辜鸿铭，辜鸿铭生了气，又做了一篇长文痛骂留学生与文学革命。他说："中国十人有九人不识字，正是我们应该感谢上帝的事。要是四万万人都能读书识字，那还了得吗？要是北京的苦力、马夫、汽车夫、剃头匠、小伙计……等人都认得字，都要像北京大学生那样去干预政治，那还成个什么世界？……"我看了这篇妙文，心里很感动。辜鸿铭真肯说老实话，他真是一个难得的老实人！

（原载1919年8月24日《每周评论》第36号，署名"天风"）

我们对于学生的希望[1]

今天是5月4日。我们回想去年今日，我们两人都在上海欢迎杜威博士，直到5月6日方才知道北京5月4日的事。日子过的真快，匆匆又是一年了。

当去年的今日，我们心里只想留住杜威先生在中国讲演教育哲学；在思想一方面提倡实验的态度和科学的精神；在教育一方面输入新鲜的教育学说，引起国人的觉悟，大家来做根本的教育改革。这是我们去年今日的希望。不料事势的变化大出我们意料之外。这一年以来，教育界的风潮几乎没有一个月平静的；整整的二年光阴就在这风潮扰攘里过去了。

这一年的学生运动，从远大的观点看起来，自然是几十年来的一件大事。从这里面发生出来的好效果，自然也不少：引起学生的自动精神，是一件；引起学生对于社会国家的兴趣，是二件；引出学生的作文演说的能力、组织的能力、办事的能力，是三件；使学生增加团体生活的经验，是四件；引起许多学生求知

1　编者注：本文以胡适与蒋梦麟两人的名义发表。

识的欲望，是五件；这都是旧日的课堂生活所不能产生的，我们不能不认为学生运动的重要贡献。

社会若能保持一种水平线以上的清明，一切政治上的鼓吹和设施，制度上的评判和革新，都应该有成年的人去料理；未成年的一班人（学生时代的男女），应该有安心求学的权利，社会也用不着他们来做学校生活之外的活动。但是我们现在不幸生在这个变态的社会里，没有这种常态社会中人应该有的福气；社会上许多事，被一班成年的或老年的人弄坏了，别的阶级又都不肯出来干涉纠正，于是这种干涉纠正的责任，遂落在一般未成年的男女学生的肩膀上。这是变态的社会里一种不可免的现象。现在有许多人说学生不应该干预政治，其实并不是学生自己要这样干，这都是社会和政府硬逼出来的。如果社会国家的行为没有受学生干涉纠正的必要，如果学生能享安心求学的幸福而不受外界的强烈刺激和良心上的督责，他们又何必甘心抛了宝贵的光阴，冒着生命的危险，来做这种学生运动呢？

简单一句话：在变态的社会国家里面，政府太卑劣腐败了，国民又没有正式的纠正机关（如代表民意的国会之类），那时候干预政治的运动，一定是从青年的学生界发生的。汉末的太学生，宋代的太学生，明末的结社，戊戌政变以前的公车上书，辛亥以前的留学生革命党，俄国从前的革命党，德国革命前的学生运动，印度和朝鲜现在的独立运动，中国去年的“五四”运动与“六三”运动，都是同一个道理，都是有发生的理由的。

但是我们不要忘记：这种运动是非常的事，是变态的社会里不得已的事。但是他又是很不经济的不幸事，因为是不得已，故他的发生是可以原谅的。因为是很不经济的不幸事，故这种运动是暂时不得已的救急办法，却不可长期存在的。

荒唐的中年老年人闹下了乱子，却要未成年的学生抛弃学业，荒废光阴，来干涉纠正，这是天下最不经济的事。况且中国眼前的学生运动更是不经济。何以故呢？试看自汉末以来的学生运动，试看俄国、德国、印度、朝鲜的学生运动，那有一次用罢课作武器的？即如去年的“五四”与“六三”，这两次的成绩，可是单靠罢课作武器的吗？单靠用罢课作武器，是最不经济的方法，是下下策，屡用不已，是学生运动破产的表现！

罢课于敌人无损，于自己却有大损失。这是人人共知的。但我们看来，用罢课作武器，还有精神上的很大损失：

（一）养成倚赖群众的恶心理。现在的学生很像忘了个人自己有许多事可做。他们很像以为不全体罢课便无事可做。个人自己不肯牺牲，不敢做事，却要全体罢了课来呐喊助威，自己却躲在大众群里跟着呐喊。这种倚赖群众的心理是懦夫的心理！

（二）养成逃学的恶习惯。现在罢课的学生，究竟有几个人出来认真做事，其余无数的学生，既不办事，又不自修，究竟为了什么事罢课？从前还可说是激于义愤的表示，大家都认作一种最重大的武器，不得已而用之。久而久之，学生竟把罢课的事看作很平常的事。我们要知道，多数学生把罢课看作很平常的事，这便是逃学习惯已养成的证据。

（三）养成无意识的行为的恶习惯。无意识的行为就是自己说不出为什么要做的行为。现在不但学生把罢课看作很平常的事，社会也把学生罢课看作很平常的事。一件很重大的事，变成了很平常的事，还有什么功效灵验？既然明知没有灵验功效，却偏要去做；一处无意识的做了，别处也无意识的盲从。这种心理的养成，实在是眼前和将来最可悲观的现象。

以上说的是我们对于现在学生运动的观察。

我们对于学生的希望，简单说来，只有一句话："我们希望学生从今以后要注重课堂里，自修室里，操场上，课余时间里的学生活动。只有这种学生活动是能持久又最有功效的学生运动。"

这种学生活动有三个重要部分：

(1)学问的生活。

(2)团体的生活。

(3)社会服务的生活。

第一、学问的生活。这一年以来，最可使人乐观的一种好现象，就是许多学生对于知识学问的兴趣渐渐增加了。新出的出版物的销数增加，可以估量学生求知识的兴趣增加。我们希望现在的学生充分发展这点新发生的兴趣，注重学问的生活。要知道社会国家的大问题决不是没有学问的人能解决的。我们说的"学问的生活"，并不限于从前的背书抄讲义的生活。我们希望学生(无论中学、大学)都能注重下列的几项细目：

(1)注重外国文。现在中文的出版物，实在不够满足我们求知识的欲望。求新知识的门径在于外国文，每个学生至少须要能用一种外国语看书。学外国语须要经过查生字，记生字的第一难关。千万不要怕难，若是学堂里的外国文教员确是不好，千万不要让他敷衍你们，不妨赶跑他。

(2)注重观察事实与调查事实。这是科学训练的第一步。要求学校里用实验来教授科学。自己去采集标本，自己去观察调查。观察调查须要有个目的——例如本地的人口，风俗，出产，植物，鸦片烟馆等项的调查——还要注重团体的互助，分功合作，做成有系统的报告。现在的学生天天谈“二十一条”，究竟二十一条是什么东西，有几个人说得出吗？天天谈“高徐济顺”，究竟有几个指得出这条路在什么地方吗？这种不注重事实的习惯，是不可不打破的。打破这种习惯的唯一法子，就是养成观察调查的习惯。

（3）建设的促进学校的改良。现在的学校课程和教员，一定有许多不能满足学生求学的欲望的。我们希望学生不要专做破坏的攻击，须要用建设的精神，促进学校的改良。与其提倡考试的废止，不如提倡考试的改良；与其攻击校长不多买博物标本，不如提倡学生自去采集标本。这种建设的促进，比教育部和教育厅的命令的功效大得多咧。

（4）注重自修。灌进去的知识学问，没有多大用处的。真正可靠的学问都是从自修得来。自修的能力，是求学问的唯一条件。不养成自修的能力，决不能求学问。自修注重的事是：（一）看书的能力。（二）要求学校购备参考书报，如大字典、词典、重要的大部书之类。（三）结合同学多买书报，交换阅看。（四）要求教员指导自修的门径和自修的方法。

第二、团体的生活。五四运动以来，总算增加了许多学生的团体生活的经验。但是现在的学生团体有两大缺点：（一）是内容太偏枯了。（二）是组织太不完备了。内容偏枯的补救，应注意各方面的“俱分并进”。

（1）学术的团体生活，如学术研究会或讲演会之类。应该注重自动的调查、报告、试验、讲演。

（2）体育的团体生活，如足球、运动会、童子军、野外幕居，假期游行等等。

（3）游艺的团体生活，如音乐、图画、戏剧等等。

（4）社交的团体生活，如同学茶会、家人恳亲会、师生恳亲会、同乡会等等。

（5）组织的团体生活，如本校学生会、自治会、各校联合会、学生联合总会之类。

要补救组织的不完备，应注重世界通行的议会法规（Parliamen-tary Law）的重要条件。简单说来，至少须有下列的几个条件：

（1）法定开会人数。这是防弊的要件。

（2）动议的手续，与修正议案的手续。这是议会法规里最繁难又最重要的一项。

（3）发言的顺序。这是维持秩序的要件。

（4）表决的方法。（一）须规定某种议案必须全体几分之几的可决，某种必须到会人数几分之几的可决，某种仅须过半数的可决。（二）须规定某种重要议案必须用无记名投票，某种必须用有记名投票。某种可用举手的表决。

（5）凡是代表制的联合会——无论校内校外——皆须有复决制（Referendum）。遇重大的案件，代表会议的议决案，必须再经过会员的总投票。总会的议决案，必须再经过各分会的复决。

（6）议案提出后，应有规定的讨论时间，并须限制每人发言的时间与次数。

现在许多学生会的章程，只注重职员的分配，却不注重这些最要紧的条件，这是学生团体失败的一个大原因。

此外还须注意团体生活最不可少的两种精神：

(1)容纳反对党的意见。现在学生会议的会场上，对于不肯迎合群众心理的言论，往往有许多威压的表示，这是暴民专制，不是民治精神。民治主义的第一个条件，就是要使各方面的意见都可自由发表。

(2)人人要负责任。天下有许多事，都是不肯负责任的“好人”弄坏的。好人坐在家里叹气，坏人在议场上做戏，天下事所以败坏了。不肯出头负责的人，便是团体的罪人，便不配做民治国家的国民。民治主义的第二个条件，是人人要负责任，要尊重自己的主张，要用正当的方法来传播自己的主张。

第三、社会服务的生活。学生运动是学生对于社会国家的利害发生兴趣的表示，所以各处都有平民夜学、平民讲演的发起。我们希望今后的学生继续推广这种社会服务的事业。这种事业，一来是救国的根本办法；二来是学生的能力做得到的；三来可以发展学生自己的学问与才干；四来可以训练学生待人接物的经验。我们希望学生注意以下各点：

(1)平民夜校。注重本地的需要，介绍卫生的常识，职业的常识，和公民的常识。

(2)通俗讲演。现在那些“同胞快醒，国要亡了”，“杀卖国贼”，“爱国是人生的义务”等等空话的讲演，是不能持久的，说了两三遍就没有了。我们希望学生注重科学常识的讲演，改良风俗的讲演，破除迷信的讲演，譬如你今天演说“下雨”，你不能不先研究雨是怎样来的，何以从天上下来；听的人也可以因此知道雨不是龙王菩萨洒下来的，也可以知道雨不是道士和尚求得下来的。又如你明天演说“种用何以须用石灰作肥料”，你就不能不研究石灰的化学，听的人也可以因此知道肥料的道理。这种讲演，不但于人有益，于自己也极有益。

（3）破除迷信的事业。我们希望学生不但用科学的道理来解释本地的种种迷信，并且还要实行破除迷信的事业。如求神合婚，求仙方，放焰口，风水等等迷信，都该破除。学生不来破除迷信，迷信是永远不会破除的。

（4）改良风俗的事业。我们希望学生用力去做改良风俗的事业。如女子缠足的，现在各处多有，学生应该组织天足会，相戒不娶小脚的女子。不能解放你的姊妹们的小脚，你就不配谈“女子解放”。又如鸦片烟与吗啡，现在各处仍旧很销行。学生应该组织调查队、侦探队，或报告官府，或自动的捣毁烟间与吗啡店。你不能干涉你村上的鸦片吗啡，你也不配干预国家的大事。

以上说的是我们对于学生的希望。

学生运动已发生了，是青年一种活动力的表现。是一种好现象，决不能压下去的，也决不可把他压下去的。我们对于办教育的人的忠告是：“不要梦想压制学生运动。学潮的救济只有一个法子，就是引导学生向有益有用的路上去活动。”

学生运动现在四面都受攻击，“五四”的后援也没有了，六三的后援也没有了。我们对于学生的忠告是：“单靠用罢课作武器是下下策，可一而再，再而三的么？学生运动如果要想保存五四和六三的荣誉，只有一个法子，就是改变活动的方向，把五四和六三的精神用到学校内外有益有用的学生活动上去。”

我们讲的话，是很直率，但这都是我们的老实话。

（原载 1920 年 5 月 4 日《晨报副刊》《五四纪念增刊》，又载 1920 年 5 月《新教育》第 2 卷第 5 期）

1921年

胡适、高一涵启事

一湖，遇夫，知白，劭西，石曾，君亮，百里，几伊，诸位先生：

今天在《晨报》上看见诸位先生的紧要启事，替易家钺君郑重证明《呜呼苏梅》一文非易君所作。我们对于诸位先生郑重署名负责的启事，自然应该信任。但诸位先生的启事并不曾郑重举出证据，也不曾郑重说明你们何以能知道这篇文章不是易君所作的理由。我们觉得诸位先生既肯郑重作此种仗义之举，应该进一步，把你们所根据的证据一一列举出来，并应该郑重证明那篇《呜呼苏梅》的文章究竟是何人所作。诸位先生若没有切实证据，就应该否认这种启事；熊先生是女高师的校长，他若没有切实证据，尤不应该登这种启事。我们为尊重诸位先生以后的署名启事起见，为公道起见，要求诸位先生亲笔署名的郑重答复。

十，五，十九

（原载1921年5月20日《晨报》）

我对于运动会的感想

我到美国入大学后，第一次去看我们大学和别的大学的足球竞争（Football，此系另一种很激烈的足球，与中国现行的不同）。入场券卖每人美金二元，但看的人竟有几千人之多。每到紧要关头，几千人同声喊着本校的“呼声”（yell）以鼓励场中的武士。有受伤的球员，扶下场时，大众也喊着“呼声”祝贺他，安慰他。我第一次观场，看见那野蛮的奋斗，听着那震耳的“呼声”，实在不惯；心里常想：这真是罗马时代的角抵和斗兽的遗风，很不人道的。

但是场中叫喊的人，不但是少年男女，还有许多白发的老教授，——我的植物教习罗里教授就坐在我的附近，——也拼命的喊着助威的“呼声”！我心里更不明白了。但是我以后还去看过几次，看到第三次，我也不知不觉的站起来，跟着我们的同学们拼命的喊那助威的“呼声”！难道我被那野蛮的遗风同化了吗？不是的，我渐渐把我从中国带去的“老人意态”丢开了，我也爱少年了！

我在北京大学住了五年，不知不觉的又被中国学生的“斯文样子”同化了，我的“老人意态”又差不多全回来了。

今天忽然听说北京大学要开一个运动会，这个消息使我很高兴。我的记忆力使我回到十二年前跟着大家大呼大喊的时候，我很想再有同样的机会使我弹去一点“老态”。我希望许多同学都来这运动场上尝尝少年的高兴，——把那斯文的老景暂时丢在讲堂上或寄宿舍里！

1922年4月21日

（原载1922年4月23日《北京大学日刊》）

1926年
时间不值钱

我回中国所见的怪现状，最普通的是“时间不值钱”，中国人吃了饭没有事做，不是打麻将，便是打“扑克”，有的人走上茶馆，泡了一碗茶，便是一天了。有的人拿一只鸟儿到处逛逛，也是一天了。更可笑的是朋友去看朋友，一坐下便生了根了，再也不肯走，有事商议，或是有话谈论，倒也罢了，其实并没有可议的事，可说的话。我有一天在一位朋友处有事，忽然来了两位客，是□□馆的人员，我的朋友走出去会客，我因为事没有完，便在他房里等他。我以为这两位客一定是来商议这□□馆中这什么要事的。不料我听得他们开口道：“□□先生，今回是打津浦火车来的，还是坐轮船来的？”我的朋友说是坐轮船来的，这两位客接着便说轮船怎样不便，怎样迟缓，又从轮船上谈到铁路上，从铁路上又谈到现在中交两银行的钞洋跌价。因此又谈到梁任公的财政本领。又谈到梁士诒的行踪去迹。……谈了一点多钟，没有谈上一句要紧的话。后来我等的没法了，只好叫听差的去请我的朋友。那两位客还不知趣，不肯就走。我不得已，只好跑了，让我的朋友去领教他们的“二梁优劣论”罢。

美国有一位大贤名弗兰克令（Benjamin Franklin）的曾说道："时间乃是造成生命的东西。"时间不值钱，生命自然也不值钱了。上海那些拣茶叶的女工，一天拣到黑至多不过二百个钱，少的不过得五六十钱！茶叶店的伙计，一天做十六七点钟的工，一个月平均只拿得二三块钱！还有那些工厂的工人，更不用说了。还有那些更下等，更苦痛的工作，更不用说了。人力那样不值钱，所以卫生也不讲究，医药也不讲究。我在北京、上海看那些小店铺里和穷人家里的种种不卫生，真是一种黑暗世界，至于道路的不洁净，瘟疫的横行，更不消说了。最可怪的是无论阿猫阿狗都可挂牌医病，医死了人，也没有怨恨，也没有人干涉。人命的不值钱，真可算得到了极端了。

（原载 1926 年 12 月 5 日《生活周刊》第 2 卷第 7 期）

1927年
拜金主义

吴稚晖先生在今年5月底曾对我说："适之先生，你千万再不要提倡那害人误国的国故整理了。现在最要紧的是要提倡一种纯粹的拜金主义。"

我因为个人兴趣上的关系，大概还不能完全抛弃国故的整理。但对于他说的拜金主义的提倡，我却表示二十四分的赞成。

拜金主义并没有什么深奥的教旨，吴稚晖先生在他的《一个新信仰的宇宙观与人生观》里，曾发挥过这种教义。简单说来，拜金主义只有三个信条：

第一，要自己能挣饭吃。

第二，不可抢别人的饭吃。

第三，要能想出法子来，开出生路来，叫别人有挣饭吃的机会。

《珠砂痣》里有一句说白："原来银子是一件好宝贝"。这就是拜金主义的浅说。银子为什么是一件好宝贝呢？因为没有银子便是贫穷，贫穷便是一切罪恶的来源。《珠砂痣》里那个男子因为贫穷，便肯卖妻子，卖妻子便是一桩罪恶。你仔细想想，那一件罪恶不是由于贫穷的？小偷，大盗，扒儿手，绑票，卖娼，贪贼，卖国，那一件不是由于贫穷？

所以古人说：

> 衣食足而后知荣辱，
> 仓廪实而后知礼节。

这便是拜金主义的人生观。

一班瞎了眼睛，迷了心头孔的人，不知道人情是什么，偏要大骂西洋人，尤其是美国人，骂他们“崇拜大拉”（Worship the dollar）！你要知道，美国人因为崇拜大拉，所以已经做到了真正“夜不闭户，路不拾遗”的理想境界了。（几个大城市里自然还有罪恶，但乡间真能夜不闭户，路不拾遗是西洋的普遍现状。）

我们不配骂人崇拜大拉；请回头看看我们自己崇拜的是什么！

一个老太婆，背着一只竹箩，拿着一根铁扦，天天到弄堂里去扒垃圾堆，去寻找那垃圾堆里一个半个没有烧完的煤球，一寸两寸稀烂奇脏的破布。——这些人崇拜的是什么！

要知道，这种人连半个没有烧完的煤球也不肯放过，还能有什么“道德”，“牺牲”，“廉洁”，“路不拾遗”？

所以现今的要务是要充分提倡拜金主义，提倡人人要能挣饭吃。

上海青年会里的朋友们现在办了一种职业学校，要造成一些能自己挣饭吃的人才，这真是大做好事，功德无量。我想社会上一定有些假充道学的人，嫌这个学校的拜金气味太重，所以写这篇短文，预先替他们做点辩护。

十六，八，廿六

（原载1927年10月《文社月刊》第2卷第10册）

中国公学校史

中国公学的发起，在前清光绪乙巳年(1905)。那时中国留日学生反对日本新颁的取缔学生规则，认为侮辱中国，故议决全体归国。归国的学生既多，遂发起办一个理想的学校，容纳这些抗议回国的学生。因为这学校含有对外的意义，归国学生又有十三省人之多，故名为“中国公学”。

中国公学成立于丙午年春天，其时反对取缔规则的风潮已渐松懈，许多官费学生多纷纷回去复学；而上海人士初见一大群剪发洋服的学生自办学校，多起猜疑，官吏指为革命党，社会疑为怪物。故赞助的人很少，经费困难，学校遂陷于绝境。干事姚宏业先生激于义愤，遂于4月6日投江自杀，以身殉学校，遗书数千言，说：

> 我之死，为中国公学死也。

姚烈士列举中国公学与中国前途之关系，凡有五点，最重要的是：

（一）中国公学含有对外的性质："溯中国公学之所由起，盖权舆于留日学生争取缔规则之故。夫此次之争之当否，今姑无论，然公学……含有对外之性质，盖彰彰乎不可掩矣。故中国公学不啻我中国民族能力之试金石也者。……如不能成立发达，亦即我全国人能力劣败之代表也。"

（二）中国公学可以消除省界："中国自今以往，有大问题焉，……则省界之分是也。……夫惟中国公学熔全国人材于一炉，破除畛域，可以消祸于无形。"

（三）中国公学为民立大学之基础："考各国学术之进化，莫不有民立学堂与官立学堂相竞争，相补救。……今我中国公学实为中国前途民立大学之基础；若日进不已，其成就夫能驾耶鲁大学与早稻田大学而上之。"

他为什么要自杀呢？他说：

"我同志等组织此公学也，以大公无我之心，行共和之法，而各同志又皆担任义务，权何有？利何有？而我同志等所以一切不顾，劳劳于此公学者，诚以此公学甚重大，欲以我辈之一腔热诚，俾海内热心之仁人君子怜而维持我公学成立，扶助我公学发达耳。乃自开办以来，……海内热力赞助者，除郑京卿孝胥等数人外，殊寥寥。求助于政府无效，求助于官府无效，求助于绅商学界又无效。非独无效，且有仇视我公学，毁谤我公学，破坏我公学者。"

"我性褊急，我诚不忍坐待我中国公学破坏，……故蹈江而死，以谢我无才无识无学无勇不能扶持我公学之罪。”

“夫我生既无所补，即我死亦不足惜。我愿我死之后，君等勿复念我，而但念中国公学。”

“我愿我诸同学皆曰，无才无学无勇无识如某某者，其临死之言可哀也，而竭力求学以备中国前途之用。”

“我愿我诸同事皆曰，无才无学无勇无识如某某者，其临死之言可哀也，而振起精神，尽心扩张，无轻灰心，无争意见，……务扶我中国公学为中国第一等学堂，为世界第一等学堂，而后已。”

“我愿我四万万同胞……皆曰，无学无识无才无勇如某某者，其临死之言可哀也，而贵者施其权，富者施其财，智者施其学问筹划，以共维持扶助我中国公学，……则我虽死之日，犹生之年矣。……”

姚烈士的尸身和遗书发现之后，全国社会受一大震动，赞助公学的人稍多；同志诸人受他深刻的刺激，也振作精神，向各处奔走求助。一年之后，因郑孝胥、熊希龄诸先生援助，两江总督端方允于丁未年起每年由两江捐万二千元，又拨吴淞公地百余亩为校址。次年（戊申）又得大清银行营口经理罗诒先生借助银十万两为建筑校舍之用。这几年奔走四方募款，以公学干事张邦杰、王敬芳、黄兆祥诸先生之力为最多：张邦杰先生于宣统己酉年扶病监督校舍工程，尽瘁而死，遂葬于新校舍之侧。后来湖北浙江四川江西各省相继补助常款，故宣统末年公学每年常款有两万余元。

公学初不设校长，只有公选的干事，分任斋务，教务，庶务的事。后来推郑孝胥先生为校长，聘马君武先生为总教。君武先生不久即往德国留学，总教之职也就废了。公学得两江津贴之后，校长改为监督。戊申春间，郑孝胥先生辞监督，夏敬观先生继任为监督。其时始有董事会之设，推张謇先生为会长。

公学校舍初在北四川路黄板桥之北。戊申年（1908），即吴淞新校舍完成之前一年，公学学生与干事部争论学校组织的问题，意见各走极端，多数学生退出公学，在爱而近路庆祥里组织中国新公学，至己酉年（1909）之冬始解散。留校学生于己酉年迁入吴淞新校舍。

我是丙午年夏间考进中国公学的，在校两年多，在中国新公学又留一年，我现在回想当日公学的精神，有最可纪念的几点：

第一，中国公学真可算是全国人的公共学校，学校在上海，而校中的学生以四川、湖南、河南、广东的人为最多，其余各省的人差不多全有。学生说的话是“普通话”，讲堂上用的也是“普通话”。我当时只能说上海话与徽州话，在校一年多，便说四川话了。二十年来，上海成为各省学生求学之地，这风气不能不说是中国公学开出来的。

第二，中国公学是革命运动机关。我那时只有十几岁，初进去时，只见许多没有辫子的中年少年，后来才知道大多数都是革命党人，有许多人用的都是假姓名。如熊克武先生，不但和我同学，还和我同住过，我只知道他姓卢，大家都叫他“老卢”，竟不知道他姓熊。同学之中死于革命的，我所能记忆的有廖德璠，死于端方之手；饶可权死于辛亥三月广州之役，为黄花冈七十二人之一。熊克武、但懋辛皆参与广州之役。教员之中，宋跃如先生为孙中山先生最早同志之一；马君武、沈翔云、于右任、彭施涤诸先生皆是老革命党。中国公学的寄宿舍常常是革命党的旅馆，章炳麟先生出狱后即住在这里，戴天仇先生也曾住过，陈其美先生也时时往来这里。有时候，忽然班上少了一两个同学，后来才知道是干革命或暗杀去了。如任鸿隽忽然往日本学工业化学去了，后来才知道他去学制造炸弹去了；如但懋辛也忽然不见了，后来才知道他同汪精卫、黄复生到北京谋刺摄政王去了。所以当时的中国公学的确是一个革命大机关。

第三，中国公学的组织是一种民主国的政体。公学的发起人多是革命党人，故学校成立之时，一切组织多含有试行民主政治之意，全校分执行与评议两部。执行部的职员是学生投票互选出来的，有一定的任期，并且对于评议部负责任。评议部是班长和室长组织成的，有定期的开会，有监督和弹劾职员之权。开会时，往往有激烈的辩论，有时到点名熄灯时方才散会。姚烈士绝命书中所谓"以大公无我之心，行共和之法"，即是指这种制度。——丁未以后，学校受了两江的补助常款，端方借此要监视这个有革命嫌疑的学校，故不久即委派监督，学校有了官派的监督，民主的政体，便发生了障碍，干事部久不改选，评议部也有废止的危险。到了戊申之秋，评议部与职员发生激烈的冲突，结果遂致绝大多数学生整队退学，自行组织中国新公学，仍继续实行民主政治，支持至一年余始解散。这三年多的雏形民主国，在中国政治革命〔史〕上是很可纪念的。

辛亥革命之后，各省财政多感困难，故中国公学的补助费一律停止了。南京临时政府的领袖诸公承认公学在革命史上的重要，故临时参议院通过于清理源丰润银号倒欠政府官款项下，拨给中国公学基金三百万元。孙中山、黄克强、宋教仁诸先生皆加入校董会，先筹款开学。后来政府北迁，“三百万元”基金之案迄未实行，后虽由元年国务会议改为一百万元，亦未拨付分文。民国二年：二次革命起来，公学校舍被革命军借住，学生分散，公学遂暂时停顿了。

自民国三至五年，中国公学得继续开学，全靠王敬芳、胡汝麟两先生维持之功。其时王、胡两君代表河南同乡与英商福中公司争矿权，至民国四年夏间，交涉完毕，成立福中公司，胡、王两君要求福中公司每年提出五万元，以三万元补助河南公益事业，以二万元捐助中国公学。公学得有常款，此为第二次。

民国五年，政治多故，学生骤减少；旧有之专门班毕业后，仅余中学生数十人，帝制既倒，学校当局想把公学改为大学，遂决计结束旧局，把中学分送上海各中学。其时中国参加欧战，德国人所办之同济医工学校陷于停顿地位，教育部与中国公学商借吴淞校舍为同济临时之用，中国公学遂又暂时停办。

同济学校借用公学校舍数年之久。民国八年夏间，公学暂借威海卫路德国人办的小学校舍，先行开学，次年始将校舍收回。其时董事会改组，推熊希龄先生为会长，王家襄先生为副会长，范源濂、胡汝麟、袁希涛、夏敬观、叶景葵、梁维岳、王敬芳七人为常务董事。王敬芳先生任校长。

此时公学有商科专门及中学。公学停顿期中，福中公司助款停止；开学后，王敬芳先生请福中公司补拨历年助款，除还公学欠债万余元之外，尚余四万余元，以备填补每年常款之不足。王校长因任福中公司总经理，不能住校办事，故请公学毕业同学李荫秾为事务长，刘秉麟为教务长，分代校长之事。民国十年，刘李两君先后辞职，王校长乃请张东荪先生为代理校长。

民国十一年，公学请张嘉森先生为筹办大学主任，计划改组大学事；次年张东荪先生辞职，由陈筑山先生代理校长，即将原有之商科专门提高程度，改升大学。十二年夏，因添办高级中学，学舍不敷用，故将商科大学迁设上海。十三年夏，董事会推张东荪先生任商科学长，陈筑山先生专办高中。十三年之秋，江浙开战，浙军占用吴淞校舍，高中遂停办。十四年春间，商科大学迁回吴淞，同时筹划添设哲学、政治、经济诸学系，拟仿伦敦大学经济学院的制度，作成一个社会科学的大学。

自民国九年以后，公学常款，除学费外，全靠福中公司的助款；民国十一年，常务董事呈准政府依据元年国务会议原案，拨元年六厘公债一百万元为补助金。此款由财政部于民国十二年及十三年先后拨给整理公债票四十万元。此项债票未经指定的款付息，故在市场上几于全无价值。后经王敬芳先生等呈准财政部领到第一期至第九期的利息三万元以供偿还积欠及扩充图书馆之用。第十期以下应付利息，也曾由公学呈请财政部，指定在福中总公司每年缴纳统税捐照十万元项下分四期缴纳，每期六千元，每年计二万四千元。此案虽经财政部公函（十四年财字二五五六号）照准，但不久河南即成战区，福中矿务停顿，不但不能由矿税项下拨款付息，连每年二万元的助款也完全停止了。

民国十六年春，国民革命军到上海，公学由旧同学何鲁先生接收办理。其时校董在南方者人数甚少，何先生乃请在宁沪各地的校董开会，并增入旧同学熊克武、但懋辛、丁彀音、周烈忠、杨诠、胡适、朱经农诸先生，组织新校董会。校董会公推何鲁先生为校长，熊克武先生为董事长。

其时公学经费支绌，教职员薪俸多不能照发，是年秋季，上海中法工专学校学生因风潮退学，转人中国公学肄业，大学院特准每月拨二千三百三十三元，为公学收容此项学生之补助费。此项补助费至十七年六月底始停止。

何鲁先生任内，公学之学科组织共分文学院、商学院、法学院、理工学院四院，设十七学系，以经费不足，终未能充分设备。

十七年三月，公学发生风潮，至四月底尚未解决。校董会议决准何鲁先生辞职，推我担任校长，并推但懋辛校董为总务长，丁彀音校董为秘书长。胡、但、丁三君于 4 月 30 日到校任事。

公学校董会自清末以来，经过多少变迁，校董随时增加，未有定额。除死亡不计外，现存校董散在各省者不下百人，召集既甚困难，组织又不合现行制度。于是校董会于十七年六月十日在上海集会，决定依据大学院颁布之私立学校校董会规程，改组校董会，遂通过校董会章程，决定校董名额为十五人，每两年改选三分之一。是日由校董会投票选举下列十五人为新校董：

蔡元培、于右任、熊克武、胡适、杨铨、夏敬观、叶景葵、朱经农、何鲁、王云五、刘秉麟、但懋辛、王敬芳、马君武、丁彀音。

同日校董会又通过《中国公学组织大纲》十三条。

我担任校长，本只解决公学的风潮而已，原定只维持两个月。故是日我向校董会辞去校长职务。校董会不准我辞，只准我提出副校长人选，由校董会聘任，以便有人驻校负责。后由校董会聘请杨亮功博士为副校长，暑假中即到校任事。

我们觉得何鲁先生任内所定学科组织的规模太大了，不是公学的经济状况能负担的，故自十七年暑假起，裁撤工学院与法学院，其余学系也经裁并，改为文理学院及社会科学院，共两院，七学系。原有之商学院成为社会科学院中之商学系。余六系为中国文学系、外国语文学系、哲学系、数理学系、史学社会学系、政治经济学系。

本年度共有学生六百零六人（内有女生五十人），教员四十六人，职员十四人。本年学生之多，为历年所未有，但公学宿舍只能容五百二十人，现有学生已远过此数，故原有的游艺室与饭厅都改为宿舍。课堂与图书馆也都感觉很大的困难。

（载于《吴淞月刊》1929 年第 3 期）

从思想上看中国问题[1]

究竟从思想上看，中国的问题在什么地方?

问题是“不适宜于现代的环境”。

种族上，问题是“不能适于生存而有被淘汰的危险”。

社会的制度与心理习惯上，问题是“不能适于生存而有堕落的危险”。

经济上，问题是“不适宜于现代世界的经济生活而脱不了落伍的危险”。

思想上，问题也是如此。

思想上的不适宜有两个方面：

(1)思想中有根本大不适宜的部分

---

1 据《胡适的日记》(手稿本)1929年5月19日记载：平社成员决定从各方面讨论“中国问题”。其中分给胡适的题目是“从思想上看中国问题”。胡适的这篇文章应是为此而作。当时规定胡适主讲的时间是“6月15日”。据《胡适的日记》1929年6月16日记：“平社聚餐，到的只有实秋、志摩、努生、刘英士几个人，几不成会。”胡适未提自己的主讲内容，本文疑是为此次聚餐讨论所准备的讲稿。

（2）思想的方法的不适宜

（上）不适宜的思想

吴稚晖先生曾说：

> 中国在古代，最特色处，实是一老实农民，……安分守己，茹苦耐劳。惟出了几个孔丘、孟轲等，始放大了胆，像要做都邑人，所以强成功一个邦国局面。若照他们多数〔乡下〕大老官的意思，还是要剖斗折衡，相与目逆，把他们的多收十斛麦，含铺鼓腹，算为最好，于是孔二官人也不敢蔑视父老昆季，也用乐天知命等委蛇。晋唐以前，乃是一个乡老（老庄等）局董（尧舜周孔）配合成功的社会。晋唐以来，唐僧同孙悟空带来了红头阿三的空气，徽州朱朝奉就暗采他们的空话，改造了局董的规条。

稚晖先生这个见解大致不错。中国古来的思想只有两大系，我姑且叫他们做：

> 积极的，有为的一系（局董系）
> 消极的，无为的一系（乡老系）

后来又加上了印度的和尚思想，乡下老的无为思想便得了一个有力的大同盟。乡下老，道士，和尚成了大同盟，其势力便无敌于天下；局董受了他们的包围与熏染，便也渐渐地变懒了，同化了。他们虽摆起了局董面孔，其实都不肯积极有为。故中国思想的“正宗”实在已完全到了“无为派”的手里。我们试看最有势力的俗语：

多事不如少事，
少事不如无事。
不求有功，但求无过。
靠天吃饭。
万事皆是命，半点不由人。
多做，多错；
少做，少错；
不做，不错。

所以我们今日研究中国思想是否适宜于现代的环境，其实就是研究这个正宗思想系统是否适宜。

这个正宗思想系统，简单说来，有这么一些方面：

（1）宇宙观

主张自然变化，不信上帝造化，在思想史与宗教史上有解放的大功用。

但普通人并不懂这种自然主义的宇宙观，故魏晋以后，堕落成道教。宋以后的道学也从这里出来，但中古宗教的势力太深，道学运动对于自然主义已不能像王充、王弼诸人那样的彻底，故徘徊于太极阴阳之间，成一种不分明的，调和的宇宙论。

在这个现代世界，自然主义的宇宙论有昌明的可能，但须站在自然科学的新基础之上，扫除阴阳太极种种陋说。

（2）人生观

因为太偏重自然，故忽略人为。“胡为乎，胡不为乎？夫固将白化”(《庄子》)。误认“自然的”为“最好的”，故有适性之论，主张自由，而自由的意义不明白，遂流为放浪旷达，人人以不守礼法为高。上层阶级自命颓放，而下层社会便更堕落。

自然主义主张命定论，命定论自有破除迷信的功用，而因为这种命定论缺乏自觉性，故信命反成了一种迷信。

学者以“不齐”为物之情，故不讲平等。平常人也承认命定的本分，故以“安分守己”为常德，不努力进取求提高生活与地位。

自然科学的旨趣在于征服自然以为人用。中国单有命定论，而没有自然科学，故把天然看作无所逃于天地之间的绝大势力，故造成一种“听天由命”“靠天吃饭”的人生观，造成一种懒惰怕事不进取的民族性。

崇拜自然变化为合理的（The Natural=the Rationel）。故淡于是非之见。老子倡不争，而庄子倡“不谴是非”：“辩也者，有不见也。”(《庄子》)

> 物固有所然，物固有所可。
> 无物不然，无物不可。(《齐物论》)

什么东西都是好的，都有他相当的地位，故我们最不讲究辩证是非真伪的风气，以“和光同尘”为美德，以“议论人长短”为大戒。什么事总是“差不多”。七百年的“格物”“考证”的学风不能改革这根深蒂固的乡愿风气。

“自然”是对于“人为”而言的。崇拜自然，必流入于轻视一切人为的事业。老、庄本来反对文化，反对制度，反对知识，反对语言文字。这种过激的虚无主义虽然不能实现，然而中国一切文化事业（建筑，美术，技艺，学术）的苟且简陋，未尝不由于这种浅薄的自然崇拜。知足便是苟简。

（3）政治思想

崇拜自然而轻视人事，在政治上便是无为主义。无为之治只是听其自然。

> 所谓无为者，不先物为也，
> 所谓无治者，不易自然也。（《淮南子》）

一切只是跟着自然变化跑，不可自作聪明，勉强有为。

无为政治的造成，确有历史的原因。秦始皇、李斯一般人的确想大有为，但不久都失败了。汉帝国的安定全靠惠帝到文景五六十年的无为之治。盖公、曹参、窦太后等都是有意的实行无为之治。统治一个绝大的帝国，没有方便的交通器具，势不能不放任，但求相安无事，已为万幸了。况且一班无知识的纨袴子弟，老太婆，太监，若放胆有为，也有危险，不如劝他们无为无治为妙。

二千年“天高皇帝远”的大帝国的长期训练，遂使无为而治的观念深入人心，牢不可破，成为中国政治的唯一法门。

无为的观念最不适宜于现代政治生活。现代政治的根本观念是充分利用政府机关作积极的事业。十八九世纪的放任主义已不适用，何况无为？

现代政治重在有意识的计划，指挥，管理（Conscious Control），而无为之治重在“不易自然”。这是根本相反的态度。

况且无为的政治养成了人民不干预政治的心理习惯，以入公门为可耻，以隐遁为清高；更不适宜于民权的政治。

自然无为养成的懒惰怕事的习惯，也是最不适宜于这个多事的局面的。

不争不辩的道德，也是不适宜于民主政治的。道家的人生观名义上看重“自由”，但一面要自由，一面又不争不辩，故他们只好寻他们所谓“内心的自由”、消极的自由，而不希望实际的、政治的自由。结果只是一种出世的人生观，至多只成一种自了汉，终日自以为“众人皆醉而我独醒”，其实也不过是白昼做梦而已。他们做的梦也许是政治的理想，但他们的政治理想必不是根据事实的具体计划，只是一些白昼做梦式的乌托邦理想而已，或者，一些一知半解的道听途说而已。最近的例子如康有为的《大同书》，便是乌托邦理想；如四十年中的新政计划，——人说废科举，我也说废科举，人说兴学校，我也说学校，……——便是道听途说。

以上说正宗思想系统的种种方面，除了宇宙论会有相当现代性之外，可以说是完全不适宜于应付现代需要。约而言之，我们可以说：

（一）现代社会需要积极作为，而正统思想崇拜自然无为。

（二）现代社会需要法律纪律，而旧思想以无治为治，以不守礼法为高尚。

（三）现代文化需要用人力征服天行，而旧思想主张服从自然，听天由命。

（四）现代社会需要正直的舆论作耳目，而传统思想以不争不辩为最高。

（五）现代科学文明全靠一点一滴地搜寻真理，发现知识，而传统思想要人不争不辩，更甚者要人不识不知，顺帝之则。

（六）现代社会需要精益求精地不断努力，而传统思想要人处处知足，随遇苟安。

（七）现代社会需要充分运用聪明智慧作自觉的计划设施，而传统思想一切委任自然，不肯用思想，不肯用气力。

（八）现代社会需要具体的知识与条理的思想，而传统思想习惯只能教人梦想，教人背书，教人作鹦鹉式的学舌。

四五十年的新文化的接触，新教育的设施，新思潮的输入，新运动的澎湃，到如今有什么结果呢？思想上可有什么变化改善的倾向吗？

说也可怜，如果有什么变化，都只是皮毛的改换颜色，我就看不出什么脱胎换骨的思想。

今日的思想，从极左到极右，都看不见一点自己想过的思想，也看不见一点根据现实状况的思想。做尧、舜、禹、汤、周公、孔子的梦的，固然不曾思想。囫囵吞下马克思、考茨基、列宁、孙中山的，也算不得曾经思想。

根本的毛病还在思想的方法。

我们的传统思想习惯是不肯用心思去想。这叫做无为的思想方法。说得玄妙一点。叫做寂然不动，感而遂通。又叫做廓然而大公，物来而顺应。说得粗浅一点，叫做懒如死蛇。二千五百年前，老子教人“不出户，知天下；不窥牖，知天道”。现在的人也还说：“秀才不出门，能知天下事！”这都是懒人的思想方法。

需要证据吗？梁任公先生自己说：

> 自从和日本打了一个败仗下来，国内有心人真像睡梦中着了一个霹雳，……所以拿“变法维新”做一面大旗，在社会上开始运动。那急先锋就是康有为、梁启超一班人。这班人中国学问是有底子的，外国文却一字不懂。他们不能告诉人“外国学问是什么，应该怎么学法”，只会日日大声疾呼，说“中国旧东西是不够的，外国人许多好处是要学的。”（《近著》下，238）

梁先生是个老实人，能说这样老实的话，叫我们知道三十年前的维新党人的思想方法。这种方法其实是没有方法，这种思想其实是不思想。不思想的结果是什么呢？自然是瞎眼的维新。梁先生在同篇（《五十年中国进化概论》）里估量五十年中国学问和思想方面的进步，指出

> 这里头最大关键就是科举制度之扑灭。……到戊戌维新前后，当时所谓新党如康有为、梁启超一派，可以说是用全副精力对于科举制度施行总攻击。前后约十年间，经了好几

> 次波折，到底算把这件文化障碍物打破了。……用历史家眼光看来，不能不算是五十年间一件大事。（同书，236）

科举的废止是维新党人的第一件大罪案，而他们却引为大功劳。科举制度的弊病在两点：（1）是考试内容的无用，（2）是有了捐官的捷径，科举出身的人才不能不受其影响。乍不革其流弊，而遽废一个世界最有特色的制度，岂非因噎而废食？

他们以为有了学堂，便可以不用科举了。殊不知道学堂是造人才的地方，科举是国家选用人才来办公家职事的方法。新式的学校可以替代老式的学堂，而不能替代国家考试用人的方法。他们不知道，只有新的考试制度，可以替代旧的科举制度。他们废了科举，却不曾造出一种新式的考试制度。于是这样大的一个国家，二十五年来全没有一个公道的，公开的，用客观标准的文官考试制度。二十五年来，政府机关用人还是靠八行书，靠荐信，靠贿赂，靠亲戚朋友，遂造成廿五年的政治腐化的现象！

思想不精确，为害如此之大！

康有为死了，梁启超也死了，戊戌（1898）距今有三十年了。三十年的不同，只是康、梁盲目地大声疾呼嘉富尔、俾士麦、大彼得，而三十年后的青年却大声疾呼马克斯，列宁，布鲁东而已！

十三四年前，我同一位美国朋友谈天，我说，“我们中国人有一点特别长处，就是不抵抗新思想。譬如‘进化论’，在西洋出现之后，打了五六十年的官司，至今美国的大学还有禁止教授的。然而1898年有个严复译了一部赫胥黎的《天演论》，出版之后，真是不翼而飞，有许多人自己出书刻版送人。一二十年中，'天演”物竞”天择’‘优胜劣败’都成了文人常用的话头。有些人竟用这些话做名字，陈炯明号竞存；有一家朋友，哥哥叫天择，弟弟叫竞存。我自己的名字也起于‘适者生存’的话。从没有人出来反对《天演论》的。反对之声乃出于徐家汇的天主教教士”。

我们朋友想了一会，答道："胡先生，贵国人不抵抗新思想，不一定是长处。欧美人抵抗新思想，不一定是坏处。不抵抗也许是看不起思想的重要，也许是不曾了解新思想的涵义。抵抗之烈也许是顽固，也许是不轻易相信，须心服了然后相信。"

我听了这句话，心里很惭愧。我就问自己："我相信生物进化论，究竟有多少科学的根据？"我当时真回不出来！只好费了许多功夫，抱了不少佛脚，方才明白一点生物学上，比较解剖学上，胚胎学上，地质学上，古生物学上的种种证据。

有一天，我在哥仑比亚大学的 Furnald hall，碰见张□□先生，我问他："你相信进化论吗？"他说："自然哪。"我又问："你有什么证据？"他支吾了一会，指着窗外的 Broad way，说道："你瞧，这些电线，电灯，电车，那一件不是进化的凭据？"我说："这样容易证明的一个学说，为什么要等到达尔文才能发现？"他回不出了。

我又去问别人，从 Furnald Hall 直问到了 Hartley Hall，几十个中国学生，现在大都成了名人名教授了，当时都不能给我一个满意的答案。

这个故事值得使我们想想。

人家的思想是实际状况的产儿，是多年研究实验的结果，——例如达尔文，马克斯，——到了我们的眼里，只不过是一个抽象名词，一句口头禅，一个标语。我们不肯思想，更不肯调查试验来证实或否证一个思想。我们的思想方法完全只在纸上变把戏。眼光不出纸上，心思不透过纸背。合我的脾胃的，便是对的思想；不合我的脾胃的，便是不对的。这叫做寂然不动，物来而顺应。

分开来说，有种种毛病可指，如拢统，如轻易相信（盲从），如同个人成见的武断，如浅薄，……但其实只是一个根本病，只是懒惰，只是不肯用气力，不肯动手脚，不肯用自己的耳朵眼睛而轻信别人的耳朵眼睛。话到归根，还只是无为的思想方法。

试举“拢统”作例吧！

拢统是用几个抽象名词来概括许多性质不同，历史不同的事实。如“资本主义”“帝国主义”“封建势力”“文化侵略”……等等都是一些范围广漠的名词，所包含的意义有地域上的不同，有历史上的不同。然而这些名词一到了我们的手里和嘴里，一个个都成了法宝。你要咒诅谁，只消口中念念有词，唱一声“资本主义”，画一道符，写上“封建势力”，那人就打倒了，那制度也就永远被咒诅了！

这些名词所包括的制度和事实，有利有弊，有历史的原因，有民族的特性，而我们一概不问，只想画几道符，念几句咒，贴在他们身上，遂算完了事。例如“资本主义”，有十七八世纪的资本主义，有十九世纪上半的资本主义，有十九世纪下半的资本主义，有廿世纪的资本主义，有社会主义思想未发生以前的资本主义，有社会主义思想已发生影响以后的资本主义。即如 Henry

Ford 的资本主义，已不是马克思所指摘的资本主义了。资本主义的性质早已变了，而我们还用这一个老名词，来包括无数新制度，这便是拢统。

在去年 11 月出版的一部《社会科学大纲》里，有这么一句话：

> 资本家欲在世界上占势力，互相竞争，便不得不设法产生贫乏。欲产生贫乏，便不得不压迫劳动者，增加工作时间，减少工银。（第五章，42）

这种话给现代的资本家听见了，真要笑掉牙齿，现代的资本家的第一要义是“设法产生富裕”，人民越富裕，越有剩余资本可以买股票，买债券，保寿险，做储蓄；人民越富裕，购买力越大，才能多买资本家所造出的商品。故设资本家不得不设法产生贫乏，竟是梦话。

至于“增加工作时间，减少工银”的方法，也是一种已渐渐成为过去的方法。现在的资本主义，早已明白工作时间的减少和工银的增加都是增加效率的法子，效率愈增加，得利更大。Henry Ford 便是一个绝好的例：他的工厂里，工作时间比人家少，工银比人多，货价比人低廉，而得利比谁都大。苏俄政府近年极力宣传 Ford 的传记和著作，也正是因为这种绝大的效率，虽名为私有资本主义，而最可以作国家社会主义的模范。

在同书里（26）我们又读了这一段话：

> 一方面资本一天比一天集中于少数人手里，别方面小

资本家渐变成贫穷的，贫穷的一天一天变成无产者。……

这是所谓“资本集中”的现象。但是这又是马克思的梦想，和五六十年来的事实完全不对。马克思只看见资本集中，而不看见资本的管理权虽集中，而资本的所有权仍可以分散普及，如一个一万万元的公司，不妨分作一万股，也可分作十万股，也可分作一百万股。其中的股东，可以是一个人，但平常的公司往往是几千人以至几万人。马克思主义说：

我们看一看美国金融资本的独裁者吧！一百多个王侯，和他们的董事，管理了五百亿金元，掌握了一切经济生活上最最重要的部门。(32)

但他们忘了告诉我们，这五百亿金元的所有者至少有几千万人！其中七分之一是保寿险费，所有者便是几千万的保户！

马克思主义者又对我们说：

资本主义社会的第一个特征是不单是为了满足人类的必要而生产物品，特别是为了商品而生产的。(《中国资本主义史》，(4)

但我们不要忘了“人类的必要”是时时变迁的，不是固定的。商业制度的在文化史上的大贡献正在于用最低的成本生产多量的物品，使多数人能购买，又用广告的功能，引起人的欲望，使人感觉某物品的需要。文化的抬高全靠人类欲望的抬高，需要的增加。从前我们认为少数人的奢侈品的，现在都渐渐变成人人的必需品了。我们现在认电灯为必要了，不久将来应该认厨房电炉为家家必需之物，应该认无线电收音器为家家必需之物。“人类的必要”的增加，大都是广告宣传之功。资本主义为商品而生产，然而间接直接地抬高了无数人的欲望，增加了无数人的需要，所以有人说商业是文明的传播者。所以为商品而生产并不是资本主义的罪状，也可以说是他的一大功绩呵！

我举这几个例来说明思想拢统的危险。“资本主义”有种种的意义，在资本集中的方面说，是一种生产方法；从私有财产的方面说，是一种分配方法。从生产的方面说，资本集中而未尝不可以同时所有权分散在无数人，生产力增加而未必减少工人，增加工作时间，更未必增加物价。故凡种种劳工保障法，如八时工作，如最低工资保障，皆是资本主义的国家里的现行制度。从分配的方面说，私有财产的国家里，未尝没有级进的所得税，级进的遗产税，未尝不根本推翻“财产权神圣”的观念。故在资本主义国家之中，所得税有超过百分之五十的，遗产税有超过百分之五十五的。故我们不可用一个抽象名词来抹杀一切复杂的情形，须知共产集权的国家之中也往往采用资本集中的方法，而资本主义之下也往往有社会主义的分配原则存在也。

（收入耿云志主编：《胡适遗稿及秘藏书信》第 12 册）

我们对于政治的主张

我们都没有党籍，也都没有政治派别。我们的唯一目的是对国家尽一点忠心。所以我们的政治主张不用任何党义作出发点。我们的出发点是中国的实在需要，我们的根据是中国的实在情形。

我们不想组织政党，不想取什么政党而代之，故对现在已得中国政治权的国民党，我们只有善意的期望与善意的批评。我们期望它努力做的好。因为我们期望它做的好，故愿意时时批评它的主张，组织，和实际的行为。批评的目的是希望它自身改善。

我们对于今日的“党”和“政”的关系，认为太不分明，实际上行不通。我们以为今日应该明白规定党的权限是“政权”，政府的权限是“治权”（这是借用孙中山分别“政权”和“治权”的主张）。治权是执行政务之权，政权是监督行政之权。

换句话说，我们主张，党的地位应该同民治国家的议会相仿，只有在一定的法律范围之内，依法定的手续，可以监督行政。过此范围的干涉便为非法。中央党部便等于中央议会，省党部便等于省议会，地方区党部便等于区议会，——都应该有明白规定的权限和手续。

我们以为今日党的机关糜费太多，不是我们这个穷国家所能担负的。故党员的党费（每月二角）应严格征收，充作各级党部的经常费用。党的机关应大加裁减，以免浪费。

我们以为现行的政府组织，名为五权并立，其实只是行政一权。立法、司法、考试、监察，若不能独立，便不能行使他们的职权。所以我们主张：行政院的地位应提高，作为政府。

立法院应独立，成为全国的法制编纂院。向来民治国家的议会所有的监督政府的种种权力，既有党部代行了，故立法院只执掌纯粹立法的任务。

司法院应独立，成为最高的法院。

监察院应绝对独立，监察院及其附属机关的人员不得兼任行政职务，也不得兼任党部职务。监察院应该监察政府，也应该监察党部。

考试院应该绝对独立，考试院及其附属机关的人员不得兼任行政或党部的职务。

我们深信，若监察与考试两种制度能严格地施行，政治的清明还可以有望。但这两种制度的施行，须要有下列两个条件：

（1）监察机关绝对独立，不受党及行政机关的牵掣。

（2）考试制度之下，只论人才，不限党籍。专制帝政之下，假使皇帝姓朱，却不限定天下士子先改姓朱，然后来投考。今制定考试新制，若限定党员方可投考，便是根本打销考试用人的原意了。

我们深信，今日军费占全国收入的百分的九十二（据三全大会的财政部报告），是亡国的现象。我们深信，本年编遣会议的裁兵计划是很不彻底的。我们主张，彻底裁兵，不可假借“国防”的名义，保留现有的军队。除必要的警备队外，全国军队均应分期裁遣。

我们深信，今日绝对谈不到军事上的国防。去年山东境内有二十万大兵，而不敢同三千日本兵作战，这个教训不够令我们深思吗？今日能修明内政，发展交通，运用外交，那便是真正的国防。我们若靠军队防卫国家，中国早已亡了！故今日有人借“国防”的名义保留军队，都只是拥兵自卫的托辞。

我们对于国家的组织，主张联邦式的统一国家。

（收入耿云志主编：《胡适遗稿及秘藏书信》第 12 册）

文化的冲突

冲　突

在我看来，中国的问题是她在多种文化的冲突中如何调整的问题。中国现在的一切麻烦都可归咎于在将近六十年间尖锐的文化冲突中未能实现这种调整。这个问题从未得到人们的充分认识和自觉对待，而只是被惰性、自大和表面的改良措施所避开和掩盖。结果，中国今天对自己问题的解决仍象半世纪前一样遥远。

可能的解决方法

现在是我们清楚地认识文化冲突这个问题的现实而予以解决的时候了。这个问题就是，中国当怎样自我调整，才能使她处在已经成为世界文明的现代西方文明之中感到安适自在。这个问题可以有三种解决的办法。中国可以拒绝承认这个新文明并且抵制它的侵入；可以一心一意接受这个新文明；也可以摘取某些可取的成分而摒弃她认为非本质的或要不得的东西。第一种态度是抗拒；第二种态度是全盘接受；第三种态度是有选择性的采纳。既然今天没有人坚持抗拒政策，我的讨论将只限于后两种态度。

选择性的现代化

乍看起来，选择性的现代化似乎是最合乎理性的上策。因此，这不仅是国内的提倡者，也是自命为中国之友和中国文明的热爱者的一些外国作家所鼓吹的一种最有力的态度。我甚至可以说，这是迄今任何思考过中国文化冲突问题的人所持的唯一认真和明确的态度。他们告诉我们，中国发展了灿烂的文明，这个文明绝不能在盲目接受西方文明当中丢掉。这些好心的忠告者们说，务必十分谨慎地从西方文明中选择那些不致损坏中国艺术、宗教和家庭生活中的传统价值的东西。总之，对现代文明的某些方面可以作为必要的恶来接受，但必须不惜任何代价保持中国文明的传统价值。

不受欢迎的变化

现在看来，这种态度究竟如何呢？实际上，这是说中国必须改变但又决不能改变。拆掉一座城墙，总会有人同声反对，理由是这座城市将失去中世纪的古雅。北京最初铺设电车道时，许多美国游客看到电车穿越这座城市的中心而深感遗憾。几乎现代化的每一步都会遇到这样的指指点点。工业化已破坏了人们的家庭生活并使他们放弃了祖先崇拜。现代学校教育使中国的书法成为一种失传的艺术。课本用白话文，使学生不能用古文作文了。小学生不再背诵孔子的经书。电影正在赶走中国戏。禁止缠足是好事，可是丝袜子太贵了，现代舞蹈吓人。妇女解放也许是必要的，但是剪短发、抹口红搞得过火。如此等等。

幸福与现代化

有一次，一位来中国游历的哲学家坐滑杆翻越一座崎岖小山。他在舒适靠椅上听到抬滑杆的唱一支他觉得好听的歌曲，不觉听得入迷，并从中得到启示，悠然陷入哲学遐想：像中国人这样的人力驮兽在担负沉重苦役时仍保持唱歌之乐，这远比现代工厂的工人为自己的苦命鸣不平要强得多。他担心中国实现工业化之日，工厂不仅会毁掉一切精美的手工业和家庭工业，而且也会扼杀中国苦力一边工作一边唱歌的欢快精神。

对选择性的现代化的认可

这样一来，国内外的忠告者们都认为中国必须走选择性的现代化的道路，即尽量保持她的传统价值，而从西方文明中只采取那些适合现实迫切需要所必须的东西。

传统价值安然无恙

我曾经也是这种选择性过程的倡导者之一。不过现在我表示后悔，因为我认为谨慎选择的态度是不可能的，而且也实在不必要。一种文明具有极大的广被性，必然会影响大多数一贯保守的人。由于广大群众受惰性规律的自然作用，大多数人总要对他们珍爱的传统要素百般保护。因此，一个国家的思想家和领导人没有理由也毫无必要担心传统价值的丧失。如果他们前进一千步，群众大概会被从传统水平的原地向前带动不到十步。如果领导人在前进道路上迟疑不决，摇摆不定，群众必定止步不前，结果是毫无进步。

接受现代化

中国之所以未能在这个现代化世界中实现自我调整，主要是因为她的领袖们未能对现代文明采取唯一可行的态度，即一心一意接受的态度。近几十年来，中国之所以不再谈论抵制西方文明，只是因为中国的保守主义已在选择性的现代化的理论伪装下找到庇护所。她在采用西方文明某些方面如电报、电话、铁路和轮船、军事改组、政治变革以及新的经济制度……所取得的微小的进步，大多是外国特权享有者或担心民族灭亡和崩溃的中国人所强加的。这些方面的进步没有一项是出于自觉自愿或明智地了解而引进到中国来的。甚至维新运动最杰出的领袖人物也没有充分了解他们所主张的东西。仅在几年以前，1898 年维新运动最重要的领袖人物之下的梁启超先生曾歉然地自认道：“我们当时还不知道西学为何物，亦不知如何去学。我们只会日日大声疾呼，说旧东西已经不够用了，外国人许多好处是要学的。”[1]领袖人物本身浅薄如此，当然不能引起广大群众的真正的热忱或坚强的信念。

保存国粹

果如所料，要求改革的第一个浪潮被政府中反动分子镇压下去后，知识界立即发起了一个新运动，即“保存国粹运动”。这个运动中的许多支持者又同时是后来推翻满清的革命党的成员。这个事实可注意之点是，它表明反满的革命虽然是受西方共和理想的鼓舞而发动的民族自觉运动，但它还没有摆脱文化保守主义的情绪。这个保守主义最近几年有突出表现。有人在反对教会学校和教会医院时经常使用“打倒文化侵略”的口号。

工具与进步

直到最近几年才听到有人坦率发表现代西方文明优于中国的和一般东方的旧文明的议论。一位年逾花甲的思想家吴稚晖老先生于 1923 年—1924 年发表了他的宏论《一个新信仰的宇宙观及人生观》。他在文中大胆宣称中国旧道德的总体都是低级的和粗浅的，欧洲种人在私人道德上和社会公德上以及日常生活方式上

---

1 译者注：原文见《五十年中国进化概论》，参见《梁启超选集》（上海人民出版社，1984 年版），第 834 页，英译引文有出入。

都超越其他种族之上。“他们是所有这些种族中最有才能和精力充沛的人民，他们的道德总体是高超的。”他劝告中国的知识分子把所谓的国故扔到茅厕里至少三十年。在此期间，用一切努力加快步伐建立像尘沙一般干燥的物质文明。他对被已故梁启超先生等保守思想家斥为濒于破产的现代科学文明大加颂扬而不惜余力。吴稚晖先生说：“人是一种会制造工具的动物，世界的进步全靠工具数量的增多。而科学又是工具制造的最有效途径。”“我们相信文明愈进步，工具就愈繁多，实现人类大同的理想就愈接近，那些现在阻碍人类智慧的困难问题也就愈容易得到解决。”[1]

国际性的经验

这些话出自一位花甲老人之口这件事就值得注意。吴先生曾受教于江阴南菁书院，这所学院是当地最后的重镇之一。他曾在日本住过，也曾在英法两国呆过几年。他对西方新文明之了解不下于他对东方旧文明的了解的程度。

科学与人生

吴先生的文章发表在关于科学与人生的关系问题的激烈论战之际。这场论战把中国的知识分子划分为截然不同的两个阵营。所谓“玄学鬼”阵营的领袖是张嘉森，他提倡“内省精神生活”

---

1 译者注：以上引文在吴稚晖原书中未查到，此处据英文译出。

论，相信这种内心精神生活是超越科学范围之外的。因此张先生和他的好友，其中包括已故梁启超先生，主张恢复宋明新儒学的理学。另一个是由丁文江先生领导的现代科学家阵营。丁先生驳斥陈旧的哲学而力持科学与科学方法的万能论。这场论战持续整整一年。当参加这场论战的文章最后搜集起来在1924年出版时，全书超过二十五万字。不消说，吴先生和我在这场论战中都是站在丁先生方面的。

科学与民主的精神成分

我在1926年发表了《我们对于西洋近代文明的态度》一文。此文同时刊登于日本的《改造》月刊和中国的《现代评论》周刊上。文章内容又用英文改写，作为查理·A. 俾尔德教授编的《人类的前程》一书的一章。在这篇文章中我的立场是中国必须充分接受现代文明，特别是科学、技术与民主。我试图表明容忍像缠足那样的野蛮风俗达千年之久而没有抗议的文明，很少有什么精神性。我也指出科学与民主的宗教二者均蕴育着高度的精神潜力，并且力求满足人类的理想要求。甚至单纯的技术进步也是精神的，它可以解除人类的痛苦，大大增强人类的力量，解放人类的精神和能力，去享受文明所创造的价值和成果。我公开地谴责了东方的旧文明，认为它是"唯物的"，以其无能为力地受物质环境所支配，不能运用人类的智能去征服自然界和改善人类生活。与此相反，我认为尽可能充分利用人类的聪明才智来寻求真理，来制服天行以供人用，来改变物质环境，以及改革社会制度和政治制度以谋人类最大幸福，这样的文明，才是真正的“精神”文明。

中国文明之不人道

吴稚晖先生和我本人的这种看法仿佛过于盛气凌人和过于武断。不过这些观点都是经过多年实际观察和历史研究得出的由衷之言。当一个象吴稚晖那样的老先生宣布他认为中国人道德很低下的时候，他是在讲大实话，这使他感到痛苦远远超过他的读者所能想象的。但是那是真情不得不讲。在我以缠足几千年或千百万人当牛做马为例谴责我国的文明时，我并不是仅仅从一些孤立事例作出概括；缠足代表全体女性十个世纪以来所受人的痛苦的最残忍的形式。当我们了解到宗教、哲学和伦常道德共同合谋使中国人视而不见，丧失良知，对这种不人道缺乏应有的认识时，了解到诗人做诗和小说家写出长篇描写女人的小脚时，我们必须作出结论，在一种文明中道德观念和美学意识被歪曲到如此荒谬的地步，其中必有某种东西是根本错误的。普及教育，普选制，妇女解放和保护劳工立法之所以未发源于实行缠足的国家，难道我们能说这纯粹是偶然的吗？

中国的旧文明

总而言之，我们对中国文明究竟有什么真正可以夸耀的呢？它的过去的光荣属于过去；我们不能指望它来解决我们的贫穷、疾病、愚昧和贪污的问题。因为这四大祸害是中国旧文明残存至今的东西。此外还有什么？我们国家在过去几百年间曾经产生过一位画家、一位雕刻家、一位伟大诗人、一位小说家、一位音乐家、一位戏剧家、一位思想家或一位政治家吗？贫困使人们丧失了生活的元气，鸦片烟与疾病扼杀了他们的创造才能，造成他们的懒散与邋遢。难道我们还要再推迟那种能提供战胜我们死敌以唯一工具并为一种新的活文明提供唯一可能基础的科学和技术文明的到来吗？

中国的新文明

日本的例子使我们对中国文明的未来抱一线希望。日本毫无保留地接受了西方文明，结果使日本的再生取得成功。由于极愿学习和锐意模仿，日本已成为世界上最强国家之一，而且使她具备一个现代政府和一种现代化文化。日本的现代文明常常被批评为纯粹是西方进口货。但这种批评只不过是搔到事物的表面，如果我们以更多的同情态度来分析这个新文明，我们会发现它包含着许许多多必须称之为土生土长的东西。随着由技术和工业文明造成普遍的兴盛的程度日益提高，这个国家土生土长的艺术天才已在数十年间发展了一种和全国的物质进步相适应的新艺术与新文学。她的风光和风景美还是日本式的，只是比以前管理得更好，现代交通工具也更为方便。今天日本人民的爱美和爱整洁仍同过去一样，不过他们今天有更好和更美的东西可以享受了。

我们所需的文化复兴

因此，让我们希望中国也可能像日本那样实现文化复兴。让我们现在着手去做日本在五六十年前着手做的事情吧。我们决不受那些保守派思想家们的护短的观点的影响，也不因害怕丢掉自己的民族特性而有所动摇。让我们建立起我们的技术与工业的文明作为我们民族新生活的最低限度的基础吧。让我们表达如下的希望吧！如果我们有什么真正具有中国特色的东西话，那么这些东西将会在科学与工业进步所产生的健康、富裕和闲暇的新的乐土上开花结果。

（原载 1929 年《中国基督教年鉴》（China Christian Year Book），张景明译、罗荣渠校，中译稿收入罗荣渠主编：《从"西化"到现代化》，1990 年 3 月北京大学出版社出版）

东西文化之比较

1

近年来欧洲许多消极的学者，唱着这种论调：西方的物质文明业已破产，东方的精神文明将要兴起。去年我在德国的时候，有一个很渊博的学者和我说："东方文化是建筑在精神上面。甚至东方人的灵魂得救，都是以道德高下为选择的标准。轮回之说，不是如此吗？"这种言论，虽然是他们战后一种厌倦的心理；然而对于那些东方文化夸耀者，实足以助长其势焰。依我个人所见所闻，这种论调，也使西人对于他们自己那日见增长的文化，没有得着一种正确的观念。我草此文讨论东西之文化，就是想大家对于这两种文化有一种新的观念。

2

我是一个中国人，所以就从孔子讲起。依照孔子观象制器的理论，一切文化之起源是精神的，是从意象而生的。"见乃谓之象，形乃谓之器，制而用之谓之法，利用出入，民咸用之，谓之神。”孔子举出许多事实，证明这个理论。我们看见木头在水上浮，就发明了船；看见另一种木头可以沉入水内，就发明棺材坟墓以保存父母的遗体；看见雨水落在地下，就发明文字以记载事实，因为恐怕它们也像雨水一样落下不见了。

柏拉图与亚理士多德也有这种理论。人类的器具与制度都起源于意象，即亚理士多德所谓“法因”（formal causes），孔子，柏拉图，亚理士多德等都生于上古时代，那时并无所谓物质与精神的二元论，所以他们能够认清一切物体的后面都是有思想的。

实际上，没有任何文化纯粹是物质的。一切文化的工具都是利用天然的质与力，加以理智的解析，然后创造成功，以满足人的欲望，美感，好奇心等。我们不能说一把泥壶比较一首情诗要物质些，也不能说圣保罗礼拜堂比较武尔威斯洋房要精神些。最初钻木取火的时候，都以为这是一件属乎精神的事，所以大家都以为是一个伟大的神所发明的。中国太古神话时代的皇帝都是发明家，并不是宗教的领袖。譬如燧人氏发明火，有巢氏发明房屋，神农氏发明耕种与医药。

我们的祖先将一切器具归功于神是很对的。人是一种制造器具的动物，所以器具就构成了文化。火的发明是人类文化史中第一个新纪元，农业的发明是第二个，文字是第三个，印刷是第四个。中古时代世界各大宗教，从中国东海横行到英国，将世界的文化都淹没了。直到后来发明了望远镜、汽机、电气、无线电等，世界文化才到今日的地步。如果中古时代那些祭司们可称为“圣”，那么，伽利略（Galileo）、瓦特、斯蒂芬孙、模司

（Morse）、柏尔（Bell）、爱迪生（Edison）、福特等，就可称为神，而与伯罗米修士（Prometheus）、卡德马斯（Caddmus）居于同等的地位了。他们可以代表人群中之最神圣者，因为他们能够利用智力，创造器具，促进文化。

一个民族的文化，可说是他们适应环境胜利的总和。适应环境之成败，要看他们发明器具的智力如何。文化之进步就基于器具之进步。所谓石器时代、铜器时代、钢铁时代、机电时代等，都是说明文化发展之各时期。各文化之地域的发展也与历史的发展差不多。东西文化之区别，就在于所用的器具不同。近二百年来西方之进步远胜于东方，其原因就是西方能发明新的工具，增加工作的能力，以战胜自然。至于东方虽然在古代发明了一些东西，然而没有继续努力，以故仍在落后的手工业时代，而西方老早就利用机械与电气了。

这才是东西文明真正的区别了。东方文明是建筑在人力上面的，而西方文明是建筑在机械力上面的。有一个美国朋友向我说："美国每个男女老幼有二十五个以至三十个机械的奴仆替他当差，但是每个中国人只有四分之三的机械奴仆替他服务。"还有一个美国工程师说："美国每人有三十五个看不见的奴仆替他做事。美国的工人，并不是工资的奴隶，而是许多工人的头目。"这就是东西文化不同之处。它们原来不过是进步之程度不同，后来时日久远，就变为两种根本不同的文化了。

3

1926年7月我到欧洲去的时候，路过哈尔滨。这城是俄国的租借地，从前不过是一个小小的镇市，但是现今就成为“中国北部之上海”了。离哈尔滨租界不远，另有一个中国的城市，这城市从前是一个村庄。我在这里游玩的时候，有一件事令我很注意：中国城里一切运输都是用黄包车或是其他用人力的车，但是在租界上这种车子不许通行。现在租界已收回中国，不过一切行政仍照俄国旧时办理。租界的交通，都是用电车汽车；如有人力车进入租界，就必须退出，而且不给车资。

那些夸耀东方精神文明者，对于这种种事实可以考虑考虑。一种文化容许残忍的人力车存在，其“精神”何在呢？不知什么是最低限度的工资，也不知什么工作时间的限制，一天到晚只知辛苦的工作，这还有什么精神生活呢？一个美国的工人可以坐他自己的汽车去上工，星期日带着一家人出去游山玩水，可以不花钱用无线电机听极好的音乐，可以送他的儿女到学校里去读书，那学校里有最好的图书馆试验室等。我们是否相信一个拖洋车的苦力的生活，比较美国的工人要精神化些道德化些呢？

除非我们真正感到人力车夫的生活是这样痛苦，这样有害于他们的身体，我们才会尊敬哈格理佛士（Hargreaves），卡特赖特（Cartwright），瓦特，福尔敦（Fulton），斯蒂芬孙，福特等。他们创造机器，使人类脱离痛苦，如现今东方民族所忍受的。

这种物质文明——机械的进步——才真正是精神的。机械的进步是利用智力创造机器，增加人类工作与生产的能力，以免徒手徒脚的劳苦而求生活。这样，我们才有闲余的时间与精力去欣赏较高的文化。如果我们要劳苦工作，才能够生存；那么我们就没有什么生活了，还有什么文化可言呢？凡够得上文化这名词，必须先有物质的进化为基础。二千六百年前管仲曾经说过："衣食足而后知荣辱，仓廪实而后知礼义。"这并不是什么经济史观，乃是很简单的常识。我们试想想：一群妇女孩子们，提着竹篮，拿着棍子，围聚在垃圾堆中寻找一块破布或是煤屑，这叫做什么文明呢？在这种环境里能产生什么道德的精神的文明么？

那么，恐怕有人对于这种物质文明很低的民族，要谈到他们的宗教生活了。在此我不必讨论东方的各种宗教，它们最高的圣神也不过是些泥塑木雕的菩萨而已。不过我要问问："譬如一个老年的叫化婆子，贫困得要死了，她死的时候口里还念着南无阿弥陀佛，深信自己一定能够到佛爷的西天那里去的。用一种假的信仰，去欺哄一个贫困的叫化子，使他愿意在困苦的生活中生存或死亡，这叫做道德文明精神文明吗？如果她生在另一种文化里，会到这种困苦的地步吗？"

不，绝对不是如此，人老了，不能抵抗自然的力量，才会接受那种催眠式的宗教。他很失望，不愿意奋斗，于是他设法自慰，宣言财富是可鄙的，穷困是荣幸的。这样的人，正像狐狸吃不着葡萄，而反说葡萄味苦一样。这种议论，差不多是说现世的生活没有什么价值，幸福的生活，还在来生。哲人们既宣传了这种思想，那些过激派更进而禁欲，自制，甚至自杀。西方的祭司们常常祈祷，禁食，在柱头上鞭笞自己。中国中古时代也有许多和尚祈祷，禁食，天天吃香油，甚至用油布捆着自己烧死，献给佛菩萨作为祭品。

世界的文化，就是为中古时代这种自弃的宗教所淹没了。一千余年之后，人类才打倒那种以困苦为中心的文化，而建设以生活为中心的新文化。现在我们环观四周，中古的宗教还存在，巍伟的教堂还存在，一切庙宇也还存在；但是何以我们对于人生的观念完全改变了呢？这种变迁，是因为人类近二百年来，发明了许多器皿与机器，以驾驭天然的财富与能力。利用这种机器，就可以节省人工，缩短距离，飞行空中，通过山岭，潜行海底，用电流来拖我们的车子，用“以太”来传我们的消息。科学与机械可以随意运用自然。人生逐渐舒适些，快乐些；人类对于自己的信仰心，也加大些。这样，人就把自己的命运，握在自己的手掌中了。有一个革命的诗人唱着：

我独战，独胜，独败；
我自由，毫无依赖；
我思想，终日无懈；
我死亡，何须基督替代？

这样，现代的新文化就产生了一种新的宗教——自立的宗教——与中古时代自弃的宗教完全相反。

4

我们都是历史的产儿，所以我们要了解现代各种文化，最好是与它们中古的历史背景相比较，就更易于明了。东西文化之成败，就是看它们能够脱离中古时代那种传统思想制度到什么程度。照我以上各段所讨论的，西方文化解脱中古文化之羁绊，可说是成功最大的；至于现代印度的文化，可说还是中古文化。在此两极端之中，其他东方各文化，其成功之程度，就各有高下不同了。

我们将日本与中国两相比较，对于这一点就更易于明了。一千二百年前，中国就开始反对佛教了。孔子之人道主义，老子之自然主义，都是极力反对中古之宗教的。八世纪时的大乘佛教变为禅宗，而禅宗不过是中国古代的自然主义而已。九世纪时，禅宗极力反对偶像，差不多与佛教脱离了。到了十一世纪，儒教又复兴。自此以后，佛教的势力，就逐渐消失了。因此，后来新起的儒教，成为学者的哲理，以理智的态度，“致知格物”。到了十七世纪中叶，学者对于一切研究考据，纯粹用科学的方法。凡文字版本历史等考据学，都必须以事实为根据。各学者既采用此种方法，以故中国近三百年的学术，极合乎科学的方法；而许多历史的科学，如文字学、版本学、汉学、古物学等，都极其发达。

中国虽则倡导人文主义，脱离宗教的羁绊，然而今日仍旧在落后的地位。她推翻了中古时代的宗教，但是对于大多人民的生活，仍旧没有什么改进。她善于利用科学方法，但是这方法只限于图籍方面。她的思想得了自由，但是她没有利用思想战胜物质的环境，使人民的日常生活也得自由。五百年的哲学思想，不能使中国逃出盗贼饥荒的灾害，以故十七世纪的学者，实在是灰心。于是他们不得不舍弃那空洞的哲学，而从事于他们所谓“有用的学识”。但是他们何尝梦想到这三百年来所用的苦工，虽则是用科学方法，仍不免只限于书本上的学识，而对于普通人民的日常生活，毫无补救呢?

至于日本呢，她很不客气地接受西方的机械文明，在很短的时期内，就造成了新式的文化。当培理（Perry）到日本的时候，她还是麻醉在中古文化里。对于西方文化，她起初还表示反抗，但不久就不得不开放门户而接受了。日人因着外人的凌辱蹂躏，于是奋起直追，制造枪炮，便利交通，极力生产，整顿政治；而对于中古的宗教封建制度等，都置之不理了。在五十年之中，日本不但一跃而为世界列强之一，而且解决了许多困难问题，为印度的佛教或中国的哲学所不能解决的。封建制度取消了，立宪政府起而代之，中古的宗教也立刻倒塌了。人力车是日本发明的，但是现今横滨东京等处的人力车，日渐减少。人力车之减少，并不是因为什么宗教的人道主义，也不是因为那些仁慈的太太们所组织的慈善机关，乃是因为“市内一圆”的福特车。国家既因着工业而富足兴盛，于是国内的文艺天才，乘机而起，产生了一种新的文学，与物质的进步并驾齐驱。日本现在有九十个专门科学的研究社；全国各工程师所组织的会社，共有三千会员。因着这许多人力与工具，东方就建筑了一个精神的文明。

这是怎样一回事，很易于明了。最初人类本身是制造器具的动物。发明新的器具，以胜过物质的环境，因而就构成了所谓文化。后来人类感觉得与自然奋斗太辛苦了，于是躲避在精神生活之下，而造成中古之黑暗时代。直到后来科学与机械兴起，大家才又恢复从前那种自信心，而产生现代西方的新文化。科学与机械传入日本，于是日本也构成了她的新文化。中国，印度，并其他东方各国，也必因着科学与机械，变为新文化的国家。

5

以上各节，已将现代西方机械文明之精神方面，详细说明。机械之所以为精神的，乃因其能解脱人生之困苦，使大众有享受快乐的机会。无论我们是否善于利用闲暇以寻求快乐，而专就利用机械以解脱困苦一层而论，就可说是精神的享乐。我们不能因为几个传教士被逼迫而烧死了，就咒诅上帝。

现在我们要讨论西方文明其他的精神方面。在此我不必谈什么艺术音乐文学，因为我们大概都可以承认西方的艺术与文学可以与东方的相颉颃，至于西方的音乐，就远胜于东方了。

我们先谈科学罢。无论我们对于精神生活的定义怎样，寻求知识是人类精神的需要，这是任何人不能否认的。但是古代的文明，都极力压制这种求知欲。照《圣经·创世纪》所讲，人类的堕落，并非因着女人，乃是因着求知的欲望。东方许多宗教，都以为无知则无欲，主张屏弃智识，服从天道。庄子说：“吾生也有涯；而知也无涯，以有涯随无涯，殆已。”这些哲人大都回避求知的路，而致力于内省默坐修养等工夫，以寻求他们所谓深奥的智慧。还有些以为冥想可以与神相通。此外，佛教中所谓“四禅”“六度”，也是如此。

1927年正月有一个埃及的僧侣在英格兰宣言东方的精神文明要高超些，因为他能够活埋在地下经过二点五十二分钟之久，仍旧可以复活。他比较大魔术家胡丁黎（Houdini）多能支持八十二分钟，但是戏院没有允许他表演，因为戏院的老板恐怕观众不能忍耐等待三点钟之久。

其实，这并不是什么精神文明。现在东方许多苦行僧，也能够表演这种伎俩。许多下等动物在蛰伏时期不是与这个一样么？至于那些科学家，用严格研究与实验的方法，发现自然的秘密，实在是真正精神的快乐。不下一番功夫，不利用观察，只知一味的偷懒，确实是找不着什么真理的。科学可以训练我们的脑力，供给我们好的工具与方法。智识虽然无限，但科学家并不失望，因为不断的努力，日积月累，就可以对于自然逐渐明了。一次的成功，就有一次的进步，也就有一次的精神快乐。阿基米得（Archimedes）去洗澡的时候，忽然解释了他所疑难的问题，他快乐得不知所措，赤着身子跑到街上四处喊叫。许多科学家，如伽利略，牛顿，巴士特，爱迪生等，每次有什么新发现的时候，都感觉得无上的精神快乐。至于那些古代冒名的先知们，自己以为用内省的工夫，可以寻求高深的智识，对于这种精神的快乐，完全没有经验过。

那些旧式宗教的信徒们所谓精神快乐者，就不外乎自行催眠的法术。十七世纪时中国有一个革命的哲学家颜元（1635—

1705)，有一段事实记载他个人精神的快乐："甲辰五月夏至前四日，思故人，引仆控骡，被绵褐衣，驮麦里左。仆稅，独至柳下，铺褐坐息。仰目青天，和风泠然，白云散聚，遂朗吟云澹风轻之句，不觉心泰神逸；覆空载厚，若天地与我外，更无一事物。微闭眸视之，浓叶蔽日，碧绿罗裹，宝珠光耀，在隐露间，苍蝇绕飞，闻其声不见其形，如跻虞廷听九韶奏也。"后来颜元反对空洞的儒教，在北方倡导力行主义，不过他把上面这一段记载，存留在他的集子里，以证明那种半宗教式的哲学思想，是空虚的，自欺欺人的。

科学之最精神的处所，是抱定怀疑的态度；对于一切事物，都敢于怀疑，凡无真凭确据的，都不相信。这种态度虽然是消极的，然而有很大的功劳，因为这态度可以使我们不为迷信与威权的奴隶。怀疑的态度是建设的，创造的，是寻求真理的惟一途径。怀疑的目的，是要胜过疑惑，而建立一个新的信仰。它不只是反对旧的信仰，而且引起了许多新的问题，促成了许多新的发明。许多大科学家的传记，如达尔文，赫胥黎，巴士特，科和(Koch)等，都贯注着这种"创造的怀疑"的精神，足以感悟后人。中古的圣徒基于信仰，现代的科学家则基于怀疑。

6

但是现代西方文明最精神的处所，还是在它的新宗教。这宗教无适当的名称，暂称之为"民治的宗教"。现代文明并非始于宗教，但结果造成了一种新的宗教；也无所谓道德，但是产生了一种新的道德标准。老实说，十五六世纪欧洲的列强，可说是强盗式的国家。当时的大英雄如哥伦布，麦哲伦，德类克（Drake）等，都是一些大海盗，乘风破浪以求金银财宝。他们这种冒险事业，都有政府为他们的经济后盾，而他们在外的荣辱，也与国体相关。他们的宗教，原是讲博爱的；他们的道德标准，原是惩责劫掠的，但是这些探险家并不理会这样的宗教与道德。

这种抢劫的行为，开辟了许多移殖通商的新大陆，增加了欧洲列强的财富与威势，激动了许多人发明与制造的热诚。接着就是工业革命，将产生的方法完全改变，各国的生产能力突然倍增。物质的享乐既然增高，就产生了许多中产阶级，而同时大家的想像力与同情心也扩大了。这样，大家都能掌握自己将来的命运，增加对于自己的信仰心，而各种社会意识，社会道德也应运而生了。以上种种，都造成了民治主义的新宗教。我所谓新宗教，就是十八世纪理想的个人主义，以及近百年的社会主义。

十八世纪的新信条是自由平等博爱。这新宗教到了十九世纪中叶就变为社会主义。这些新趋势，都是旧文化时所未曾梦想到的。不错，东方的宗教也谈什么博爱，什么土地与财产均分，但这些都不过是纸上谈兵，与实际的社会生活或政治组织毫不相关。

西方便不同了。自由平等博爱是法美及1848年各国革命的口号；以后的革命，也莫不如此。各新起共和国的宪法，都贯注着这种精神。这口号打倒了君王，帝国，贵族；实现了人群在法律上的平等，思想言论出版信仰的自由；并且解放了妇女，普及了教育。

社会主义可说是补充早期民治主义之个人思想的，是民治运动进程中之一部分。到了十九世纪中叶，经济的组织逐渐复杂，资本集中，以故从前的放任主义，不能达到平等自由的目的。大家反对义务教育，因其侵犯个人自由；反对劳资法及工厂法，因其专为某阶级的法律。近代经济组织既已改变，也必须有一种新的社会及政治哲学以适应此种新组织的需要。因此，一切社会主义运动，除掉什么经济史观阶级斗争的理论之外，不过是用社会群众或政府的力量，以求大多数最大的幸福。这运动大概可分为两大支流。一就是组织工会，用团体交涉或罢工的方法，以增进劳动阶级的利益。一就是用政府的力量，调和阶级斗争，而同时设法实行社会主义的思想，如征收遗产税及所得税，强迫工人保险，限制工作时间，制订最低工资等等。无论是用那种方法，以前许多看为很危险的社会主义思想，现在都实现在各新进国家的法律上或政策上了。我们虽然可以相信财产所有权是神圣的，但是实际上遗产税与所得税已成为各政府收入之一大宗了。英国是资本主义的大本营，但是英国的劳工党曾经组织过政府，而且不久仍有登台的希望。美国是极力主张个人自由的，但是美国政府还是强迫禁酒。现今的世界，已不知不觉的趋于社会主义之途了。

这种民治的宗教，不是专为个人的自由，也不是专为别人的自由，乃是设法使个个男女都能得自由。除了用科学与机械增高个人的快乐之外，还要利用制度与法律使大多数人都能得着幸福的生活——这就是西方最伟大的精神文明。我可以问问：妇女解放，民治政体，普及教育等，是否从东方的精神文明产生出来的呢？焚烧孀妇，容忍阶级制度，妇女缠足，凡此种种，是否精神文明呢？

7

现在我们将精神文明（spiritual civilization）物质文明（material civilization）唯物文明（materialistic civilization）等名词，作为本篇的结论。物质文明兼有物体与思想两意义，因为一切器具都是思想的表现。西方的汽车文明固然是物质文明，而东方的独轮车文明就不能说不是物质文明。现今大都将唯物文明这名词加在现代西方文明上面，但我想这名词加在落后的东方文明上还较为恰当。唯物文明的意思，是为物质所限，不能胜过物质；如东方不能利用智力，战胜物质环境，改进人群的生活。东方的圣贤，劝人知足，听天由命，昏天黑地的敬拜菩萨；这种催眠式的哲学，比较他们自己所住的房子，所吃的食物，所拜的偶像，还要偏于唯物了。

反之，如果某种文化能够利用智力，征服自然，脱离迷信蒙昧，改进一切社会政治制度，以为人类最多数的幸福——这才是真正的精神文明。这种文化将来还要继续增长进步，不过它的进步，不会转向东方精神文明的途径，而是照着它已往所走的途径，继续进行。

（胡先生对于此题，另用中文发表过几篇文章，读者可以参看。兹将胡先生的来信附在后面：）

附：致于熙俭

于先生：

谢谢你的信。

我的一文，原用中文发表过（1926年），题为“我们对于西洋现代文明的态度”，现收在《胡适文存三集》里（九月已出版，五马路亚东图书馆）。后来（1928年）用英文重做时，稍稍有点改动。但这些改动，也有中文的文字发表过，也收在《文存三集》里，如《东西文化的界线》（五一面），如《东方人的“精神生活”》（六四面），及《请大家来照照镜子》（三九面以下），皆可参看。（下略）

胡适之　十九，九，二十八

（收入于熙俭译《人类的前程》，1933年上海商务印书馆版。此文为俾耳德〔Charles A.Beard〕编 Whether Mankind 的一章）

北大哲学系毕业纪念赠言

一个大学里，哲学系应该是最不时髦的一系，人数应该最少。但北大的哲学系向来有不少的学生，这是我常常诧异的事。我常常想，这许多哲学学生，毕业之后，应该做些什么事？能够做些什么事？

现在你们都要毕业了。你们自然也都在想："我们应该做些什么？我们能够做些什么？"

依我的愚见，一个哲学系的目的应该不是教你们死读哲学书，也不是教你们接受某派某人的哲学。

禅宗有个和尚曾说："达摩东来，只是要寻一个不受人惑的人。"我想借用这句话来说："哲学教授的目的也只是要造出几个不受人惑的人。"

你们应该做些什么？你们应该努力做个不受人惑的人。

你们能够做个不受人惑的人吗？这个全凭自己的努力。

如果你们不敢十分自信，我这里有一件小小法宝，送给你们带去做一件防身工具。这件小法宝只是四个字："拿证据来！"

这里还有一只小小锦囊，装着这件小法宝的用法："没有证据，只可悬而不断；证据不够，只可假设，不可武断；必须等到证实之后，方才可以算做定论。”

必须自己能够不受人惑，方才可以希望指引别人不受人惑。

朋友们，大家珍重！

二十，五，五　胡适

（收入耿云志主编：《胡适遗稿及秘藏书信》第12册）

后生可畏

一万日还不满二十八年,《大公报》还不够做三十岁的寿辰。在这二十八年之中,《大公报》改组革新以来不过几年而已。这个几岁的小孩子,比起那快六十岁的《申报》和那快五十岁的《新闻报》,真是很幼稚的晚辈了。

然而这个小孩子居然在这几年之中,不断的努力,赶上了那些五六十岁的老朽前辈,跑在他们的前面;不但从一个天津的地方报变成一个全国的舆论机关,并且安然当得起“中国最好的报纸”的荣誉。这真是古人说的“后生可畏”了。

《大公报》所以能有这样好的名誉,不过是因为他在这几年之中做到了两项最低限度的报纸职务:第一是登载确实的消息,第二是发表负责任的评论。这两项都是每一家报馆应该尽的职务。只因为国中的报纸都不敢做,或不肯做,或不能做,而《大公报》居然肯努力做去,并且有不小的成功,所以他就一跳而享大名了。

君子爱人以德,我们不敢过分恭维这个努力的小孩子。我们要他明白,他现在做到的成绩还不算很大,只算是个个报馆都应该有的成绩。只因为大家太不长进，所以让他跑到前面去了。在矮人国里称巨无霸，是不应该自己满足的。我们爱读《大公报》的人，应该很诚恳的祝望他努力更进一步两步以至百千步，期望他打破"中国最好的报纸"的纪录，要在世界的最好报纸之中占一个荣誉的地位。

要做到这种更荣誉的地位，有几个问题似乎是值得《大公报》的诸位先生注意的：

第一，在这个二十世纪里，还有那一个文明国家用绝大多数人民不能懂的古文来记载新闻和发表评论的吗？

第二，在这个时代，一个报馆还应该倚靠那些谈人家庭稳私的黑幕小说来推广销路吗？还是应该努力专向正确快捷的新闻和公平正直的评论上谋发展呢？

第三，在这个时代，一个舆论机关还是应该站在读者的前面做向导呢？还是应该跟在读者的背后随顺他们呢？

《大公报》的前途无限，我们的期望也无限。

二十，五，八

（收入耿云志主编：《胡适遗稿及秘藏书信》第 12 册）

1932 年
思想革命与思想自由

建设时期中最根本的需要是思想革命，没有思想革命，则一切建设皆无从谈起。而要完成思想革命，第一步即须予人民以思想的自由。

诸君或者要想：题目的本旨是建设，而你却谈思想革命，这未免太矛盾了。实则建设与革命，皆除旧布新之谓，无建设不是革命，无革命不能建设，思想革命与建设的本旨是并不违反的。

思想何以须革命呢？

（一）因为中国的传统思想，有许多不合于现代的需要，非把它铲除不可。

（二）因为传统的思想方法和思想习惯亦不合于现代的需要，非把它改革不可。

中国古来思想之最不适合于现代的环境的，就是崇尚自然。这种思想，历经老、庄、儒、释、道等之提倡，已经根深蒂固，成为中国人的传统思想。现在把它分析起来，则有下列几项：

（一）无为　老庄等皆主清净无为，以为自然比人为好，即儒家亦有此种倾向，如说“夫何言哉。四时行焉，百物生焉”。

然而这种思想，却与现代环境的需要相反背，我们所需要的是：[1]

（二）无治　现在的社会需要法律和纪律，而老庄之流则提倡无政府的思想，一切听诸自然。这种思想影响人民的生活者很深，驯致养成“各人自扫门前雪，莫管他人瓦上霜”的态度。

（三）高谈性理　现在的人们需要征服自然，而传统思想，则令吾人听天由命，服从自然的摆布。

（四）无思无虑　惟有思虑，然后有新智识，传统思想则令吾人减少思虑，以不求知为大智，因此科学遂无由发达。

（五）不争不辩　现在的环境，需要人人参与政治，敢于发表舆论，主张公理。传统思想则令吾人得过且过，忘怀一切。“此亦一是非，彼亦一是非”，无所用其争辩。以实行唾面自干，为无上的美德。这种思想与时代精神根本不能相容。

（六）知足　不知足乃进步之母，崇拜自然者叫人随遇而安，断了腿，失了臂，也听其自然，这样社会还有进步的可能吗？

以上几种传统思想，与现在中国的环境根本上不相容，故需要思想革命以铲除之。至于传统的思想方法和习惯，也有很多不合现代需要的地方：

（一）镜子式的思想　“寂然不动，感而遂通”，自己不用力，物来则顺应之，这样可谓镜子式的思想。其流弊便是不求甚解，不加深思，只会拾人牙慧，随声附和。

（二）根本上不思想　思想所以解决问题，须要搜集材料，

1　编者注：此处原文至此。

寻求证据，提出反证，再加上分析试验的工夫，是何等的难。然而从前的思想方法，并没有这些步骤，根本上竟是不思想，因此学术不能猛进。

（三）高谈主义而不研究　当此世界各种思想杂然繁兴的时候，国人的思想方法，仍沿旧时的习惯，于是发生种种不良的现象，人家经多年的研究，经几次的修正，始成立一种学说，一种主义，到了我国，便被人生吞活剥，提出几个标语口号，便胡行妄为起来。即以社会思想为例，各国的社会主义者，都研究本国经济发展的过程，社会上种种制度的沿革，以寻求一个改良的方案。返观我国一般人肯这样潜心研究的有几人呢。

（四）要纠正前述的弊病，今后必须尊重专家，延请专家去顾问政治，解决难题；没有专门研究的人，不配担负国家和社会的重要责任。从前袁世凯废止科举，把我国千余年来仅有的一种用人标准根本推翻了。他不想到改良考试的标准，而贸然把考试制度的本身推翻，弄得现在没有一种用人的标准，都是不深思之过。

现在要讲思想自由了。从前的弊端既在于不思想，或没有深的思想，那末纠正之道便是思想之，而思想自由就是鼓励思想的最好方法。无论古今中外，凡思想可以自由发表，言论不受限制的时候，学术就能进步，社会就能向上，反之则学术必要晦塞，社会必要退化。现在中国事事有待于建设，对于思想应当竭力鼓励之，决不可加以压抑。因为今日没有思想的自由，结果就没有真正的思想，有之则为：（一）谄媚阿谀的思想，（二）牢骚怨愤的思想。这两种思想，是只能破坏，不能建设的。

总之，思想如同技术，非经过锻炼不可，没有思想自由，就没有思想革命，没有思想革命，就无从建设一切，就〔即〕使有了建设，也只是建在沙土之上，决无永久存在之理。

（收入王维驷编《近代名人言论集》，1932 年 1 月中外学术研究社出版）

《独立评论》引言

我们八九个朋友在这几个月之中，常常聚会讨论国家和社会的问题，有时候辩论很激烈，有时候议论居然颇一致。我们都不期望有完全一致的主张，只期望各人都根据自己的知识，用公平的态度，来研究中国当前的问题。所以尽管有激烈的辩争，我们总觉得这种讨论是有益的。

我们现在发起这个刊物，想把我们几个人的意见随时公布出来，做一种引子，引起社会上的注意和讨论。我们对读者的期望，和我们对自己的期望一样：也不希望得着一致的同情，只希望得着一些公正的，根据事实的批评和讨论。

我们叫这刊物作《独立评论》，因为我们都希望永远保持一点独立的精神。不倚傍任何党派，不迷信任何成见，用负责任的言论来发表我们各人思考的结果；这是独立的精神。

我们几个人的知识见解是很有限的，我们的判断主张是难免错误的。我们很诚恳的请求社会批评，并且欢迎各方面的投稿。

（原载 1932 年 5 月 22 日《独立评论》第 1 号）

青年人的苦闷

今年6月2日早晨，一个北京大学一年级学生，在悲观与烦闷之中，写了一封很沉痛的信给我。这封信使我很感动，所以我在那个6月2日的半夜后写了一封一千多字的信回答他。

我觉得这个青年学生诉说他的苦闷不仅是他一个人感受的苦闷，他要解答的问题也不仅是他一个人要问的问题。今日无数青年都感觉大同小异的苦痛与烦闷，我们必须充分了解这件绝不容讳饰的事实，我们必须帮助青年人解答他们渴望解答的问题。

这个北大一年级学生来信里有这一段话：

> 生自小学毕业到中学，过了八年沦陷生活，苦闷万分，夜中偷听后方消息，日夜企盼祖国胜利，在深夜时暗自流泪，自恨不能为祖国作事。对蒋主席之崇拜，无法形容。但胜利后，我们接收大员及政府所表现的，实在太不像话。……生从沦陷起对政府所怀各种希望完全变成失望，且曾一度悲观到萌自杀的念头。……自四月下旬物价暴涨，同时内战更打的起劲。生亲眼见到同胞受饥饿而自杀，以及内

战的惨酷，联想到祖国的今后前途，不禁悲从中来，原因是生受过敌人压迫，实再怕作第二次亡国奴！……我伤心，我悲哀，同时我绝望——

在绝望的最后几分钟，问您几个问题。

他问了我七个问题，我现在挑出这三个：

一、国家是否有救？救的方法为何？

二、国家前途是否绝望？若有，希望在那里？请具体示知。

三、青年人将苦闷死了，如何发泄？

以上我摘抄这个青年朋友的话，以下是我答复他的话的大致，加上后来我自己修改引伸的话。这都是我心里要对一切苦闷青年说的老实话。

我们今日所受的苦痛，都是我们这个民族努力不够的当然结果。我们事事不如人：科学不如人，工业生产不如人，教育不如人，知识水准不如人，社会政治组织不如人；所以我们经过了八年的苦战，大破坏之后，恢复很不容易。人家送兵船给我们，我们没有技术人才去驾驶。人家送工厂给我们，——如胜利之后敌人留下了多少大工厂，——而我们没有技术人才去接收使用，继续生产，所以许多烟囱不冒烟了，机器上了锈，无数老百姓失业了！

青年人的苦闷失望——其实岂但青年人苦闷失望吗？——最大原因都是因为我们前几年太乐观了，大家都梦想“天亮”，都梦想一旦天亮之后就会“天朗气清，惠风和畅”，有好日子过了！

这种过度的乐观是今日一切苦闷悲观的主要心理因素。大家在那“夜中偷听后方消息，日夜企盼祖国胜利”的心境里，当然不会想到战争是比较容易的事，而和平善后是最困难的事。在胜利的初期，国家的地位忽然抬高了，从一个垂亡的国家一跳就成了世界上第四强国了！大家在那狂喜的心境里，更不肯去想想坐稳那世界第四把交椅是多大困难的事业。天下那有科学落后，工业生产落后，政治经济社会组织事事落后的国家可以坐享世界第四强国的福分！

试看世界的几个先进国家，战胜之后，至今都还不能享受和平的清福，都还免不了饥饿的恐慌。美国是唯一的例外。前年11月我到英国，住在伦敦第一等旅馆里，整整三个星期，没有看见一个鸡蛋！我到英国公教人员家去，很少人家有一盒火柴，却只用小木片向炉上点火供客。大多数人的衣服都是旧的补钉的。试想英国在三十年前多么威风！在第二次大战之中，英国人一面咬牙苦战，一面都明白战胜之后英国的殖民地必须丢去一大半，英国必须降为二等大国，英国人民必须吃大苦痛。但英国人的知识水准高，大家绝不悲观，都能明白战后恢复工作的巨大与艰难，必须靠大家束紧裤带，挺起脊梁，埋头苦干。

我们中国今日无数人的苦闷悲观，都由于当年期望太奢而努力不够。我们在今日必须深刻的了解：和平善后要比八年抗战困难的多多。大战时须要吃苦努力，胜利之后更要吃苦努力，才可以希望在十年二十年之中做到一点复兴的成绩。

国家当然有救，国家的前途当然不绝望。这一次日本的全面侵略，中国确有亡国的危险。我们居然得救了。现存的几个强国，除了一个国家还不能使我们完全放心之外，都绝对没有侵略我们的企图。我们的将来全靠我们自己今后如何努力。

正因为我们今日的种种苦痛都是从前努力不够的结果，所以我们将来的恢复与兴盛决没有捷径，只有努力工作一条窄路，一点一滴的努力，一寸一尺的改善。

悲观是不能救国的，呐喊是不能救国的，口号标语是不能救国的，责人而自己不努力是不能救国的。

我在二十多年前最爱引易卜生对他的青年朋友说的一句话："你要想有益于社会，最好的法子莫如把自己这块材料铸造成器。"我现在还要把这句话赠送给一切悲观苦闷的青年朋友。社会国家需要你们作最大的努力，所以你们必须先把自己这块材料铸造成有用的东西，方才有资格为社会国家努力。

今年 4 月 16，美国南加罗林那州的州议会举行了一个很隆重的典礼，悬挂本州最有名的公民巴鲁克（Bernard M. Baruch）的画像在州议会的壁上，请巴鲁克先生自己来演说。巴鲁克先生今年七十七岁了，是个犹太种的美国大名人。当第一次世界大战时，威尔逊总统的国防顾问，是原料委员会的主任，后来专管战时工业原料。巴黎和会时，他是威尔逊的经济顾问。当第二次世界大战时，他是战时动员总署的专家顾问，是罗斯福总统特派的人造橡皮研究委员会的主任。战争结束后，他是总统特任的原子能管理委员会的主席。他是两次世界大战都曾出大力有大功的一个公民。

这一天，这位七十七岁的巴鲁克先生起来答谢他的故乡同胞对他的好意，他的演说辞是广播全国对全国人民说的。他的演说，从头至尾，只有一句话：美国人民必须努力工作，必须为和平努力工作，必须比战时更努力工作。

巴鲁克先生说："现在许多人说借款给人可以拯救世界，这是一个最大的错觉。只有人们大家努力做工可以使世界复兴，如果我们美国愿意担负起保存文化的使命，我们必须作更大的努力，比我们四年苦战还更大的努力。我们必须准备出大汗，努力撙节，努力制造世界人类需要的东西，使人们有面包吃，有衣服穿，有房子住，有教育，有精神上的享受，有娱乐。"

他说："工作是把苦闷变成快乐的炼丹仙人。"他又说：美国工人现在的工作时间太短了，不够应付世界的需要。他主张：如果不能回到每周六天，每天八小时的工作时间，至少要大家同心做到每周四十四小时的工作；不罢工，不停顿，才可以做出震惊全世界的工作成绩来。

巴鲁克先生最后说："我们必须认清：今天我们正在四面包围拢来的通货膨胀的危崖上，只有一条生路，那就是工作。我们生产越多，生活费用就越减低；我们能购买的货物也就越加多，我们的剩余力量（物质的，经济的，精神的，）也就越容易积聚。"

我引巴鲁克先生的演说，要我们知道，美国在这极强盛极光荣的时候，他们远见的领袖还这样力劝全国人民努力工作。"工作是把苦闷变成快乐的炼丹仙人。"我们中国青年不应该想想这句话吗？

三十六，六，二十二

（收入《独立时论集》第一集，1948年4月北平独立时论社出版）

1959 年
容忍与自由

十七八年前，我最后一次会见我的母校康耐儿大学的史学大师布尔先生（George Lincoln Burr）。我们谈到英国史学大师阿克顿（Lord Acton）一生准备要著作一部《自由之史》，没有写成他就死了。布尔先生那天谈话很多，有一句话我至今没有忘记。他说，"我年纪越大，越感觉到容忍（tolerance）比自由更重要"。

布尔先生死了十多年了，他这句话我越想越觉得是一句不可磨灭的格言。我自己也有"年纪越大，越觉得容忍比自由还更重要"的感想。有时我竟觉得容忍是一切自由的根本：没有容忍，就没有自由。

我十七岁的时候（1908）曾在《竞业旬报》上发表几条《无鬼丛话》，其中有一条是痛骂小说《西游记》和《封神榜》的，我说：

> 《王制》有之："假于鬼神时日卜筮以疑众，杀。"吾独怪夫数千年来之排治权者，之以济世明道自期者，乃懵然不之注意，惑世诬民之学说得以大行，遂举我神州民族投诸极黑

暗之世界！

这是一个小孩子很不容忍的“卫道”态度。我在那时候已是一个无鬼论者、无神论者，所以发出那种摧除迷信的狂论，要实行《王制》(《礼记》的一篇)的“假于鬼神时日卜筮以疑众，杀”的一条经典！

我在那时候当然没有梦想到说这话的小孩子在十五年后(1923)会很热心的给《西游记》作两万字的考证！我在那时候当然更没有想到那个小孩子在二、三十年后还时时留心搜求可以考证《封神榜》的作者的材料！我在那时候也完全没有想想《王制》那句话的历史意义。那一段《王制》的全文是这样的：

析言破律，乱名改作，执左道以乱政，杀。作淫声异服奇技奇器以疑众，杀。行伪而坚，言伪而辩，学非而博，顺非而泽以疑众，杀。假于鬼神时日卜筮以疑众，杀。此四诛者，不以听。

我在五十年前，完全没有懂得这一段话的“诛”正是中国专制政体之下禁止新思想、新学术、新信仰、新艺术的经典的根据。我在那时候抱着“破除迷信”的热心，所以拥护那“四诛”之中的第四诛：“假于鬼神时日卜筮以疑众，杀。”我当时完全没有想到第四诛的“假于鬼神……以疑众”和第一诛的“执左道以乱政”的两条罪名都可以用来摧残宗教信仰的自由。我当时也完全没有注意到郑玄注里用了公输般作“奇技异器”的例子；更没有注意到孔颖达《正义》里举了“孔子为鲁司寇七日而诛少正卯”的例子来解释“行伪而坚，言伪而辩，学非而博，顺非而泽以疑众，杀”。故第二诛可以用来禁绝艺术创作的自由，也可以用来“杀”许多发明“奇技异器”的科学家。故第三诛可以用来摧残思想的自由，言论的自由，著作出版的自由。

我在五十年前引用《王制》第四诛，要“杀”《西游记》《封神榜》的作者。那时候我当然没有梦想到十年之后我在北京大学教书时就有一些同样“卫道”的正人君子也想引用《王制》的第三诛，要“杀”我和我的朋友们。当年我要“杀”人，后来人要“杀”我，动机是一样的：都只因为动了一点正义的火气，就都失掉容忍的度量了。

我自己叙述五十年前主张“假于鬼神时日卜筮以疑众，杀”的故事，为的是要说明我年纪越大，越觉得“容忍”比“自由”还更重要。

我到今天还是一个无神论者，我不信有一个有意志的神，我也不信灵魂不朽的说法。但我的无神论和共产党的无神论有一点最根本的不同。我能够容忍一切信仰有神的宗教，也能够容忍一切诚心信仰宗教的人。共产党自己主张无神论，就要消灭一切有神的信仰，要禁绝一切信仰有神的宗教，——这就是我五十年前幼稚而又狂妄的不容忍的态度了。

我自己总觉得，这个国家、这个社会、这个世界，绝大多数人是信神的，居然能有这雅量，能容忍我的无神论，能容忍我这个不信神也不信灵魂不灭的人，能容忍我在国内和国外自由发表我的无神论的思想，从没有人因此用石头掷我，把我关在监狱里，或把我捆在柴堆上用火烧死。我在这个世界里居然享受了四十多年的容忍与自由。我觉得这个国家、这个社会、这个世界对我的容忍度量是可爱的，是可以感激的。

所以我自己总觉得我应该用容忍的态度来报答社会对我的容忍。所以我自己不信神，但我能诚心的谅解一切信神的人，也能诚心的容忍并且敬重一切信仰有神的宗教。

我要用容忍的态度来报答社会对我的容忍，因为我年纪越大，我越觉得容忍的重要意义。若社会没有这点容忍的气度，我决不能享受四十多年大胆怀疑的自由，公开主张无神论的自由了。

在宗教自由史上，在思想自由史上，在政治自由史上，我们都可以看见容忍酌态度是最难得、最稀有的态度。人类的习惯总是喜同而恶异的，总不喜欢和自己不同的信仰、思想、行为。这就是不容忍的根源。不容忍只是不能容忍和我自己不同的新思想和新信仰。一个宗教团体总相信自己的宗教信仰是对的，是不会错的，所以它总相信那些和自己不同的宗教信仰必定是错的，必定是异端，邪教。一个政治团体总相信自己的政治主张是对的，是不会错的，所以它总相信那些和自己不同的政治见解必定是错的，必定是敌人。

一切对异端的迫害，一切对“异己”的摧残，一切宗教自由的禁止，一切思想言论的被压迫，都由于这一点深信自己是不会错的心理。因为深信自己是不会错的，所以不能容忍任何和自己不同的思想信仰了。

试看欧洲的宗教革新运动的历史。马丁路德（Martin Luther）

和约翰高尔文(John Calvin)等人起来革新宗教，本来是因为他们不满意于罗马旧教的种种不容忍，种种不自由。但是新教在中欧北欧胜利之后，新教的领袖们又都渐渐走上了不容忍的路上去，也不容许别人起来批评他们的新教条了。高尔文在日内瓦掌握了宗教大权，居然会把一个敢独立思想，敢批评高尔文的教条的学者塞维图斯(Servetus)定了“异端邪说”的罪名，把他用铁链锁在木桩上，堆起柴来，慢慢的火烧死。这是1553年10月23日的事。

这个殉道者塞维图斯的惨史，最值得人们的追念和反省。宗教革新运动原来的目标是要争取“基督教的人的自由”和“良心的自由”。何以高尔文和他的信徒们居然会把一位独立思想的新教徒用慢慢的火烧死呢？何以高尔文的门徒(后来继任高尔文为日内瓦的宗教独裁者)柏时(de Beze)竟会宣言“良心的自由是魔鬼的教条”呢？

基本的原因还是那一点深信我自己是“不会错的”的心理。像高尔文那样虔诚的宗教改革家，他自己深信他的良心确是代表上帝的命令，他的口和他的笔确是代表上帝的意志，那末他的意见还会错吗？他还有错误的可能吗？在塞维图斯被烧死之后，高尔文曾受到不少人的批评。1554年，高尔文发表一篇文字为他自己辩护，他毫不迟疑的说：“严厉惩治邪说者的权威是无可疑的，因为这就是上帝自己说话。……这工作是为上帝的光荣战斗。”

上帝自己说话，还会错吗？为上帝的光荣作战，还会错吗？这一点，“我不会错”的心理，就是一切不容忍的根苗。深信我自己的信念没有错误的可能（infallible），我的意见就是“正义”，反对我的人当然都是“邪说”了。我的意见代表上帝的意旨，反对我的人的意见当然都是“魔鬼的教条”了。

这是宗教自由史给我们的教训：容忍是一切自由的根本；没有容忍“异己”的雅量，就不会承认“异己”的宗教信仰可以享自由。但因为不容忍的态度是基于“我的信念不会错”的心理习惯，所以容忍“异己”是最难得，最不容易养成的雅量。

在政治思想上，在社会问题的讨论上，我们同样的感觉到不容忍是常见的，而容忍总是很稀有的，我试举一个死了的老朋友的故事作例子。四十多年前，我们在《新青年》杂志上开始提倡白话文学的运动，我曾从美国寄信给陈独秀，我说：

> 此事之是非，非一朝一夕所能定，亦非一二人所能定。甚愿国中人士能平心静气与吾辈同力研究此问题。讨论既熟，是非自明。吾辈已张革命之旗，虽不容退缩，然亦决不敢以吾辈所主张为必是而不容他人之匡正也。

独秀在《新青年》上答我道：

> 鄙意容纳异议，自由讨论，固为学术发达之原则，独于改良中国文学当以白话为正宗之说，其是非甚明，必不容反对者有讨论之余地；必以吾辈所主张者为绝对之是，而不容他人之匡正也。

我当时看了就觉得这是很武断的态度。现在在四十多年之后，我还忘不了独秀这一句话，我还觉得这种“必以吾辈所主张者为绝对之是”的态度是很不容忍的态度，是最容易引起别人的恶感，是最容易引起反对的。

我曾说过，我应该用容忍的态度来报答社会对我的容忍。我现在常常想我们还得戒律自己：我们若想别人容忍谅解我们的见解，我们必须先养成能够容忍谅解别人的见解的度量。至少至少我们应该戒约自己决不可“以吾辈所主张者为绝对之是”。我们受过实验主义的训练的人，本来就不承认有“绝对之是”，更不可以“以吾辈所主张者为绝对之是”。

1959，3，12晨

（原载1959年3月16日台北《自由中国》第20卷第6期）

我们对于西洋近代文明的态度

今日最没有根据而又最有毒害的妖言是讥贬西洋文明为唯物的（Materialistic），而尊崇东方文明为精神的（Spiritual）。这本是很老的见解，在今日却有新兴的气象。从前东方民族受了西洋民族的压迫，往往用这种见解来解嘲，来安慰自己。近几年来，欧洲大战的影响使一部分的西洋人对于近世科学的文化起一种厌倦的反感，所以我们时时听见西洋学者有崇拜东方的精神文明的议论。这种议论，本来只是一时的病态的心理，却正投合东方民族的夸大狂；东方的旧势力就因此增加了不少的气焰。

我们不愿"开倒车"的少年人，对于这个问题不能没有一种彻底的见解，不能没有一种鲜明的表示。

现在高谈"精神文明""物质文明"的人，往往没有共同的标准做讨论的基础，故只能作文字上或表面上的争论，而不能有根本的了解。我想提出几个基本观念来做讨论的标准。

第一，文明（Civilization）是一个民族应付他的环境的总成绩。

第二，文化（Culture）是一种文明所形成的生活的方式。

第三，凡一种文明的造成，必有两个因子：一是物质的（Material），包括种种自然界的势力与质料；一是精神的（Spiritual），包括一个民族的聪明才智感情和理想。凡文明都是人的心思智力运用自然界的质与力的作品；没有一种文明是精神的，也没有一种文明单是物质的。

我想这三个观念是不须详细说明的，是研究这个问题的人都可以承认的。一只瓦盆和一只铁铸的大蒸汽炉，一只舢板船和一只大汽船，一部单轮小车和一辆电力街车，都是人的智慧利用自然界的质力制造出来的文明，同有物质的基础，同有人类的心思才智。这里面只有个精粗巧拙的程度上的差异，却没有根本上的不同。蒸汽铁炉固然不必笑瓦盆的幼稚，单轮小车上的人也更不配自夸他的精神的文明，而轻视电车上人的物质的文明。

因为一切文明都少不了物质的表现，所以“物质的文明”（Material Civilization）一个名词不应该有什么讥贬的涵义。我们说一部摩托车是一种物质的文明，不过单指他的物质的形体；其实一部摩托车所代表的人类的心思智慧决不亚于一首诗所代表的心思智慧。所以“物质的文明”不是和“精神的文明”反对的一个贬词，我们可以不讨论。

我们现在要讨论的是：（1）什么叫做“唯物的文明”（Materialistic Civilization），（2）西洋现代文明是不是唯物的文明。

崇拜所谓东方精神文明的人说，西洋近代文明偏重物质上和肉体上的享受，而略视心灵上与精神上的要求，所以是唯物的文明。

我们先要指出这种议论含有灵肉冲突的成见，我们认为错误的成见。我们深信，精神的文明必须建筑在物质的基础之上。提高人类物质上的享受，增加人类物质上的便利与安逸，这都是朝着解放人类的能力的方向走，使人们不至于把精力心思全抛在仅仅生存之上，使他们可以有余力去满足他们的精神上的要求。东方的哲人曾说：

衣食足而后知荣辱，仓廪实而后知礼节。

这不是什么舶来的“经济史观”，这是平恕的常识。人世的大悲剧是无数的人们终身做血汗的生活，而不能得着最低限度的人生幸福，不能避免冻与饿。人世的更大悲剧是人类的先知先觉者眼看无数人们的冻饿，不能设法增进他们的幸福，却把“乐天”“安命”“知足”“安贫”种种催眠药给他们吃，叫他们自己欺骗自己，安慰自己。西方古代有一则寓言说，狐狸想吃葡萄，葡萄太高了，他吃不着，只好说“我本不爱吃这酸葡萄！”狐狸吃不着甜葡萄，只好说葡萄是酸的；人们享不着物质上的快乐，只好说物质上的享受是不足羡慕的，而贫贱是可以骄人的。这样自欺自慰成了懒惰的风气，又不足为奇了。于是有狂病的人又进一步，索性回过头去，戕贼身体，断臂，绝食，焚身，以求那幻想的精神的安慰。从自欺自慰以至于自残自杀，人生观变成了人死观，都是从一条路上来的：这条路就是轻蔑人类的基本的欲望。朝这条路上走，逆天而拂性，必至于养成懒惰的社会，多数人不肯努力以求人生基本欲望的满足，也就不肯进一步以求心灵上与精神上的发展了。

西洋近代文明的特色便是充分承认这个物质的享受的重要。西洋近代文明，依我的鄙见看来，是建筑在三个基本观念之上：

第一，人生的目的是求幸福。

第二，所以贫穷是一桩罪恶。

第三，所以衰病是一桩罪恶。

借用一句东方古话，这就是一种“利用厚生”的文明。因为贫穷是一桩罪恶，所以要开发富源，奖励生产，改良制造，扩张商业。因为衰病是一桩罪恶，所以要研究医药，提倡卫生，讲求体育，防止传染的疾病，改善人种的遗传。因为人生的目的是求幸福，所以要经营安适的起居，便利的交通，洁净的城市，优美的艺术，安全的社会，清明的政治。纵观西洋近代的一切工艺，科学，法制，固然其中也不少杀人的利器与侵略掠夺的制度，我们终不能不承认那利用厚生的基本精神。

这个利用厚生的文明，当真忽略了人类心灵上与精神上的要求吗？当真是一种唯物的文明吗？

我们可以大胆地宣言：西洋近代文明绝不轻视人类的精神上的要求。我们还可以大胆地进一步说：西洋近代文明能够满足人类心灵上的要求的程度，远非东洋旧文明所能梦见。在这一方面看来，西洋近代文明绝非唯物的，乃是理想主义的（Idealistic），乃是精神的（Spiritual）。

我们先从理智的方面说起。

西洋近代文明的精神方面的第一特色是科学。科学的根本精神在于求真理。人生世间，受环境的逼迫，受习惯的支配，受迷信与成见的拘束。只有真理可以使你自由，使你强有力，使你聪明圣智；只有真理可以使你打破你的环境里的一切束缚，使你戡天，使你缩地，使你天不怕，地不怕，堂堂地做一个人。

求知是人类天生的一种精神上的最大要求。东方的旧文明对于这个要求，不但不想满足他，并且常想裁制他，断绝他。所以东方古圣人劝人要“无知”，要“绝圣弃智”，要“断思惟”，要“不识不知，顺帝之则”。这是畏难，这是懒惰。这种文明，还能自夸可以满足心灵上的要求吗?

东方的懒惰圣人说：“吾生也有涯，而知也无涯，以有涯逐无涯，殆已。”所以他们要人静坐澄心，不思不虑，而物来顺应。这是自欺欺人的诳语，这是人类的夸大狂。真理是深藏在事物之中的；你不去寻求探讨，他决不会露面。科学的文明教人训练我们的官能智慧，一点一滴地去寻求真理，一丝一毫不放过，一铢一两地积起来。这是求真理的唯一法门。自然（Nature）是一个最狡滑的妖魔，只有敲打逼拶可以逼她吐露真情。不思不虑的懒人只好永永作愚昧的人，永永走不进真理之门。

东方的懒人又说：“真理是无穷尽的，人的求知的欲望如何能满足呢？”诚然，真理是发现不完的。但科学决不因此而退缩。科学家明知真理无穷，知识无穷，但他们仍然有他们的满足：进一寸有一寸的愉快，进一尺有一尺的满足。二千多年前，一个希腊哲人思索一个难题，想不出道理来；有一天，他跳进浴盆去洗澡，水涨起来，他忽然明白了，他高兴极了，赤裸裸地跑出门去，在街上乱嚷道：“我寻着了！我寻着了！”（Eureka!Eureka!）这是科学家的满足。Newton，Pasteur 以至于 Edison 时时有这样的愉快。一点一滴都是进步，一步一步都可以踌躇满志。这种心灵上的快乐是东方的懒圣人所梦想不到的。

这里正是东西文化的一个根本不同之点。一边是自暴自弃的不思不虑，一边是继续不断地寻求真理。

朋友们，究竟是那一种文化能满足你们的心灵上的要求呢？

其次，我们且看看人类的情感与想像力上的要求。

文艺，美术，我们可以不谈，因为东方的人，凡是能睁开眼睛看世界的，至少还都能承认西洋人并不曾轻蔑了这两个重要的方面。

我们来谈谈道德与宗教罢。

近世文明在表面上还不曾和旧宗教脱离关系，所以近世文化还不曾明白建立他的新宗教新道德。但我们研究历史的人不能不指出近世文明自有他的新宗教与新道德。科学的发达提高了人类的知识，使人们求知的方法更精密了，评判的能力也更进步了，所以旧宗教的迷信部分渐渐被淘汰到最低限度，渐渐地连那最低限度的信仰——上帝的存在与灵魂的不灭——也发生疑问了。所以这个新宗教的第一特色是他的理智化。近世文明仗着科学的武器，开辟了许多新世界，发现了无数新真理，征服了自然界的无数势力，叫电气赶车，叫“以太”送信，真个作出种种动地掀天的大事业来。人类的能力的发展使他渐渐增加对于自己的信仰心，渐渐把向来信天安命的心理变成信任人类自己的心理。所以这个新宗教的第二特色是他的人化。智识的发达不但抬高了人的能力，并且扩大了他的眼界，使他胸襟阔大，想像力高远，同情心浓挚。同时，物质享受的增加使人有余力可以顾到别人的需要与痛苦。扩大了的同情心加上扩大了的能力，遂产生了一个空前的社会化的新道德，所以这个新宗教的第三特色就是他的社会化的道德。

古代的人因为想求得感情上的安慰，不惜牺牲理智上的要求，专靠信心（Faith），不问证据，于是信鬼，信神，信上帝，信天堂，信净土，信地狱。近世科学便不能这样专靠信心了。科学并不菲薄感情上的安慰；科学只要求一切信仰须要禁得起理智的评判，须要有充分的证据。凡没有充分证据的，只可存疑，不足信仰。赫胥黎（Huxley）说的最好：

> 如果我对于解剖学上或生理学上的一个小小困难，必须要严格的不信任一切没有充分证据的东西，方才可望有成绩，那么，我对于人生的奇秘的解决，难道就可以不用这样严格的条件吗？

这正是十分尊重我们的精神上的要求。我们买一亩田，卖三间屋，尚且要一张契据；关于人生的最高希望的根据，岂可没有证据就胡乱信仰吗？

这种"拿证据来"的态度，可以称为近世宗教的"理智化"。

从前人类受自然的支配，不能探讨自然界的秘密，没有能力抵抗自然的残酷，所以对于自然常怀着畏惧之心。拜物，拜畜生，怕鬼，敬神，"小心翼翼，昭事上帝"，都是因为人类不信任自己的能力，不能不倚靠一种超自然的势力。现代的人便不同了。人的智力居然征服了自然界的无数质力，上可以飞行无碍，下可以潜行海底，远可以窥算星辰，近可以观察极微。这个两只手一个大脑的动物——人——已成了世界的主人翁，他不能不尊重自己了。一个少年的革命诗人曾这样的歌唱：

> 我独自奋斗，胜败我独自承当，
> 我用不着谁来放我自由，
> 我用不着什么耶稣基督
> 妄想他能替我赎罪替我死。
> I fight alone and，win or sink，
> I need no one to make me free，
> I want no Jesus Christ to think
> That he could ever die for me.

这是现代人化的宗教。信任天不如信任人，靠上帝不如靠自己。我们现在不妄想什么天堂天国了，我们要在这个世界上建造"人的乐国"。我们不妄想做不死的神仙了，我们要在这个世界上做个活泼健全的人。我们不妄想什么四禅定六神通了，我们要在这个世界上做个有聪明智慧可以戡天缩地的人。我们也许不轻易信仰上帝的万能了，我们却信仰科学的方法是万能的，人的将来是不可限量的。我们也许不信灵魂的不灭了，我们却信人格是神圣的，人权是神圣的。

这是近世宗教的"人化"。

但最重要的要算近世道德宗教的"社会化"。

古代的宗教大抵注重个人的拯救；古代的道德也大抵注重个

人的修养。虽然也有自命普渡众生的宗教，虽然也有自命兼济天下的道德，然而终苦于无法下手，无力实行，只好仍旧回到个人的身心上用工夫，做那向内的修养。越向内做工夫，越看不见外面的现实世界；越在那不可捉摸的心性上玩把戏，越没有能力应付外面的实际问题。即如中国八百年的理学工夫居然看不见二万万妇女缠足的惨无人道！明心见性，何补于人道的苦痛困穷！坐禅主敬，不过造成许多"四体不勤，五谷不分"的废物！

近世文明不从宗教下手，而结果自成一个新宗教；不从道德入门，而结果自成一派新道德。十五十六世纪的欧洲国家简直都是几个海盗的国家，哥仑布（Columbus）、马汲伦（Magellan）、都芮克（Drake）一班探险家都只是一些大海盗。他们的目的只是寻求黄金，白银，香料，象牙，黑奴。然而这班海盗和海盗带来的商人开辟了无数新地，开拓了人的眼界，抬高了人的想像力，同时又增加了欧洲的富力。工业革命接着起来，生产的方法根本改变了，生产的能力更发达了。二三百年间，物质上的享受逐渐增加，人类的同情心也逐渐扩大。这种扩大的同情心便是新宗教新道德的基础。自己要争自由，同时便想到别人的自由，所以不但自由须以不侵犯他人的自由为界限，并且还进一步要要求绝大多数人的自由。自己要享受幸福，同时便想到人的幸福，所以乐利主义（Utilitarianism）的哲学家便提出"最大多数的最大幸福"的标准来做人类社会的目的。这都是"社会化"的趋势。

十八世纪的新宗教信条是自由，平等，博爱。十九世纪中叶以后的新宗教信条是社会主义。这是西洋近代的精神文明，这是东方民族不曾有过的精神文明。

固然东方也曾有主张博爱的宗教，也曾有公田均产的思想。但这些不过是纸上的文章，不曾实地变成社会生活的重要部分，不曾变成范围人生的势力，不曾在东方文化上发生多大的影响，在西方便不然了。“自由，平等，博爱”成了十八世纪的革命口号。美国的革命，法国的革命，1848 年全欧洲的革命运动，1862 年的南北美战争，都是在这三大主义的旗帜之下的大革命。美国的宪法，法国的宪法，以至于南美洲诸国的宪法，都是受了这三大主义的绝大影响的。旧阶级的打倒，专制政体的推翻，法律之下人人平等的观念的普遍，“信仰，思想，言论，出版”几大自由的保障的实行，普及教育的实施，妇女的解放，女权的运动，妇女参政的实现，……都是这个新宗教新道德的实际的表现。这不仅仅是三五个哲学家书本子里的空谈；这都是西洋近代社会政治制度的重要部分，这都已成了范围人生，影响实际生活的绝大势力。

十九世纪以来，个人主义的趋势的流弊渐渐暴白于世了，资本主义之下的苦痛也渐渐明了了。远识的人知道自由竞争的经济制度不能达到真正“自由，平等，博爱”的目的。向资本家手里要求公道的待遇，等于“与虎谋皮”。救济的方法只有两条大路：一是国家利用其权力，实行裁制资本家，保障被压迫的阶级；一是被压迫的阶级团结起来，直接抵抗资本阶级的压迫与掠夺。于是各种社会主义的理论与运动不断地发生。西洋近代文明本建筑在个人求幸福的基础之上，所以向来承认“财产”为神圣的人权之一。但十九世纪中叶以后，这个观念根本动摇了，有的人竟说

“财产是贼赃”，有的人竟说“财产是掠夺”。现在私有财产制虽然还存在，然而国家可以征收极重的所得税和遗产税，财产久已不许完全私有了。劳动是向来受贱视的；但资本集中的制度使劳工有大组织的可能，社会主义的宣传与阶级的自觉又使劳工觉悟团结的必要，于是几十年之中，有组织的劳动阶级遂成了社会上最有势力的分子。十年以来，工党领袖可以执掌世界强国的政权，同盟总罢工可以屈伏最有势力的政府，俄国的劳农阶级竟做了全国的专政阶级。这个社会主义的大运动现在还正在进行的时期。但他的成绩已很可观了。各国的“社会立法”（Social Legislation）的发达，工厂的视察，工厂卫生的改良，儿童工作与妇女工作的救济，红利分配制度的推行，缩短工作时间的实行，工人的保险，合作制之推行，最低工资（Minimum Wage）的运动，失业的救济，级进制的（Progressive）所得税与遗产税的实行，……这都是这个大运动已经做到的成绩。这也不仅仅是纸上的文章，这也都已成了近代文明的重要部分。

这是“社会化”的新宗教与新道德。

东方的旧脑筋也许要说：“这是争权夺利，算不得宗教与道德。”这里又正是东西文化的一个根本不同之点。一边是安分，安命，安贫，乐天，不争，认吃亏；一边是不安分，不安贫，不肯吃亏，努力奋斗，继续改善现成的境地。东方人见人富贵，说他是“前世修来的”；自己贫，也说是“前世不曾修”，说是“命该如此”。西方人便不然；他说：“贫富的不平等，痛苦的待遇，都是制度的不良的结果，制度是可以改良的。”他们不是争权夺利，他们是争自由，争平等，争公道；他们争的不仅仅是个人的私利，他们奋斗的结果是人类绝大多数人的福利。最大多数人的最大幸福，不是袖手念佛号可以得来的，是必须奋斗力争的。

朋友们，究竟是那一种文化能满足你们的心灵上的要求呢？

我们现在可综合评判西洋近代的文明了。这一系的文明建筑在“求人生幸福”的基础之上，确然替人类增进了不少的物质上的享受；然而他也确然很能满足人类的精神上的要求。他在理智的方面，用精密的方法，继续不断地寻求真理，探索自然界无穷的秘密。他在宗教道德的方面，推翻了迷信的宗教，建立合理的信仰；打倒了神权，建立人化的宗教；抛弃了那不可知的天堂净土，努力建设“人的乐国”“人世的天堂”；丢开了那自称的个人灵魂的超拔，尽量用人的新想像力和新智力去推行那充分社会化了的新宗教与新道德，努力谋人类最大多数的最大幸福。

东方的文明的最大特色是知足。西洋的近代文明的最大特色是不知足。

知足的东方人自安于简陋的生活，故不求物质享受的提高；自安于愚昧，自安于“不识不知”，故不注意真理的发现与技艺器械的发明；自安于现成的环境与命运，故不想征服自然，只求乐天安命，不想改革制度，只图安分守己，不想革命，只做顺民。

这样受物质环境的拘束与支配，不能跳出来，不能运用人的心思智力来改造环境改良现状的文明，是懒惰不长进的民族的文明，是真正唯物的文明。这种文明只可以遏抑而决不能满足人类精神上的要求。

西方人大不然，他们说“不知足是神圣的”(Divine Discontent)。物质上的不知足产生了今日钢铁世界，汽机世界，电力世界。理智上的不知足产生了今日的科学世界。社会政治制度上的不知足产生了今日的民权世界，自由政体，男女平权的社会，劳工神圣的喊声，社会主义的运动。神圣的不知足是一切革新一切进化的动力。

这样充分运用人的聪明智慧来寻求真理以解放人的心灵，来制服天行以供人用，来改造物质的环境，来改革社会政治的制度，来谋人类最大多数的最大幸福，——这样的文明应该能满足人类精神上的要求；这样的文明是精神的文明，是真正理想主义的(Idealistic)文明，决不是唯物的文明。

固然，真理是无穷的，物质上的享受是无穷的，新器械的发明是无穷的，社会制度的改善是无穷的。但格一物有一物的愉快，革新一器有一器的满足，改良一种制度有一种制度的满意。今日不能成功的，明日明年可以成功；前人失败的，后人可以继续助成。尽一分力便有一分的满意；无穷的进境上，步步都可以给努力的人充分的愉快。所以大诗人邓内孙(Tennyson)借古英雄Ulysses的口气歌唱道：

> 然而人的阅历就像一座穹门，
> 从那里露出那不曾走过的世界，
> 越走越远，永永望不到他的尽头。
> 半路上不干了，多么沉闷呵！
> 明晃晃的快刀为什么甘心上锈！

难道留得一口气就算得生活了？

……

朋友，来罢！

去寻一个更新的世界是不会太晚的。

……

用掉的精力固然不回来了，剩下的还不少呢。

现在虽然不是从前那样掀天动地的身手了，

然而我们毕竟还是我们，——

光阴与命运颓唐了几分壮志！

终止不住那不老的雄心，

去努力，去探寻，去发见，

永不退让，不屈伏。

1926，6，6

（原载1926年7月10日《现代评论》第4卷第83期，又载1927年11月27日、12月4日、12月11日《生活周刊》第4至6期）

附录　机器与精神

林语堂

一　论机器文明与精神文明等

诸位，今天承贵校中国语文学会之邀，得与诸位有谈话之机会，至为欣幸。我想就将个人对于机器文明与精神文明等现代最通行的几个名词的鄙见，与诸君商榷一下。

近人的谈东方文明与西方文明等大题目，在这些题目的讨论之下，个人以为含有多少东方的忠臣义子爱国的成分，暗中要拿东方文明与西方文明相抵抗。爱国本是好事，兄弟也是中国人，爱国之诚，料想也不在常在报上发通电的要人之下。不过爱国各有其道，而最要一件就是要把头脑弄清楚。若是爱国以情不以理，是非利害不明，对于自己与他人的文明，没有彻底的认识，反以保守为爱国，改进为媚外，那就不是我国将来之幸了。譬如日本人勇于改进，华人长于保守，也不便因此认为日本人的爱国不及我们中华国民。

所以我们不妨把大家所谓物质文明，机器文明，道德文明，精神文明几个名词解剖一下。

论者每谓西方文明为物质文明，机器文明，而口称吾国文明为道德文明，精神文明。单就字面上讲，我们已经大得国际上的胜利了。什么国际上的不平等，早已被我们的理论家在这做文章上取消而有余了。取消而不足，将来难免还非遣派教士到世界各国去宣扬吾国之“精神文明”，打倒或补充洋鬼子的“机器文明”或“不道德文明”不可。不过文章尽管这样做，将来打得倒打不倒，还得看将来的事实。

自然西洋人的不道德是显而易见的。譬如恋爱自由，男女同学，女子也来昌言社会政治问题，不如中国闺范谨严，中国女子的幽娴贞静，其不道德一；风俗奢靡，服装华丽，放浪形骸，香艳肉感，不如中国之俭朴，守约，淡扫蛾眉，平胸板臂，端庄严肃，其不道德二；西洋夫妇动辄离婚，且涉讼法庭，要求给养费，毫不知耻，不如中国之夫唱妇随，百年偕老，其不道德三；思想自由，宗教破产，异端邪说蜂起，非圣灭法，毫无顾忌，不如中国人之守古不变，尊崇孔、孟，其不道德四；机器发达，兵械日精，欧战祸起，杀人盈野，伏尸流血，尤其是为西洋文明不道德之证，其不道德五。诸如此类，不胜枚举。

二　论物质文明并非西洋所独有

但是我们且再仔细考究一下，就知道东方文明西方文明并非这些几个笼统名词所能包括。拿东西文明当做物质文明与精神文明的相对抗解说的人，用意不外要表示吾国的精神文明本与西洋的物质文明性质不同，不可同日而语，未便相谈并论。实则东西文明同有物质与精神两方面，物质文明并非西洋所独有，精神文明也非东方的奇货。即以物质文明而论，在某方面，中国何尝后人。人生的物质方面，不外衣食住三事，然而他事吾不知，衣食两事，中国恐怕真要可以于日内瓦国际联盟会列入第一等国而无愧了。说中国人不讲究“吃”，谁也不信？你想我们所不愿吃的Chop-suey及最视为不足道的炒面，已经被西人奉为珍羞异味，征服了欧美二大洲了。至于中国人的绸缎纱罗，轻暖无比，可以使最懒骨头的公子少爷及最瘦弱的鸦片烟鬼穿起来，也不觉有何痛苦；至于朱门绿扉，深宫大院，亭台楼榭，苑囿园池，更加是有艺术的雅致。所以说西方文明是物质文明，东方文明才是精神文明，是根本就没有看清东方文明的实质。自从我们圣人孔夫子认清“人之大欲”以至于当今的党国要人，都未尝怎么看不起衣食男女，造洋楼，买田地等等物质事件。这层道理，料想不必我来详细阐扬了。

三　论有机器文明未必即无精神文明

倘是我们再把问题进一步说，东西虽各有物质文明，所不同者在于机器与手艺之别而已。这样，我们把西洋的机器文明与东方的手艺文明相对，却没有什么不可，不过，在文章上，就没有那么冠冕堂皇，而稍稍有落伍逊色之意了。不过，我们也须明白，机器文明仍然不能与精神文明相对，只能与手艺文明相对。因为有机器文明的人，未必就没有精神文明。我们知道这句所谓机器文明的话，还是五十年前中国人心理中的一件事。那时的中国人只看见西洋人火车轮船电报枪炮等显而易见的文明，故谓之机器文明。五十年以来稍开通的国人，早已承认中国的政治政体不如西洋了，而政治固属于精神界的东西；三十年来中国人也渐渐感觉中国的学术思想，科学方法不如西洋了，而科学哲学又是属于精神界的东西；十年前的中国人又感觉连文学上，都有不及西洋人了，于是而有近代文学的运动，尽量的翻译西洋文学。做戏剧的人不学关汉卿、马致远、王实甫、李笠翁而学易卜生、王尔德了。做短篇小说的人不学蒲松龄、抱瓮老人而学柴霍甫、莫泊桑了。做长篇小说的人不学罗贯中、吴敬梓而学陀思托伊夫思基、杜格涅夫了。到了现在，也已有一部分人，心中明确认识，却未敢说出来，东方的道德是腐败不堪，贪污淫秽，卑鄙懦弱，不如西洋人的道德了，然而政治，学术，文学，道德，以至于图画，音乐，及一切美术；都是精神界的东西。所以要拿东方的精神文明与西方的机器文明比较，论理上也就有许多欠妥的地方，恐怕不是事实所容许。

四　论没有机器文明不是便有精神文明之证

再讲到东方文化的精神方面，我们也要认清东方文明自有东方文明的精神。说西方文明没有精神文明，固然是不对，而说东方文明没有精神的方面，自然也是粗浅之见。不过我们不得以为没有机器文明便是有精神文明之证。辜鸿铭有一句名言，说中国人之随处吐痰，不讲卫生，不常洗浴，就是中国人精神文明之证。这句话，固然甚有道理，不过我们须记得辜氏所以这样说，因为他有怪癖，好闻妇人的足，恐怕卫生一讲，足上的秽气一洗，他的精神少了刺激，而他的精神文明就同女人的足气一同消灭了。况且痰吐得多，也未必精神就会文明起来。我们要知道没有机器文明，不过是说一国的工业尚在手艺时代而已，同时政治上常在封建时代。这种工业的手艺文明，与政治的封建文明，自有他特殊的诗趣，也有特别精神上的美致的慰安。这种精神上的慰安与美致最容易于美术上以图画诗歌表现出来。英国十九世纪中叶有所谓 Pre-Raphaelite 美术运动，专门提倡西欧中古时代的艺术精神。诵读中国的古诗，及玩赏中国的名画，的确可以使我们领悟古代生活的一种诗趣。中国的学术思想到周秦之末，已经不足道了，但是艺术上，仍然还能表现人生的美出来。少陵的诗，摩诘的画，《左传》的文，马迁的史，薛涛的笺，右军的帖，《南华》的经，相如的赋，屈子的《离骚》，确有寄托着中国精神文明的美的结晶；沧海的日，赤城的霞，峨嵋的雪，巫峡的云，洞庭的月，彭蠡的烟，潇湘的雨，武彝的峰，庐山的瀑布，都经过我们的艺术家用最特殊的艺术表现出来了。

大凡说那一方面是物质文明，那一方面是精神文明，都是过于笼统肤浅之谈，无论何种文明，都有物质与精神两方面，并且同一物质方面也有他的美丑，同一精神方面也有他的长短，不能只用两个字，“物质”或“精神”的招牌给他冠上完事。中国文明里，不但包括有少陵的诗，摩诘的画，同时也包括吐痰，裹足，醒鼻子，不洗浴等。我想这是中国文明与西欧中古文明共通之点。中国古代有“扪虱而谈”的佳话，英国以利沙伯时代也有一位“玄学派”诗人 John Donne 做一首诗赠给他爱人胸前的虱虫。

至于不洗浴更加不是中国独有的国粹，只看 Buckle 的《英国文化史》的人就知道十七八世纪的苏格兰人也是认洗浴为一种除夕过年的大事。Fuchs 的《风俗史》、《淫画史》(德文)也给我们许多材料，看起来苏格兰及荷兰人的马桶，都不比中国文明。自然据辜鸿铭讲起来，现代的苏格兰人用起自来马桶，已经是精神文明退化的明证了。至于随处吐痰小便，莎士比亚的戏院的一班群众，本来也是如此(见 Taine《英国文学史》，所不同者，华人所称为方便的小便，西人称为不便〔Commit nuisance〕而已，“方便”是自我观之，“不便”是自社会行人观之。)用不着我们的爱国同胞认为东方文明唯此一家真正老牌的国货。精神方面，中国人也自有他独长之处，例如忍耐的美德是西人所万万不及的(这是由“百忍”的大家庭锻炼出来的)，中国人之肯忍辱含垢，任人宰割，只以吞声忍气工夫对付，西人真不能望我们的肩背。记得三·一八惨案时，燕京大学美人教授 Porter 先生当场对我说，若使美国政府做出这种事，登时全市人民会叛变起来，但是那天我们国立九校的校长当中还有的态度十分老成，十分镇静，连一个宣言都不大愿意发出。中国百姓今日所受武人摧残，政府压迫的苦痛，若在外国，也应当已有七八次的革命而有余了，但是在中国，我们仍然是“和平统一”的一个局面，做好百姓的多。这种听天由命的德性、中庸不偏的涵养工夫都是西人精神文明中所无的。再如做文章一层，也是西人所万万不及的。中国的武人，凡要举兵动武，必先发一道呼吁和平的通电，在下的要叛变，必先作一“拥护中央”的宣言，在上的要穷兵黩武，也必先开一个裁兵会议。这种的枪花，不但是外国人所无，就是中国的宝贝武人要出来之后，还要弄得外国记者目眩头昏，眼花撩乱。所以外国记者及外国一班看报的人，都对于中国政治变化，茫茫渺渺，一点也看不出来。恐怕再一万年，西洋武人，也学不到中国武人的枪花，通电的文章也决不会做得中国武人那样圆密。所以我们每说西人头脑简单，却也是确有的事。这便又是中国精神文明的一个长处。

不过，我们不要认错，以为中国机器不发达，便是中国精神文明之证。平心而论，坐在自来马桶上大便的人，精神上未必即刻腐化，坐在中国的苏、扬马桶上大便的人，精神也未必保得住健全。西人机器文明，闹出欧战大祸，固然足为西洋文明破产之证，而中国虽然没有腾克，毒气炮，达姆达姆子弹，战舰，飞机等，只有衣履破烂的流氓军队，横冲直撞，抢劫焚毁，奸淫妇女，也不见得就精神发达到如何程度。

五　论机器就是精神之表现

还有一样，我们须记得机器文明原来也是人类精神之一种表现。有了科学，然后有机器，有了西人精益求精的商业精神，才有今日人人欢迎的舶来货品。国粹家每每要效辜鸿铭的故智，虽然身穿用洋针洋线洋布所做成的衣服，足上着西洋袜机所制的机器袜，看的又是用西洋机器所造的纸料及用西洋机器印成的报纸，走时又是西洋机器辗成的柏油路，坐的又是西洋机器造成的舟车，却一味要鄙夷物质，矜伐吾国固有的精神文明。但是你们只要细想，这些机器造成的舶来品，岂不是精神所创造出来的。中国人发明纸最早，但是今日经过几千年之后，仍须采用洋纸；中国人发明火药，到了今日还须用西洋的枪炮；中国人发明丝，到了今日，中国的生丝，仍须运到美国、日本去炼好，再运来中国制成绸缎：这能够算为中国精神上的胜利吗？西人发明电影，还以为未足，再发明有声电影，中国人连拿他的机器来演电影都演不过西洋电影，难道这是中国人精神文明高尚的证据吗？上海公共租界物质文明，似乎比中国、南市、闸北的物质文明略高一点，难道这就是可认为历任的上海市政局诸公的精神道德比公共租界的工部局董事会高尚吗？西人有这种勇于改进的精神，才有这种精益求精的物质上的发达，我们若还要一味保存东方精神文明，去利用西方的物质，遵守“中学为体西学为用”狗屁不通的怪话（体用本来不能分开，譬如以胃为体以肝为用，这成什么话），恐怕连拾人牙慧都拾不起来，将来还是非永远学海上寓公手里拿着一部《大学》、《中庸》（体）去坐西人所造的汽车（用）不成。《大学》、《中庸》尽管念的熟烂了，汽车还是自己制造不出来，除了买西洋汽车，没有办法。

六　论机器文明非手艺文明人所配诋毁也无所用其诋毁

所以这样看来，国粹家就难免有点无赖了。拾人牙慧而不得，然后去发明出来的“精神文明”大概已经不大中用了。若再不闭门思过，痛改前非，发愤自强，去学一点能演化出物质文明来的西人精神，将来的世界恐怕还是掌在机器文明的洋鬼子的手中。就使机器文明应该诋毁，应该修正补充，也不是封建时代的手艺文明人所配来诋毁的。机器文明，固然闯出欧战的大祸，到底还有母亲劝子从戎，妻劝夫出征，舍身救国的精神在，比起我们年头到年底的混战，同胞自相残杀，勇于私斗，怯于公愤，还强一倍吧！再退一万步说，佳兵果然不祥，死光及毒汽炮果然有将来消灭人类的危险，这种补救的办法，还是在于机器文明人自己会想出来，我们的勇于私斗怯于公愤的滥污武人流氓军队是不会促进世界的大同的。

七 论机器之影响于人生

再退一万步，就说东方文明有了不得的宝贝，国粹家想极力保存，试问国粹保存起来了没有？我们的图书馆在那里？我们的博物院在那里？我们的古乐今日在那里？我们的古物古迹有相当的保存没有？我们的历朝国宝古玩书画，今日贩卖到什么地方去了？我们的古板书籍，是日本保存的多，还是南京、北平保存的多？我们的敦煌石室丛书散佚到什么地方去了，是在伦敦、巴黎，还是在北平？我们的古玩古画今日是在纽约、东京呢，还是在北平呢？东陵盗窃的东西，今日售在物质文明的国家呢，还是售在几个穷光蛋的国粹家手里？你想有盗窃东陵的事发生的国，到底是物质文明呢，还是精神文明呢，还是两样都不是，只是半开化的国中应有的事？再想我们所称为物质文明机器文明的泰西各国，何以保存本国的国粹还不足，偏偏要来收买东方古国的国宝呢？到底这是物质文明呢，还是精神文明呢？今日的莘莘学子，书都没地方读，一个完备的图书馆也没有，试问精神要怎样文明起？再看出版界，美国的小说一出版可以五十万部，好销的可以销到几百万部，日本的小说也可以销到十几万部，中国的新出小说只能销几千部，最好的也不过二三万部。这到底是我们精神文明呢，还是我们精神落伍呢？西洋重要书籍，不到几月，日本人就有日本的译文可读，中国学生还读不到，这是精神文明呢，还是精神落伍呢？

我们须明白，今日中国，必有物质文明，然后才能讲到精神文明，然后才有余闲及财力来保存国粹。在一个盗贼猖獗，灾民遍野，舟行有海盗，旱行有山贼，跑人租界又有绑匪的国家，大家衣食财产尚不能保存，精神文明是无从顾到的。我们只须看日本先有物质上的发达，才有闲暇金钱来保存古籍，翻印古书，有系统的保存古物，建立大规模的图书馆博物院，大学教授也才能专心致志于专门学术。像中国的大学教授，连买米的钱都常要发生问题，那里去买书，又那里去潜心研究学问呢。

至于机器文明之影响于吾人的生活，范围广大，不及细谈。本篇仅就机器文明与吾国固有文明的性质大略阐说一点。希望诸位对于这个西方文明，多考虑一下，把他清楚认识，才不会为中国文明将来发展的一种障碍，爱国心切，反而间接减少中国变法自强的勇气。我们不会学西洋人，至少也得学东洋人。中国人早肯洗心革面彻底欢迎西欧的物质文明，也不至有今日老背龙钟的状态了。

十八年十二月廿六日在光华大学中国语文学会讲稿

（录自《中学生》第二号）

请大家来照照镜子

美国使馆的商务参赞安诺德先生制成这三张图表：第一表是中国人口的分配表，表示中国的人口问题不在过多，而在于分配的太不均匀，在于边省的太不发达。第二表是中国和美国的经济状况，生产能力，工业状态的比较，处处叫我们照照镜子，照出我们自己的百不如人。第三表是美国在世界上占的地位，也是给我们做一面镜子用的，叫我们生一点羡慕，起一点惭愧。

去年他把这几张图表送给我看，我便力劝他在中国出版。他答应了之后，又预备了一篇长序，题目就叫做“中国问题里的几个根本问题”。他指出中国今日有三个大问题：

第一，怎样赶成全国铁路的干线，使全国的各部分有一个最经济的交通机关。

第二，怎样用教育及种种节省人力，帮助人力的机器，来增加个人生产的能力。

第三，怎样养成个人对于保管事业的责任心。

这是中国今日的三个根本问题。

安诺德先生的第二表里有这些事实：

	面积（方英里）	铁道线（英里）	摩托车
中国	4 278 000	7 000	22 000
美国	3 743 500	250 000	22 000 000

我们的面积比美国大，但铁道线只抵得人家三十六分之一，摩托车只抵得人家一千分之一，汽车路只抵得人家一百分之一。

我们试睁开眼睛看看中国的地图。长江以南，没有一条完成的铁路干线。京汉铁路以西，三分之二以上的疆域，没有一条铁路干债，不但够完成粤汉铁路，还可以造大铁桥贯通武昌汉口了。

义务教育办不成，也只因经费没有。然而今日全国各方面每天至少要用一百万元的军费（这是财政部次长的估计）。一个国家肯用三万六千万元一年的军费，而不能给全国儿童两年至四年的义务教育，这是不能呢？还是不肯呢？

所以我们应该感谢安诺德先生，感谢他给我们几面好镜子，让我们照见自己的丑态，更感谢他肯对我们说许多老实话，教我们生点愧悔，引起我们一点向上的决心。

我很盼望我们不至于辜负了他这一番友谊的忠告。

1928，6，24夜

（原载1928年9月30日《生活周刊》第3卷第46期）

漫游的感想

一　东西文化的界线

我离了北京，不上几天，到了哈尔滨。在此地我得了一个绝大的发现：我发现了东西文明的交界点。

哈尔滨本是俄国在远东侵略的一个重要中心。当初俄国人经营哈尔滨的时候，早就预备要把此地辟作一个二百万居民的大城，所以一切文明设备，应有尽有；几十年来，哈尔滨就成了北中国的上海。这是哈尔滨的租界，本地人叫做“道里”，现在租界收回，改为特别区。

租界的影响，在几十年中，使附近的一个村庄逐渐发展，也变成了一个繁盛的大城。这是“道外”。

“道里”现在收归中国管理了，但俄国人的势力还是很大的，向来租界时代的许多旧习惯至今还保存着。其中的一种遗风就是不准用人力车（东洋车）。“道外”的街道上都是人力车。一到了“道里”，只见电车与汽车，不见一部人力车。道外的东洋车可以拉到道里，但不准再拉客，只可拉空车回去。

我到了哈尔滨，看了道里与道外的区别，忍不住叹口气，自己想道：这不是东方文明与西方文明的交界点吗？东西洋文明的界线只是人力车文明与摩托车文明的界线——这是我的一大发现。

人力车又叫做东洋车，这真是确切不移。请看世界之上，人力车所至之地，北起哈尔滨，西至四川，南至南洋，东至日本，这不是东方文明的区域吗？

人力车代表的文明就是那用人作牛马的文明。摩托车代表的文明就是用人的心思才智制作出机械来代替人力的文明。把人作牛马看待，无论如何，够不上叫做精神文明。用人的智慧造作出机械来，减少人类的苦痛，便利人类的交通，增加人类的幸福，——这种文明却含有不少的理想主义，含有不少的精神文明的可能性。

我们坐在人力车上，眼看那些圆颅方趾的同胞努起筋肉，湾着背脊梁，流着血汗，替我们做牛做马，拖我们行远登高，为的是要挣几十个铜子去活命养家，——我们当此时候，不能不感谢那发明蒸汽机的大圣人，不能不感谢那发明电力的大圣人，不能不祝福那制作汽船汽车的大圣人：感谢他们的心思才智节省了人类多少精力，减除了人类多少苦痛！你们嫌我用“圣人”一个字吗？孔夫子不说过吗？“制而用之谓之器。利用出入，民咸用之，谓之神。”孔老先生还嫌“圣”字不够，他简直要尊他们为“神”呢！

二　摩托车的文明

去年 8 月 17 日的伦敦《晚报》(Evening Standard)有下列的

统计：

全世界的摩托车共 24 590 000 辆。

全世界人口平均每七十一人有一辆摩托车。

美国每六人有车一辆。

加拿大与纽西兰每十二人有车一辆。

澳洲每二十人有车一辆。

今年 1 月 16 日纽约的《国民周报》(The Nation) 有下列的统计：

全世界摩托车	27 500 000
美国摩托车	22 330 000

美国摩托车数占全世界百分之八十一。

美国人口平均每五人有车一辆。

去年 (1926) 美国造的摩托车凡四百五十万辆，出口五十万辆。美国的路上，无论是大城里或乡间，都是不断的汽车。《纽约时报》上曾说一个故事：有一个北方人驾着摩托车走过 Miami 的一条大道，他开的速度是每点钟三十五英里。后面一个驾着两轮摩托车的警察赶上来问他为什么挡住大路。他说："我开的已是三十五里了。"警察喝道："开六十里！"

今年 3 月里我到费城 (Philadelphia) 演讲，一个朋友请我到乡间 Haverford 去住一天。我和他同车往乡间去，到了一处，只见那边停着一二百辆摩托车。我说："这里开汽车赛会吗？"他用手指道："那边不在造房子吗？这些都是木匠泥水匠坐来做工的汽车。"

这真是一个摩托车的国家！木匠泥水匠坐了汽车去做工，大学教员自己开着汽车去上课，乡间儿童上学都有公共汽车接送，农家出的鸡蛋牛乳每天都自己用汽车送上火车或直送进城。十字街头，向来总有一两家酒店的；近年酒禁实行了，十字街头往往建着汽油的小站。车多了，停车的空场遂成为都市建筑的一个大问题。此外还发生了许多连带的问题，很能使都市因此改观。例如我到丹佛城（Denver），看见墙上都没有街道的名字，我很诧异。后来才看见街名都用白漆写在马路两边的“行道”（Pavement or Side Walk）的底下，为的是要使夜间汽车灯光容易照着。这一件事便可以看出摩托车在都市经营上的影响了。

摩托车的文明的好处真是一言难尽。汽车公司近年通行“分月付款”的法子，使普通人家都可以购买汽车。据最近统计，去年一年之中美国人买的汽车有三分之二是分月付钱的。这种人家向来是不肯出远门的。如今有了汽车，旅行便利了，所以每日工作完毕之后，回家带了家中妻儿，自己开着汽车，到郊外去游玩；每星期日，可以全家到远地旅行游览。例如旧金山的“金门公园”，远在海滨，可以纵观太平洋上的水光岛色；每到星期日，四方男女来游的真是人山人海！这都是摩托车的恩赐。这种远游的便利可以增进健康，开拓眼界，增加智识，——这都是我们在轿子文明与人力车文明底下想像不到的幸福。

最大的功效还在人的官能的训练。人的四肢五官都是要训练的；不练就不灵巧了，久不练就迟钝麻木了。中国乡间的老百姓，看见汽车来了，往往手足失措，不知道怎样回避；你尽着呜呜地压着号筒，他们只听不见；连街上的狗与鸡也只是懒洋洋地踱来摆去，不知避开。但是你若把这班老百姓请到上海来，请他们从先施公司走到永安公司去，他们便不能不用耳目手足了。走过大马路的人，真如《封神传》上黄天化说的“须要眼观四处，耳听八方”。你若眼不明，耳不聪，手足不灵动，必难免危险。这便是摩托车文明的训练。

美国的汽车大概都是各人自己驾驶的。往往一家中，父母子女都会开车。人工贵了，只有顶富的人家可以雇人开车。这种开车的训练真是“胜读十年书”！你开着汽车，两手各有职务，两脚也各有职务，眼要观四处，耳要听八方，还要手足眼耳一时并用，同力合作。你不但要会开车，还要会修车；随你是什么大学教授，诗人诗哲，到了半路车坏的时候，也不能不卷起袖管，替机器医病。什么书呆子，书踱头，傻瓜，若受了这种训练，都不会四体不勤，五官不灵了。你们不常听见人说大学教授“心不在焉”的笑话吗？我这回新到美国，有些大学教授如孟禄博士等请我坐他们自己开的车，我总觉得有点栗栗危惧，怕他们开到半路上忽然想起什么哲学问题或天文学问题来，那才危险呢！但是我经过几回之后，才觉得这些大学教授已受了摩托车文明的洗礼，把从前的“心不在焉”的呆气都赶跑了，坐在轮子前便一心在轮子上，手足也灵活了，耳目也聪明了！猗欤休哉！摩托车的教育！

三　一个劳工代表

有些自命“先知”的人常常说：“美国的物质发展终有到头的一天；到了物质文明破产的时候，社会革命便起来了。”

我可以武断地说：美国是不会有社会革命的，因为美国天天在社会革命之中。这种革命是渐进的，天天有进步，故天天是革命。如所得税的实行，不过是十四年来的事，然而现在所得税已成了国家税收的一大宗，巨富的家私有纳税百分之五十以上的。这种“社会化”的现象随地都可以看见。从前马克思派的经济学者说资本愈集中则财产所有权也愈集中，必做到资本全归极少数人之手的地步。但美国近年的变化却是资本集中而所有权分散在民众。一个公司可以有一万万的资本，而股票可由雇员与工人购买，故一万万元的资本就不妨有一万人的股东。近年移民进口的限制加严，贱工绝迹，故国内工资天天增涨；工人收入既丰，多有积蓄，往往购买股票，逐渐成为小资本家。不但白人如此，黑人的生活也逐渐抬高。纽约城的哈伦区，向为白人居住的，十年之中土地房屋全被发财的黑人买去了，遂成了一片五十万人的黑人区域。人人都可以做有产阶级，故阶级战争的煽动不发生效力。

我且说一件故事。

我在纽约时，有一次被邀去参加一个“两周讨论会”（Fortnightly Forum）。这一次讨论的题目是“我们这个时代应该叫什么时代？”十八世纪是“理智时代”，十九世纪是“民治时代”，这个时期应该叫什么？究竟是好是坏？

依这个讨论会规矩，这一次请了六位客人作辩论员：一个是俄国克伦斯基革命政府的交通总长；一个是印度人；一个是我；一个是有名的“效率工程师”（Efficiency Engineer），是一位老女士；一个是纽约有名的牧师 Holmes；一个是工会代表。

有些人的话是可以预料的。那位印度人一定痛骂这个物质文明时代；那位俄国交通总长一定痛骂鲍尔雪维克；那位牧师一定是很悲观的；我一定是很乐观的；那位女效率专家一定鼓吹他的效率主义。一言表过不提。

单说那位劳工代表 Frahne（？）先生。他站起来演说了。他穿着晚餐礼服，挺着雪白的硬衬衫，头发苍白了。他站起来，一手向里面衣袋里抽出一卷打字的演说稿，一手向外面袋里摸出眼镜盒，取出眼镜戴上。他高声演说了。

他一开口便使我诧异。他说：我们这个时代可以说是人类有历史以来最好的最伟大的时代，最可惊叹的时代。

这是他的主文。以下他一条一条地举例来证明这个主旨。他先说科学的进步，尤其注重医学的发明；次说工业的进步；次说美术的新贡献，特别注重近年的新音乐与新建筑。最后他叙述社会的进步，列举资本制裁的成绩，劳工待遇的改善，教育的普及，幸福的增加。他在十二分钟之内描写世界人类各方面的大进步，证明这个时代是人类有史以来最好的时代。

我听了他的演说，忍不住对自己说道：这才是真正的社会革命。社会革命的目的就是要做到向来被压迫的社会分子能站在大庭广众之中歌颂他的时代为人类有史以来最好的时代。

四　往西去

我在莫斯科住了三天，见着一些中国共产党的朋友，他们很劝我在俄国多考察一些时。我因为要赶到英国去开会，所以不能久留。那时冯玉祥将军在莫斯科郊外避暑，我听说他很崇拜苏俄，常常绘画列宁的肖像。我对他的秘书刘伯坚诸君说：我很盼望冯先生从俄国向西去看看。即使不能看美国，至少也应该看看德国。

我的老朋友李大钊先生在他被捕之前一两月曾对北京朋友说："我们应该写信给适之，劝他仍旧从俄国回来，不要让他往西去打美国回来。"但他说这话时，我早已到了美国了。

我希望冯玉祥先生带了他的朋友往西去看看德国、美国；李大钊先生却希望我不要往西去。要明白此中的意义，且听我再说一件有趣味的故事。

我在日本时，同了马伯援先生去访问日本最有名的经济学家福田德三博士。我说："福田先生，听说先生新近到欧洲游历回来之后，先生的思想主张颇有改变，这话可靠吗？"

他说："没有什么大的改变。"

我问："改变的大致是什么？"

他说："从前我主张社会政策；这次从欧洲回来之后，我不主张这种妥协的缓和的社会政策了。我现在以为这其间只有两条路：不是纯粹的马克思派社会主义，就是纯粹的资本主义。没有第三条路。"

我说："可惜先生到了欧洲不曾走的远点，索性到美国去看看，也许可以看见第三条路，也未可知。"

福田博士摇头说："美国我不敢去，我怕到了美国会把我的学说完全推翻了。"

我说："先生这话使我颇失望。学者似乎应该尊重事实。若事实可以推翻学说，那么，我们似乎应该抛弃那学说，另寻更满意的假设。"

福田博士摇头说:“我不敢到美国去,我今年五十五了,等到我六十岁时,我的思想定了,不会改变了,那时候我要往美国看看去。”

这一次的谈话给了我一个绝大的刺激。世间的大问题决不是一两个抽象名词(如“资本主义”“共产主义”等等)所能完全包括的。最要紧的是事实。现今许多朋友却只高谈主义,不肯看看事实。孙中山先生曾引外国俗语说“社会主义有五十七种,不知那一种是真的”。岂但社会主义有五十七种?资本主义还不止五百七十种呢!拿一个“赤”字抹杀新运动,那是张作霖、吴佩孚的把戏。然而拿一个“资本主义”来抹杀一切现代国家,这种眼光究竟比张作霖、吴佩孚高明多少?

朋友们,不要笑那位日本学者。他还知道美国有些事实足以动摇他的学说,所以他不敢去。我们之中却有许多人决不承认世上会有事实足以动摇我们的迷信的。

五　东方人的“精神生活”

我到纽约后的第十天——1月21日——《纽约时报》上登出一条很有趣味的新闻:

> 昨天下午一点钟,纽吉赛邦的恩格儿坞(Englewood, N. J.)的山郎先生住宅面前,围了许多男男女女,小孩子,小狗,等着要看一位埃及道人(Fakir)名叫哈密(Hamid Bey)的被活埋的奇事。

哈密道人站在那掘好的坟坑的旁边；微微的雨点洒在他的飘飘的长袍上。他身边站着两个同道的助手。

人越来越多了。到了一点一分的时候，哈密道人忽然倒在地下，不省人事了。两个请来的医生同了三个报馆访员动手把他的耳朵，鼻子，嘴，都用棉花塞好。随后便有人来把哈密道人抬下坟坑，放在坑里的内穴里。他脸上撒了一薄层的沙。内穴上面用木板盖好。

内穴上面还有三尺深的空坑，他们也用泥土填满了。填满了后，活埋的工作算完了。

到场的许多人都走进山郎先生的家里去吃茶点。山郎夫人未嫁之前就是那位绰号“千眼姑娘”的李麻小姐。她在那边招待来宾，大家谈着“人生无涯”一类的问题，静候那活埋道人的复活。

一点钟过去了。……一点半过去了。……两点钟过去了。……

到了下午四点，三个爱耳兰的工人动手把坟掘开。三个黑种工人站在旁边陪着，——也许是给那三个白种同伴镇压邪鬼罢。

四点钟敲过不久，哈密道人扶起来了。扶到了空气里，他便颤动了，渐渐活过来了。他低低地喊了一声“胡帝尼”，微微一笑，他回生了。

他未埋之先，医生验过他的脉跳是七十二，呼吸是十八。复活之后，脉跳与呼吸仍是七十二与十八。他在坑里足足埋了两点五十二分。

这回的安排布置全是勒乌公司（Loew's）的杜纳先生办理的。杜纳先生说，本想同这位埃及道人订一个“杂耍戏”的契约，不过还得考虑一会，因为看戏的人等不得三个钟头就都会跑光了。

哈密道人却很得意，他说他还可以活埋三天咧。

美国是个有钱的地方，世界各国的奇奇怪怪的宗教掮客都赶到这里来招揽信徒，炫卖花样。前一年，有个埃及道人名叫拉曼（Rahman）的，自称能收敛心神，停止呼吸。他当大众试验，闭在铁棺内，沉在赫贞河里，过一点钟之久。当时美国有大幻术家胡帝尼（Harry Houdini）研究此事，说这不是停止呼吸，乃是一种“浅呼吸”，是可以操练出来的。胡帝尼自己练习，到了去年夏间，他也公开试验：睡在铁棺里，叫人沉在纽约谢尔敦大旅馆的水池里，过了一点半钟，方才捞起来。开棺之后，依然复生，不过脉跳增加至一百四十二跳而已。胡帝尼的成绩比拉曼加长半点钟，颇能使人明白这种把戏不过是一种技术上的训练，并没有什么精神作用。

胡帝尼死后，这班东方道人还不伏气，所以有今年1月20日哈密道人的公开试验。哈密的成绩又比胡帝尼加长了八十二分钟，应该够得上和勒乌公司订六个月的“杂耍戏”的契约了，然而杜纳先生又嫌活埋三点钟太干燥无味了，怕不能号召看戏的群众！可惜，可惜！大概哈密先生和他的道友们后来仍旧回到东方去继续他们的“内心生活”了罢。

胡帝尼的试验的精神是很可佩服的。其实即使这班东方道人真能活埋三点钟以至三天，完全停止呼吸，这又算得什么精神生活？这里面那有什么“精神的份子”？泥里的蚯蚓，以至一切冬天蛰伏的爬虫，不是都能这样吗？

六　麻将

前几年，麻将牌忽然行到海外，成为出口货的一宗。欧洲与美洲的社会里，很有许多人学打麻将的；后来日本也传染到了。有一个时期，麻将竟成了西洋社会里最时髦的一种游戏：俱乐部里差不多桌桌都是麻将，书店里出了许多种研究麻将的小册子，中国留学生没有钱的可以靠教麻将吃饭挣钱。欧美人竟发了麻将狂热了。

谁也梦想不到东方文明征服西洋的先锋队却是那一百三十六个麻将军！

这回我从西伯利亚到欧洲，从欧洲到美洲，从美洲到日本，十个月之中，只有一次在日本京都的一个俱乐部里看见有人打麻将牌。在欧美简直看不见麻将了。我曾问过欧洲和美国的朋友，他们说，“妇女俱乐部里，偶然还可以看见一桌两桌打麻将的，但那是很少的事了”。我在美国人家里，也常看见麻将牌盒子——雕刻装璜很精致的——陈列在室内，有时一家竟有两三副的。但从不见主人主妇谈起麻将；他们从不向我这位麻将国的代表请教此中的玄妙！麻将在西洋已成了架上的古玩了；麻将的狂热已退凉了。

我问一个美国朋友，为什么麻将的狂热过去的这样快？他说："女太太们喜欢麻将，男子们却很反对，终于是男子们战胜了。"

这是我们意想得到的。西洋的勤劳奋斗的民族决不会做麻将的信徒，决不会受麻将的征服。麻将只是我们这种好闲爱荡，不爱惜光阴的"精神文明"的中华民族的专利品。

当明朝晚年，民间盛行一种纸牌，名为"马吊"。马吊只有四十张牌，有一文至九文，一千至九千，一万至九万等，等于麻将牌的筒子，索子，万子。还有一张"零"，即是"白板"的祖宗。还有一张"千万"，即是徽州纸牌的"千万"。马吊牌上每张上画有《水浒传》的人物。徽州纸牌上的"王英"即是矮脚虎王英的遗迹。乾隆嘉庆间人汪师韩的全集里收有几种明人的马吊牌（在《丛睦汪氏丛书》内）。

马吊在当日风行一时，士大夫整日整夜的打马吊，把正事都荒废了。所以明亡之后，吴梅村作《绥寇纪略》说，明之亡是亡于马吊。

三百年来，四十张的马吊逐渐演变，变成每样五张的纸牌，近七八十年中又变为每样四张的麻将牌（马吊三人对一人，故名"马吊脚"，省称"马吊"；"麻将"为"麻雀"的音变，"麻雀"为"马脚"的音变）。越变越繁复巧妙了，所以更能迷惑人心，使国中的男男女女，无论富贵贫贱，不分日夜寒暑，把精力和光阴葬送在这一百三十六张牌上。

英国的"国戏"是 Cricket，美国的国戏是 Baseball，日本的国戏是角抵。中国呢？中国的国戏是麻将。

麻将平均每四圈费时约两点钟。少说一点，全国每日只有一百万桌麻将，每桌只打八圈，就得费四百万点钟，就是损失十六万七千日的光阴，金钱的输赢，精力的消磨，都还在外。

我们走遍世界，可曾看见那一个长进的民族，文明的国家，肯这样荒时废业的吗？一个留学日本朋友对我说："日本人的勤苦真不可及！到了晚上，登高一望，家家板屋里都是灯光；灯光之下，不是少年人跳着读书，便是老年人跪着翻书，或是老妇人跪着做活计。到了天明，满街上，满电车上都是上学去的儿童。单只这一点勤苦就可以征服我们了。"

其实何止日本？凡是长进的民族都是这样的。只有咱们这种不长进的民族以"闲"为幸福，以"消闲"为急务，男人以打麻将为消闲，女人以打麻将为家常，老太婆以打麻将为下半生的大事业！

从前的革新家说中国有三害：鸦片，八股，小脚。鸦片虽然没禁绝，总算是犯法的了。虽然还有做"洋八股"与更时髦的"党八股"的，但八股的四书文是过去的了。小脚也差不多没有了。只有这第四害，麻将，还是日兴月盛，没有一点衰歇的样子，没有人说它是可以亡国的大害。新近麻将先生居然大摇大摆地跑到西洋去招摇一次，几乎做了鸦片与杨梅疮的还敬礼物。但如今它仍旧缩回来了，仍旧回来做东方精神文明的国家的国粹，国戏！

后记

"漫游的感想"本不止这六条，我预备写四五十条，作成一本游记。但我当时正在赶写《白话文学史》，忙不过来，便把游记搁下来了。现在我把这六条保存在这里，因为游记专书大概是写不成的了。

十九，三，十　胡适

（原载1927年8月13日、20日和9月17日《现代评论》第6卷第140、141、145期，《后记》为收入《胡适文存三集》时所加）

治学的方法与材料

现在有许多人说：治学问全靠有方法；方法最重要，材料却不很重要。有了精密的方法，什么材料都可以有好成绩。粪同溺可以作科学的分析，《西游记》同《封神演义》可以作科学的研究。

这话固然不错。同样的材料，无方法便没有成绩，有方法便有成绩，好方法便有好成绩。例如我家里的电话坏了，我箱子里尽管有大学文凭，架子上尽管有经史百家，也只好束手无法，只好到隔壁人家去借电话，请电话公司派匠人来修理。匠人来了，他并没有高深学问，从没有梦见大学讲堂是什么样子。但他学了修理电话的方法，一动手便知道毛病在何处，再动手便修理好了。我们有博士头衔的人只好站在旁边赞叹感谢。

但我们却不可不知道这上面的说法只有片面的真理。同样的材料，方法不同，成绩也就不同。但同样的方法，用在不同的材料上，成绩也就有绝大的不同。这个道理本很平常，但现在想做学问的青年人似乎不大了解这个极平常而又十分要紧的道理，所以我觉得这个问题有郑重讨论的必要。

科学的方法，说来其实很简单，只不过“尊重事实，尊重证据”。在应用上，科学的方法只不过“大胆的假设，小心的求证”。

在历史上，西洋这三百年的自然科学都是这种方法的成绩；中国这三百年的朴学也都是这种方法的结果。顾炎武、阎若璩的方法，同葛利略（Galileo）、牛敦（Newton）的方法，是一样的。他们都能把他们的学说建筑在证据之上。戴震、钱大昕的方法，同达尔文（Darwin）、柏司德（Pasteur）的方法，也是一样的：他们都能大胆地假设，小心地求证（参看《胡适文存》初排本卷二，《清代学者的治学方法》，页二〇五——二四六）。

中国这三百年的朴学成立于顾炎武同阎若璩；顾炎武的导师是陈第，阎若璩的先锋是梅鷟。陈第作《毛诗古音考》（1601—1606），注重证据；每个古音有“本证”，有“旁证”；本证是《毛诗》中的证据，旁证是引别种古书来证《毛诗》。如他考“服”字古音“逼”，共举了本证十四条，旁证十条。顾炎武的《诗本音》同《唐韵正》都用同样的方法。《诗本音》于“服”字下举了三十二条证据，《唐韵正》于“服”字下举了一百六十二条证据。

梅鷟是明正德癸酉（1513）举人，著有《古文尚书考异》，处处用证据来证明伪《古文尚书》的娘家。这个方法到了阎若璩的手里，运用更精熟了，搜罗也更丰富了，遂成为《尚书古文疏证》，遂定了伪古文的铁案。有人问阎氏的考证学方法的指要，他回答道：

> 不越乎“以虚证实，以实证虚”而已。

他举孔子适周之年作例。旧说孔子适周共有四种不同的说法：

（1）昭公七年（《水经注》）

（2）昭公二十年（《史记·孔子世家》）

（3）昭公二十四年（《史记索隐》）

（4）定公九年（《庄子》）

阎氏根据《曾子问》里说孔子从老聃助葬恰遇日食一条，用算法推得昭公二十四年夏五月乙未朔日食，故断定孔子适周在此年。（《尚书古文疏证》卷八，第一百二十条）

这都是很精密的科学方法。所以“亭林、百诗之风”造成了三百年的朴学。这三百年的成绩有声韵学，训诂学，校勘学，考证学，金石学，史学，其中最精采的部分都可以称为“科学的”；其间几个最有成绩的人，如钱大昕、戴震、崔述、王念孙、王引之、严可均，都可以称为科学的学者。我们回顾这三百年的中国学术，自然不能不对这班大师表示极大的敬意。

然而从梅鷟的《古文尚书考异》到顾颉刚的《古史辨》，从陈第的《毛诗古音考》到章炳麟的《文始》，方法虽是科学的，材料却始终是文字的。科学的方法居然能使故纸堆里大放光明，然而故纸的材料终久限死了科学的方法，故这三百年的学术也只不过文字的学术，三百年的光明也只不过故纸堆的火焰而已！

我们试回头看看西洋学术的历史。

当梅鷟的《古文尚书考异》成书之日，正哥白尼 (Copernicus) 的天文革命大著出世 (1543) 之时。当陈第的《毛诗古音考》成书的第三年 (1608)，荷兰国里有三个磨镜工匠同时发明了望远镜。再过一年 (1609)，意大利的葛利略 (Galileo) 也造出了一座望远镜，他逐渐改良，一年之中，他的镜子便成了欧洲最精的望远镜。他用这镜子发现了木星的卫星，太阳的黑子，金星的光态，月球上的山谷。

葛利略的时代，简单的显微镜早已出世了。但望远镜发明之后，复合的显微镜也跟着出来。葛利略死 (1642) 后二三十年，荷兰有一位磨镜的，名叫李文厚 (Leeuwenhoek)，天天用他自己做的显微镜看细微的东西。什么东西他都拿来看看，于是他在蒸溜水里发现了微生物，鼻涕里和痰唾里也发现了微生物，阴沟臭水里也发现了微生物，微菌学从此开始了。这个时候 (1675) 正是顾炎武的《音学五书》成书的时候，阎若璩的《古文尚书疏证》还在著作之中。

从望远镜发现新天象 (1609) 到显微镜发现微菌，(1675)，这五六十年之间，欧洲的科学文明的创造者都出来了。试看下表：

中　国		欧　洲
1606	陈第《古音考》。	
1608		荷兰人发明望远镜。
1609		葛利略的望远镜。 解白勒（Kepler）发表他的火星研究，宣布行星运行的两条定律。
1610	黄宗羲生。	
1613	顾炎武生。	
1614		奈皮尔（Napier）的对数表。
1619	王夫之生。	解白勒的行星第三律。
1618—21		解白勒的《哥白尼天文学要指》。
1623	毛奇龄生。	
1625	费密生。	
1626		倍根死。
1628	用西法修新历。	哈维（Harvey）的《血液运行论》。

中　国		欧　洲
1630		葛利略的《天文谈话》。 解白勒死。
1633		葛利略因天文学受异端审判。
1635	颜元生。	
1636	阎若璩生。	
1637	宋应星的《天工开物》。	笛卡儿(Deseartes)的《方法沦》，发明解析几何。
1638		葛利略的《科学的两新支》。
1640	徐霞客(宏祖)死。	
1642		葛利略死，牛敦生。
1644		葛利略的弟子佗里杰利(Torricelli)用水银试验空气压力，发明气压计的原理。
1655	阎若璩开始作《尚书古文疏证》，积三十余年始成书。	
1657	顾炎武注《韵补》。	
1660		英国皇家学会成立。 化学家波耳(Boyle)发表他的气体新试验(波耳氏律)。
1661		波耳的《怀疑的化学师》。
1664	废八股。	
1665		牛敦发明微分学。
1666	顾炎武的《韵补正》成。	牛敦发明白光的成分。
1667	顾炎武的《音学五书》成。	
1669	复八股。	
1670	顾炎武初刻《日知录》八卷。	
1675		李文厚用显微镜发现微生物。
1676	顾炎武《日知录》自序。	
1680	顾炎武《音学五书》后序。	
1687		牛敦的杰作《自然哲学原理》。

我们看了这一段比较年表，便可以知道中国近世学术和西洋近世学术的划分都在这几十年中定局了。在中国方面，除了宋应

星的《天工开物》一部奇书之外，都只是一些纸上的学问；从八股到古音的考证固然是一大进步，然而终久还是纸上的工夫。西洋学术在这几十年中便已走上了自然科学的大路了。顾炎武、阎若璩规定了中国三百年的学术的局面；葛利略、解白勒、波耳、牛敦规定了西洋三百年的学术的局面。

他们的方法是相同的，不过他们的材料完全不同。顾氏、阎氏的材料全是文字的，葛利略一班人的材料全是实物的。文字的材料有限，钻来钻去，总不出这故纸堆的范围；故三百年的中国学术的最大成绩不过是两大部《皇清经解》而已。实物的材料无穷，故用望远镜观天象，而至今还有无穷的天体不曾窥见；用显微镜看微菌，而至今还有无数的微菌不曾寻出。但大行星已添了两座，恒星之数已添到十万万以外了！前几天报上说，有人正在积极实验同火星通信了。我们已知道许多病菌，并且已知道预防的方法了。宇宙之大，三百年中已增加了几十万万倍了；平均的人寿也延长了二十年了。

然而我们的学术界还在烂纸堆里翻我们的筋斗。

不但材料规定了学术的范围，材料并且可以大大地影响方法的本身。文字的材料是死的，故考证学只能跟着材料走，虽然不能不搜求材料，却不能捏造材料。从文字的校勘以至历史的考据，都只能尊重证据，却不能创造证据。

自然科学的材料便不限于搜求现成的材料，还可以创造新的证据。实验的方法便是创造证据的方法。平常的水不会分解成轻气养气；但我们用人功把水分解成轻气和养气，以证实水是轻气和养气合成的。这便是创造不常有的情境，这便是创造新证据。

纸上的材料只能产生考据的方法；考据的方法只是被动的运动材料。自然科学的材料却可以产生实验的方法；实验便不受现成材料的拘束，可以随意创造平常不可得见的情境，逼拶出新结果来。考证家若没有证据，便无从做考证；史家若没有史料，便没有历史。自然科学家便不然。肉眼看不见的，他可以用望远镜，可以用显微镜。生长在野外的，他可以叫他生长在花房里；生长在夏天的，他可以叫他生在冬天。原来在人身上的，他可以移种在兔身上，狗身上。毕生难遇的，他可以叫他天天出现在眼前；太大了的，他可以缩小；整个的，他可以细细分析；复杂的，他可以化为简单；太少了的，他可以用人功培植增加。

故材料的不同可以使方法本身发生很重要的变化。实验的方法也只是大胆的假设，小心的求证；然而因为材料的性质，实验的科学家便不用坐待证据的出现，也不仅仅寻求证据，他可以根据假设的理论，造出种种条件，把证据逼出来。故实验的方法只是可以自由产生材料的考证方法。

葛利略二十多岁时，在本地的高塔上抛下几种重量不同的物件，看他们同时落地，证明了物体下坠的速率并不依重量为比例，打倒了几千年的谬说。这便是用实验的方法去求证据。他又做了一块板，长十二个爱儿（每个爱儿长约四英尺），板上挖一条阔一寸的槽。他把板的一头垫高，用一个铜球在槽里滚下去，他先记球滚到底的时间，次记球滚到全板四分之一的时间。他证明第一个四分之一的速度最慢，需要全板时间的一半。越滚下去，速度越大。距离的相比等于时间的平方的相比。葛利略这个试验总做了几百次，他试过种种不同的距离，种种不同的斜度，然后断定物体下坠的定律。这便是创造材料，创造证据。平常我们所见物体下坠，一瞬便过了，既没有测量的机会，更没有比较种种距离和种种斜度的机会。葛氏的试验便是用人力造出种种可以测量，可以比较的机会。这便是新力学的基础。

哈维研究血的循环，也是用实验的方法。哈维曾说：

> 我学解剖学同教授解剖学，都不是从书本子来的，是从实际解剖来的；不是从哲学家的学说上来的，是从自然界的条理上来的。（他的《血液运行》自序）

哈维用下等活动物来做实验，观察心房的跳动和血的流行。古人只解剖死动物的动脉，不知死动物的动脉管是空的。哈维试验活动物，故能发现古人所不见的真理。他死后四年（1661），马必吉（Malpighi）用显微镜看见血液运行的真状，哈维的学说遂更无可疑了。

此外如佗里杰利的试验空气的压力，如牛敦的试验白光的七色，都是实验的方法。牛敦在暗室中放进一点日光，使他通过三棱镜，把光放射在墙上。那一圆点的白光忽然变成了五倍大的带子，白光变成了七色：红、橘红、黄、绿、蓝、靛青、紫。他再用一块三棱镜把第一块三棱镜的光收回去，便仍成圆点的白光。他试验了许多回，又想出一个法子，把七色的光射在一块板上，板上有小孔，只许一种颜色的光通过。板后面再用三棱镜把每一色的光线通过，然后测量每一色光的曲折角度。他这样试验的结果始知白光是曲折力不同的七种光复合成的。他的实验遂发明了光的性质，建立了分光学的基础。

以上随手举的几条例子，都是顾炎武、阎若璩同时人的事，已可以表见材料同方法的关系了。考证的方法好有一比，比现今的法官判案，他坐在堂上静听两造的律师把证据都呈上来了，他提起笔来，宣判道：某一造的证据不充足，败诉了；某一造的证据充足，胜诉了。他的职务只在评判现成的证据，他不能跳出现成的证据之外。实验的方法也有一比，比那侦探小说里的福尔摩斯访案：他必须改装微行，出外探险，造出种种机会来，使罪人不能不呈献真凭实据。他可以不动笔，但他不能不动手动脚，去创造那逼出证据的境地与机会。

结果呢？我们的考证学的方法尽管精密，只因为始终不接近实物的材料，只因为始终不曾走上实验的大路上去，所以我们的三百年最高的成绩终不过几部古书的整理，于人生有何益处？于国家的治乱安危有何裨补？虽然做学问的人不应该用太狭义的实利主义来评判学术的价值，然而学问若完全抛弃了功用的标准，便会走上很荒谬的路上去，变成枉费精力的废物。这三百年的考证学固然有一部分可算是有价值的史料整理，但其中绝大的部分却完全是枉费心思。如讲《周易》而推翻王弼，回到汉人的“方士《易》”；讲《诗经》而推翻郑樵、朱熹，回到汉人的荒谬诗说；讲《春秋》而回到两汉陋儒的微言大义，——这都是开倒车的学术。

为什么三百年的第一流聪明才智专心致力的结果仍不过是枉费心思的开倒车呢？只因为纸上的材料不但有限，并且在那一个“古”字底下罩着许多浅陋幼稚愚妄的胡说。钻故纸的朋友自己没有学问眼力，却只想寻那“去古未远”的东西，日日“与古为邻”，却不知不觉地成了与鬼为邻，而不自知其浅陋愚妄幼稚了！

那班崇拜两汉陋儒方士的汉学家固不足道。那班最有科学精神的大师——顾炎武、戴震、钱大听、段玉裁、孔广森、王念孙、王引之等——他们的科学成绩也就有限的很。他们最精的是校勘训诂两种学问，至于他们最用心的声韵之学简直是没有多大成绩可说。如他们费了无数心力去证明古时有“支”“脂”“之”三部的区别，但他们到如今不能告诉我们这三部究竟有怎样的分别。如顾炎武找了一百六十二条证据来证明“服”字古音“逼”，到底还不值得一个广东乡下人的一笑，因为顾炎武始终不知道“逼”字怎样读法。又如三百年的古音学不能决定古代究竟有无入声；段玉裁说古有人声而去声为后起，孔广森说人声是江左后起之音。二百年来，这个问题似乎没有定论。却不知这个问题不解决，则一切古韵的分部都是将错就错。况且依二百年来“对转”“通转”之说，几乎古韵无一部不可通他部。如果部部本都可通，那还有什么韵部可说！

三百年的纸上工夫，成绩不过如此，岂不可叹！纸上的材料本只适宜于校勘训诂一类的纸上工作；稍稍逾越这个范围，便要闹笑话了。

西洋的学者先从自然界的实物下手，造成了科学文明，工业世界，然后用他们的余力，回来整理文字的材料。科学方法是用惯的了。实验的习惯也养成了。所以他们的余力便可以有惊人的成绩。在音韵学的方面，一个格林姆（Grimm）便抵得许多钱大昕、孔广森的成绩。他们研究音韵的转变，文字的材料之外，还要实地考察各国各地的方言，和人身发音的器官。由实地的考察，归纳成种种通则，故能成为有系统的科学。近年一位瑞典学者珂罗倔伦（Bernhard Karlgren）费了几年的工夫研究《切韵》，把二百六部的古音弄的清清楚楚。林语堂先生说：

> 珂先生是《切韵》专家，对中国音韵学的贡献发明，比中外过去的任何音韵学家还重要。（《语丝》第四卷第廿七期）

珂先生的成绩何以能这样大呢？他有西洋的音韵学原理作工具，又很充分地运用方言的材料，用广东方言作底子，用日本的汉音吴音作参证，所以他几年的成绩便可以推倒顾炎武以来三百年的中国学者的纸上工夫。

我们不可以从这里得一点教训吗？

纸上的学问也不是单靠纸上的材料去研究的。单有精密的方法是不够用的。材料可以限死方法，材料也可以帮助方法。三百年的古韵学抵不得一个外国学者运用活方言的实验。几千年的古史传说禁不起三两个学者的批评指摘。然而河南发现了一地的龟甲兽骨，便可以把古代殷商民族的历史建立在实物的基础之上。一个瑞典学者安特森（J.C.Anderson）发现了几处新石器，便可以把中国史前文化拉长几千年。一个法国教士桑德华（Père Licent）发现了一些旧石器，便又可以把中国史前文化拉长几千年。北京地质调查所的学者在北京附近的周口店发见了一个人齿，经了一个解剖学专家步达生（Davidson Black）的考定，认为远古的原人，这又可以把中国史前文化拉长几万年。向来学者所认为纸上的学问，如今都要跳在故纸堆外去研究了。

所以我们要希望一班有志做学问的青年人及早回头想想。单学得一个方法是不够的；最要紧的关头是你用什么材料。现在一班少年人跟着我们向故纸堆去乱钻，这是最可悲叹的现状。我们希望他们及早回头，多学一点自然科学的知识与技术：那条路是活路，这条故纸的路是死路。三百年的第一流的聪明才智销磨在这故纸堆里，还没有什么好成绩。我们应该换条路走走了。等你们在科学试验室里有了好成绩，然后拿出你们的余力，回来整理我们的国故，那时候，一拳打倒顾亭林，两脚踢翻钱竹汀，有何难哉！

十七年九月

（原载 1928 年 11 月 10 日《新月》第 1 卷第 9 号，又载 1929 年 1 月《小说月报》第 20 卷第 1 期）

读书

“读书”这个题，似乎很平常，也很容易。然而我却觉得这个题目很不好讲。据我所知，“读书”可以有三种说法：

（一）要读何书　关于这个问题，《京报副刊》上已经登了许多时候的“青年必读书”；但是这个问题，殊不易解决，因为个人的见解不同，个性不同。各人所选只能代表各人的嗜好，没有多大的标准作用。所以我不讲这一类的问题。

（二）读书的功用　从前有人作“读书乐”，说什么“书中自有千钟粟，书中自有黄金屋，书中自有颜如玉”，现在我们不说这些话了。要说，读书是求智识，智识就是权力。这些话都是大家会说的，所以我也不必讲。

（三）读书的方法　我今天是要想根据个人所经验，同诸位谈谈读书的方法。我的第一句话是很平常的，就是说，读书有两个要素：第一要精，第二要博。

现在先说什么叫“精”。

我们小的时候读书，差不多每个小孩都有一条书签，上面写十个字，这十个字最普遍的就是“读书三到：眼到，口到，心到”。现在这种书签虽不用，三到的读书法却依然存在。不过我以为读书三到是不够的；须有四到，是：“眼到，口到，心到，手到”。我就拿它来说一说。

眼到是要个个字认得，不可随便放过。这句话起初看去似乎很容易，其实很不容易。读中国书时，每个字的一笔一画都不放过。近人费许多功夫在校勘学上，都因古人忽略一笔一画而已。读外国书要把 A，B，C，D，……等字母弄得清清楚楚。所以说这是很难的。如有人翻译英文，把 port 看作 pork，把 oats 看作 oaks，于是葡萄酒一变而为猪肉，小草变成了大树。说起来这种例子很多，这都是眼睛不精细的结果。书是文字做成的，不肯仔细认字，就不必读书。眼到对于读书的关系很大，一时眼不到，贻害很大，并且眼到能养成好习惯，养成不苟且的人格。

口到是一句一句要念出来。前人说口到是要念到烂熟背得出来。我们现在虽不提倡背书，但有几类的书，仍旧有熟读的必要；如心爱的诗歌，如精采的文章，熟读多些，于自己的作品上也有良好的影响。读此外的书，虽不须念熟，也要一句一句念出来，中国书如此，外国书更要如此。念书的功用能使我们格外明了每一句的构造，句中各部分的关系。往往一遍念不通，要念两遍以上，方才能明白的。读好的小说尚且要如此，何况读关于思想学问的书呢？

心到是每章每句每字意义如何？何以如是？这样用心考究。但是用心不是叫人枯坐冥想，是要靠外面的设备及思想的方法的帮助。要做到这一点，须要有几个条件：

（一）字典，辞典，参考书等等工具要完备。这几样工具虽不能办到，也当到图书馆去看。我个人的意见是奉劝大家，当衣服，卖田地，至少要置备一点好的工具。比如买一本韦氏大字典，胜于请几个先生。这种先生终身跟着你，终身享受不尽。

（二）要做文法上的分析。用文法的知识，作文法上的分析，要懂得文法构造，方才懂得它的意义。

（三）有时要比较参考，有时要融会贯通，方能了解。不可但看字面。一个字往往有许多意义，读者容易上当。例如 turn 这字：

作外动字解有十五解，
作内动字解有十三解，
作名词解有二十六解，
共五十四解，而成语不算。

又如 Strike：

作外动字解有三十一解，
作内动字解有十六解，
作名词解有十八解，
共六十五解。

又如 go 字最容易了，然而这个字：

作内动字解有二十二解，

作外动字解有三解，

作名词解有九解，

共三十四解。

以上是英文字须要加以考究的例。英文字典是完备的；但是某一字在某一句究竟用第几个意义呢？这就非比较上下文，或贯串全篇，不能懂了。

中文较英文更难，现在举几个例：

祭文中第一句“维某年月日”之“维”字，究作何解？字典上说它是虚字。《诗经》里“维”字有二百多，必需细细比较研究，然后知道这个字有种种意义。

又《诗经》之“于”字，“之子于归”“凤凰于飞”等句，“于”字究作何解？非仔细考究是不懂的。又“言”字人人知道，但在《诗经》中就发生问题，必须比较，然后知“言”字为联接字。诸如此例甚多。中国古书很难读，古字典又不适用，非是用比较归纳的研究方法，我们如何懂得呢？

总之，读书要会疑，忽略过去，不会有问题，便没有进益。

宋儒张载说：“读书先要会疑。于不疑处有疑，方是进矣。”他又说：“在可疑而不疑者，不曾学。学则须疑。”又说：“学贵心悟，守旧无功。”

宋儒程颐说：“学原于思。”

这样看起来，读书要求心到；不要怕疑难，只怕没有疑难。工具要完备，思想要精密，就不怕疑难了。

现在要说手到。手到就是要劳动劳动你的贵手。读书单靠眼到，口到，心到，还不够的；必须还得自己动动手，才有所得。例如：

（1）标点分段，是要动手的。

（2）翻查字典及参考书，是要动手的。

（3）做读书札记，是要动手的。

札记又可分四类：

（a）抄录备忘。

（b）作提要，节要。

（c）自己记录心得。张载说："心中苟有所开，即便札记。不则还塞之矣。"

（d）参考诸书，融会贯通，作有系统的著作。

手到的功用。我常说：发表是吸收智识和思想的绝妙方法。吸收进来的智识思想，无论是看书来的，或是听讲来的，都只是模糊零碎，都算不得我们自己的东西。自己必须做一番手脚，或做提要，或做说明，或做讨论自己重新组织过，申叙过，用自己的语言记述过，——那种智识思想方才可算是你自己的了。

我可以举一个例。你也会说"进化"，他也会谈"进化"，但你对于"进化"这个观念的见解未必是很正确的，未必是很清楚的；也许只是一种"道听途说"，也许只是一种时髦的口号。这种知识算不得知识，更算不得是"你的"知识。假使你听了我句话，不服气，今晚回去就去遍翻各种书籍，仔细研究进化论的科学上的根据；假使你翻了几天书之后，发愤动手，把你研究所得写成一篇读书札记；假使你真动手写了这么一篇"我为什么相信进化论？"的札记列举了

（一）生物学上的证据，

（二）比较解剖学上的证据，

（三）比较胚胎学上的证据，

（四）地质学和古生物学上的证据，

（五）考古学上的证据，

（六）社会学和人类学上的证据。

到这个时候，你所有关于“进化论”的知识，经过了一番组织安排，经过了自己的去取叙述，这时候这些知识方才可算是你自己的了。所以我说，发表是吸收的利器；又可以说，手到是心到的法门。

至于动手标点，动手翻字典，动手查书，都是极要紧的读书秘诀，诸位千万不要轻轻放过。内中自己动手翻书一项尤为要紧。我记得前几年我曾劝顾颉刚先生标点姚际恒的《古今伪书考》。当初我知道他的生活困难，希望他标点一部书付印，卖几个钱。那部书是很薄的一本，我以为他一两个星期就可以标点完了。那知顾先生一去半年，还不曾交卷。原来他于每条引的书，都去翻查原书，仔细校对，注明出处，注明原书卷第，注明删节之处。他动手半年之后，来对我说，《古今伪书考》不必付印了，他现在要编辑一部疑古的丛书，叫作“辨伪丛刊”。我很赞成他这个计划，让他去动手。他动手了一两年之后，更进步了，又超过那“辨伪丛刊”的计划了，他要自己创作了。他前年以来，对于中国古史，做了许多辨伪的文字；他眼前的成绩早已超过崔述了，更不要说姚际恒了。顾先生将来在中国史学界的贡献一定不可限量，但我们要知道他成功的最大原因是他的手到的工夫勤而且精。我们可以说，没有动手不勤快而能读书的，没有手不到而能成学者的。

第二要讲什么叫“博”。

什么书都要读，就是博。古人说：“开卷有益”，我也主张这个意思，所以说读书第一要精，第二要博。我们主张“博”有两个意思：第一，为预备参考资料计，不可不博。第二，为做一个有用的人计，不可不博。

第一，为预备参考资料计。

在座的人，大多数是戴眼镜的。诸位为什么要戴眼镜？岂不是因为戴了眼镜，从前看不见的，现在看得见了；从前很小的，现在看得很大了；从前看不分明的，现在看得清楚分明了？王荆公说得最好：

> 世之不见全经久矣。读经而已，则不足以知经。故某自百家诸子之书，至于《难经》《素问》《本草》诸小说，无所不读；农夫女工，无所不问；然后于经为能知其大体而无疑。盖后世学者与先王之时异矣；不如是，不足以尽圣人故也。……致其知而后读，以有所去取，故异学不能乱也。惟其不能乱，故能有所去取者，所以明吾道而已。（《答曾子固》）

他说：“致其知而后读。”又说：“读经而已，则不足以知经。”即如《墨子》一书在一百年前，清朝的学者懂得此书还不多。到了近来，有人知道光学，几何学，力学，工程学……等，一看《墨子》，才知道其中有许多部分是必须用这些科学的知识方才能懂的。后来有人知道了论理学，心理学……等，懂得《墨子》更多了。读别种书愈多，《墨子》愈懂得多。

所以我们也说，读一书而已则不足以知一书。多读书，然后可以专读一书。譬如读《诗经》，你若先读了北大出版的《歌谣周刊》，便觉得《诗经》好懂的多了；你若先读过社会学，人类学，你懂得更多了；你若先读过文字学，古音韵学，你懂得更多了；你若读过考古学，比较宗教学等，你懂得的更多了。

你要想读佛家唯识宗的书吗？最好多读点论理学，心理学，比较宗教学，变态心理学。无论读什么书总要多配几副好眼镜。

你们记的达尔文研究生物进化的故事吗？达尔文研究生物演变的现状，前后凡三十多年，积了无数材料，想不出一个简单贯串的说明。有一天他无意中读马尔图斯的人口论，忽然大悟生存竞争的原则，于是得着物竞天择的道理，遂成一部破天荒的名著，给后世思想界打开一个新纪元。

所以要博学者，只是要加添参考的材料，要使我们读书时容易得“暗示”；遇着疑难时，东一个暗示，西一个暗示，就不至于呆读死书了。这叫做“致其知而后读”。

第二，为做人计。

专工一技一艺的人，只知一样，除此之外，一无所知。这一类的人，影响于社会很少。好有一比，比一根旗竿，只是一根孤拐，孤单可怜。

又有些人广泛博览，而一无所专长，虽可以到处受一班贱人的欢迎，其实也是一种废物。这一类人，也好有一比，比一张很大的薄纸，禁不起风吹雨打。

在社会上，这两种人都是没有什么大影响，为个人计，也很少乐趣。

理想中的学者，既能博大，又能精深。精深的方面，是他的专门学问。博大的方面，是他的旁搜博览。博大要几乎无所不知，精深要几乎惟他独尊，无人能及。他用他的专门学问做中心，次及于直接相关的各种学问，次及于间接相关的各种学问，次及于不很相关的各种学问，以次及毫不相关的各种泛览。这样的学者，也有一比，比埃及的金字三角塔。那金字塔（据最近《东方杂志》，第二十二卷第六号，页一四七）高四百八十英尺，底边各边长七百六十四英尺。塔的最高度代表最精深的专门学问；从此点以次递减，代表那旁收博览的各种相关或不相关的学问。塔底的面积代表博大的范围，精深的造诣，博大的同情心。这样的人，对社会是极有用的人才，对自己也能充分享受人生的趣味。宋儒程颢说的好：

> 须是大其心使开阔：譬如为九层之台，须大做脚始得。

博学正所以“大其心使开阔”。我曾把这番意思编成两句粗浅的口号，现在拿出来贡献给诸位朋友，作为读者的目标：

> 为学要如金字塔，
> 要能广大要能高。

十四，四，廿二夜改稿

（原载 1925 年 4 月 18 日《京报副刊》，收入《胡适文存三集》时，作者做了修改）

人生有何意义

一　答某君书

……我细读来书，终觉得你不免作茧自缚。你自己去寻出一个本不成问题的问题，“人生有何意义？”其实这个问题是容易解答的。人生的意义全是各人自己寻出来，造出来的：高尚，卑劣，清贵，汙浊，有用，无用，……全靠自己的作为。生命本身不过是一件生物学的事实，有什么意义可说？生一个人与一只猫，一只狗，有什么分别？人生的意义不在于何以有生，而在于自己怎样生活。你若情愿把这六尺之躯葬送在白昼作梦之上，那就是你这一生的意义。你若发愤振作起来，决心去寻求生命的意义，去创造自己的生命的意义，那么，你活一日便有一日的意义，作一事便添一事的意义，生命无穷，生命的意义也无穷了。

总之，生命本没有意义，你要能给他什么意义，他就有什么意义。与其终日冥想人生有何意义，不如试用此生作点有意义的事。……

十七，一，廿七

（原载1928年8月5日《生活》周刊第3卷第38期）

二　为人写扇子的话

知世如梦无所求，无所求心普空寂。
还似梦中随梦境，成就河沙梦功德。

王荆公小诗一首，真是有得于佛法的话。认得人生如梦，故无所求。但无所求不是无为。人生固然不过一梦，但一生只有这一场做梦的机会，岂可不努力做一个轰轰烈烈像个样子的梦？岂可糊糊涂涂懵懵懂懂混过这几十年吗？

十八，五，十三

爱国运动与求学

当5月7日北京学生包围章士钊宅，警察拘捕学生的事件发生以后，北京各学校的学生团体即有罢课的提议。有些学校的学生因为北大学生会不曾参加五七的事，竟在北大第一院前辱骂北大学生不爱国。北大学生也有很愤激的，有些人竟贴出布告攻击北大代理校长蒋梦麟媚章媚外。然而几日之内，北大学生会举行总投票表决罢课问题，共投一千一百多票，反对罢课者八百余票，这件事真使一班留心教育问题的人心里欢喜。可喜的不在罢课案的被否决，而在（1）投票之多，（2）手续的有秩序，（3）学生态度的镇静。我的朋友高梦旦在上海读了这段新闻，写了一封长信给我，讨论此事，说，这样做去，便是在求学的范围以内做救国的事业，可算是在近年学生运动史上开一个新纪元。——只可惜我还没有回高先生的信，上海五卅的事件已发生了，前二十天的秩序与镇静都无法维持了。于是6月3日以后，全国学校遂都罢课了。

这也是很自然的。在这个时候，国事糟到这步田地，外间的刺激这么强：上海的事件未了，汉口的事件又来了，接着广州、南京的事件又来了：在这个时候，许多中年以上的人尚且忍耐不住，许多六十老翁尚且要出来慷慨激昂地主张宣战，何况这无数的少年男女学生呢？

我们观察这七年来的“学潮”，不能不算民国八年的五四事件与今年的五卅事件为最有价值。这两次都不是有什么作用，事前预备好了然后发动的；这两次都只是一般青年学生的爱国血诚，遇着国家的大耻辱，自然爆发；纯然是烂缦的天真，不顾利害地干将去，这种“无所为而为”的表示是真实的，可爱敬的。许多学生都是不愿意牺牲求学的时间的；只因为临时发生的问题太大了，刺激太强烈了，爱国的感情一时迸发，所以什么都顾不得了：功课也不顾了，秩序也不顾了，辛苦也不顾了。所以北大学生总投票表决不罢课之后，不到二十天，也就不能不罢课了。二十日前不罢课的表决可以表示学生不愿意牺牲功课的诚意；二十日后毫无勉强地罢课参加救国运动可以证明此次学生运动的牺牲的精神。这并非前后矛盾：有了前回的不愿牺牲，方才更显出后来的牺牲之难能而可贵。岂但北大一校如此？国中无数学校都有这样的情形。

但群众的运动总是不能持久的。这并非中国人的“虎头蛇尾”“五分钟的热度”。这是世界人类的通病。所谓“民气”，所谓“群众运动”，都只是一时的大问题刺激起来的一种感情上的反应。感情的冲动是没有持久性的；无组织又无领袖的群众行动是最容易松散的。我们不看见北京大街的墙上大书着“打倒英日”“不要五分钟的热度”吗？其实写那些大字的人，写成之后，自己看着很满意，他的“热度”早已消除大半了；他回到家里，坐也坐得下了，睡也睡得着了。所谓“民气”，无论在中国在欧美，都是这样：突然而来，悠然而去。几天一次的公民大会，几天一次的示威游行，虽然可以勉强多维持一会儿，然而那回天安门打架之后，国民大会也就不容易召集了。

我们要知道，凡关于外交的问题，民气可以督促政府，政府可以利用民气：民气与政府相为声援方才可以收效。没有一个像样的政府，虽有民气，终不能单独成功。因为外国政府决不能直接和我们的群众办交涉；民众运动的影响（无论是一时的示威或是较有组织的经济抵制），终是间接的。一个健全的政府可以利用民气作后盾，在外交上可以多得胜利，至少也可以少吃点亏。若没有一个能运用民气的政府，我们可以断定民众运动的牺牲的大部分是白白地糟蹋了的。

倘使外交部于 6 月 24 日同时送出沪案及修改条约两照会之后即行负责交涉，那时民气最盛，海员罢工的声势正大，沪案的交涉至少可以得一个比较满人意的结果。但这个政府太不像样了：外交部不敢自当交涉之冲，却要三个委员来代捎末梢；三个委员都是很聪明的人，也就乐得三揖三让，延搁下去。他们不但不能用民气，反惧怕民气了！况且某方面的官僚想借这风潮延长现政府的寿命；某方面的政客也想借这问题展缓东北势力的侵逼。他们不运用民气来对付外人，只会利用民气来便利他们自己的私图！于是一误，再误，至于今日，沪案及其他关连之各案丝毫不曾解决，而民气却早已成了强弩之末了！

上海的罢工本是对英日的，现在却是对邮政当局，商务印书馆，中华书局了。北京的学生运动一变而为对付杨荫榆，又变而为对付章士钊了。广州对英的事件全未了结，而广州城却早已成为共产与反共产的血战场了。三个月的“爱国运动”的变相竟致如此！

这时候有一件差强人意的事，就是全国学生总会议决秋季开学后各地学生应一律到校上课，上课后应努力于巩固学生会的组织，为民众运动的中心。北京学联会也决议北京各校同学于开学前务必到校，一面上课，一面仍继续进行。

这是很可喜的消息。全国学生总会的通告里并且有“五卅运动并非短时间所可解决”的话。我们要为全国学生下一转语：救国事业更非短时间所能解决：帝国主义不是赤手空拳打得倒的；“英日强盗”也不是几千万人的喊声咒得死的。救国是一件顶大的事业：排队游街，高喊着“打倒英日强盗”，算不得救国事业；甚至于砍下手指写血书，甚至于蹈海投江，杀身殉国，都算不得救国的事业。救国的事业须要有各色各样的人才；真正的救国的预备在于把自己造成一个有用的人才。

易卜生说的好：

> 真正的个人主义在于把你自己这块材料铸造成个东西。

他又说：

> 有时候我觉得这个世界就好像大海上翻了船，最要紧的是救出我自己。

在这个高唱国家主义的时期，我们要很诚恳的指出：易卜生说的“真正的个人主义”正是到国家主义的唯一大路。救国须从救出你自己下手！

学校固然不是造人才的唯一地方，但在学生时代的青年却应该充分地利用学校的环境与设备来把自己铸造成个东西。我们须要明白了解：

救国千万事，何一不当为？
而吾性所适，仅有一二宜。

认清了你“性之所近，而力之所能勉”的方向，努力求发展，这便是你对国家应尽的责任，这便是你的救国事业的预备工夫。国家的纷扰，外间的刺激，只应该增加你求学的热心与兴趣，而不应该引诱你跟着大家去呐喊。呐喊救不了国家。即使呐喊也算是救国运动的一部分，你也不可忘记你的事业有比呐喊重要十倍百倍的。你的事业是要把你自己造成一个有眼光有能力的人才。

你忍不住吗？你受不住外面的刺激吗？你的同学都出去呐喊了，你受不了他们的引诱与讥笑吗？你独坐在图书馆里觉的难为情吗？你心里不安吗？——这也是人情之常，我们不怪你；我们都有忍不住的时候。但我们可以告诉你一两个故事，也许可以给你一点鼓舞：——

德国大文豪葛德（Goethe）在他的年谱里（英译本页一八九）曾说，他每遇着国家政治上有大纷扰的时候，他便用心去研究一种绝不关系时局的学问，使他的心思不致受外界的扰乱。所以拿破仑的兵威逼迫德国最厉害的时期里，葛德天天用功研究中国的文物。又当利俾瑟之战的那一天，葛德正关着门，做他的名著Essex的“尾声”。

德国大哲学家费希特（Fichte）是近代国家主义的一个创始者。然而他当普鲁士被拿破仑践破之后的第二年（1807）回到柏林，便着手计划一个新的大学——即今日之柏林大学。那时候，柏林还在敌国驻兵的掌握里。费希特在柏林继续讲学，在很危险的环境里发表他的《告德意志民族》（Reden an die deutsche nation）。往往在他讲学的堂上听得见敌人驻兵操演回来的笳声。他这一套讲演——《告德意志民族》——忠告德国人不要灰心丧志，不要惊皇失措；他说，德意志民族是不会亡国的；这个民族有一种天付的使命，就是要在世间建立一个精神的文明，——德意志的文明：他说，这个民族的国家是不会亡的。

后来费希特计划的柏林大学变成了世界的一个最有名的学府；他那部《告德意志民族》不但变成了德意志帝国建国的一个动力，并且成了十九世纪全世界的国家主义的一种经典。

上边的两段故事是我愿意介绍给全国的青年男女学生的。我们不期望人人都做葛德与费希特。我们只希望大家知道：在一个扰攘纷乱的时期里跟着人家乱跑乱喊，不能就算是尽了爱国的责任，此外还有更难更可贵的任务：在纷乱的喊声里，能立定脚跟，打定主意，救出你自己，努力把你这块材料铸造成个有用的东西！

十四，八，卅一夜在天津脱稿

（原载1925年9月5日《现代评论》第2卷第39期）

中国公学十八年级毕业赠言

诸位毕业同学：你们现在要离开母校了，我没有什么礼物送给你们，只好送你们一句话罢。

这一句话是："不要抛弃学问。"以前的功课也许有一大部分是为了这张毕业文凭，不得已而做的，从今以后，你们可以依自己的心愿去自由研究了。趁现在年富力强的时候，努力做一种专门学问。少年是一去不复返的，等到精力衰时，要做学问也来不及了。即为吃饭计，学问决不会辜负人的。吃饭而不求学问，三年五年之后，你们都要被后进少年淘汰掉的。到那时再想做点学问来补救，恐怕已太晚了。

有人说："出去做事之后，生活问题急须解决，那有工夫去读书？即使要做学问，既没有图书馆，又没有实验室，那能做学问？"

我要对你们说：凡是要等到有了图书馆方才读书的，有了图书馆也不肯读书。凡是要等到有了实验室方才做研究的，有了实验室也不肯做研究。你有了决心要研究一个问题，自然会撙衣节食去买书，自然会想出法子来设置仪器。

至于时间，更不成问题。达尔文一生多病，不能多作工，每天只能做一点钟的工作。你们看他的成绩！每天花一点钟看十页有用的书，每年可看三千六百多页书；三十年可读十一万页书。

诸位，十一万页书可以使你成一个学者了。可是，每天看三种小报也得费你一点钟的工夫；四圈马将也得费你一点半钟的光阴。看小报呢？还是打马将呢？还是努力做一个学者呢？全靠你们自己的选择！

易卜生说："你的最大责任是把你这块材料铸造成器。"

学问便是铸器的工具。抛弃了学问便是毁了你们自己。

再会了！你们的母校眼睁睁地要看你们十年之后成什么器。

十八，六，廿五

（收入1929年7月《中国公学毕业纪念册》）

今日教会教育的难关

现在的传教事业和二十五年前大不同了。二十五年前的种种困难，现在全没有了，或大大地减轻了。但是现在的传教士却有他们的新困难。这些新起的困难是从前的传教士不曾梦想到的，也是今日一般传教士不很十分了解的。我以为今日传教的人若不明白了解这些新困难，便不懂得他自己处的地位，便不能认清他自己要应付的问题，便不能了解他自己干的什么事。

在我这个旁观者看来，今日的传教事业有三个新难关，不容易打过去。

第一是新起的民族主义的反动（A New Nationalistic Reaction）。这几十年来，中国受西洋人的欺侮总算很够了；好几次的反抗，都归失败。最后一次的反抗是庚子年的拳匪运动。自从那回之后，中国人知道这种盲目的，无知识的反动是无用的了。所以二十世纪头上的十多年可算是中国人对外不反抗的时期；外国人处处占优胜，处处占便宜；中国人怕“干涉”，怕“瓜分”，只好含羞忍辱，敢怒而不敢反抗。但是这十几年来，可不同了。辛亥的革命与民国的成立鼓起了中国人的勇气，唤醒了民族的自觉心。干涉与瓜分的噩梦渐渐远了。到了欧战发生，欧洲残破，真正“戳穿了西洋镜”，中国人对于西洋列强的真相渐渐有点明白了，怕惧的心理渐渐减低，自觉的心理渐渐发展。欧战期内，国际贸易的大变迁，国内产业的发达，列强在远东的压迫力的暂时弛缓，欧战后国际形势的大变动，俄国的革命，德国、奥国的衰败，这些事实都够使中国民族——自觉地，或不自觉地，——心理上起许多大反动。结果就是一种新的民族主义的大反动。这种反动的表现很多，如近年收回租借地，废止不平等条约等等运动，都是实例。

这种民族主义的反动是很自然的，很正当的。但其中也不免有走向极端的倾向。有人竟恭维义和团的运动为“中国民族革命史之悲壮的序幕”(《向导》八十一期)，有人竟主张“排外二字大可做在民间宣传的口号”(《政治生活》十五期)。但他们定出的“排外的纲领”却不像他们的口号那样暴烈：

(1)取消协定关税，发展中国的工商业。

(2)收回领事裁判权，由中国人惩罚外人在中国贩军火，吗啡，鸦片，杀人，强奸等暴行。

(3)收回教育权。

(4)禁止外人在中国传教。

(5)废除外人在华一切特权，租界；撤退外人在华军舰及军队。(《政治生活》十五期)

他们为什么不许外人在中国传教办学呢？因为他们相信凡帝国主义文化侵掠的唯一方法是布宗教，开学校。“宗教一方面是帝国主义昏迷殖民地民众之一种催眠术，另一方面又是帝国主义侵掠殖民地之探险队，先锋军”(《向导》八十一期)。他们引俾士麦保护天主教传教事业，及德国因教案抢得青岛及胶州湾的事作一种引证。

这种反动是不可轻视的。他们的理由就是八十年来列强欺侮压迫中国人的历史；他们的证据就是外国人在中国取得的种种特权和租界。这些不公道一日不除，这些不平等的情形一日不去，那么，这些反动的喊声一日不能消灭。拳匪之事可以用武力扑灭；因为那种迷信的，野蛮的举动本身就站不住脚。但是现在的民族主义的反抗运动，根据在一个大民族不平的心理，有可以公开的目标，有可以动人的理论，——这是强权不能压倒，武力不能铲除的。

传教的事业在二十五年前经过了义和团的难关，现在到了这座新难关之下应该怎样过关呢？

第二是新起的理性主义（Rationalism）的趋势。二十五年前，传教事业的敌人是愚昧的迷信。二十五年后，传教事业的难关是开明的理性主义。我们现在不怕基督教士挖眼珠子去作药了；我们现在对于基督教的教义与信条也渐渐明白了。但我们有人要进一步疑问基督教的根本教义能不能成立。我们有人要问上帝究竟有没有，灵魂究竟有没有。西洋近代科学思想输入中国以后，中国固有的自然主义的哲学逐渐回来，这两种东西的结合就产生了今日自然主义的运动。这种自然主义对于宗教的态度是：

（1）宇宙及其中一切万物的运行变化皆是自然的，自己如此的，用不着什么超自然的主宰或造物者。

（2）生物界的生存竞争的惨酷与浪费，使我们明白那仁爱慈祥的主宰是不会有的。

（3）人不过是动物的一种，死后是要腐烂朽灭的；朽灭是自然的现象，不足使我们烦心。我们则应该努力做我们能做的事业，建造我们人世的乐国，不必去谋死后的净土天堂。

这种新的理性主义的根本态度是怀疑：他要人疑而后信。他的武器是"拿证据来"！

这种理性主义现在虽然只是少数人的信仰，然而他们的势力是不可轻视的。中国民族本是一种薄于宗教心的民族；古代的道家，宋明的理学，都带有自然主义的色彩。所以西洋近代的自然主义到了中国便寻着了膏腴之地，将来定能继长增高，开花结果。在这个"拿证据来"的旗帜之下，不但同善社、悟善社等等变相的道教要受理性主义的评判与打击，就是基督教的教义与信条也免不掉他的评判与攻击。

传教的事业二十五年前打义和团和红灯教的难关过来了，现在到了这"理性关"前，还是偷关而过呢？还是指名搦战呢？

前面两座难关是外来的抵抗，第三座难关却是基督教传教事业内部的弱点。

这第三关便是传教士在中国的生活的安逸。这话好像不通。传教士的生活变安逸了，岂不是一件好事？何以我说是一座难关呢？

五六十年前，到中国来传教是一件很困难的事，很危险的事。交通不方便，语言不通，信息不通，一个教士冒险深入内地，住在一群仇视的愚民之中，时时刻刻有生命的危险。所以当年来的传教士至少须具有两种资格：第一要有非常深挚的宗教信心，第二要有百折不回的牺牲精神。没有很强的宗教信仰，他不肯来；

没有很坚决的牺牲精神，他不敢来。所以当年那些把生命和安逸放在脑背后，来到中国传教的人，大都经过了一种天然的淘汰，大都是挑出来的尖子，大都是中人以上的人格。我们回看利玛窦、莫利逊一班人的成绩，不能不向他们脱帽致敬。

但是现在时势变了。交通方便多了，保障完备多了，风气开通多了，生活容易多了。风俗不懂的，有书可读；语言不通的，有华语学校可进。不但不用牺牲生命，还有薪俸可拿。人工这样贱，生活费这样低，租税是没有的，禁酒的法令是行不到的，——在中国教会学校里教书的生活有什么了不得的痛苦与牺牲？

因为生活变容易了，变安逸了，所以现在来传教的人都不用经过那严刻的天然淘汰，所以什么样子的人都跑来了。有不能在本国吃饭而来中国教书的；有来养病的；有来休息的；有来玩的；有来混饭吃的；有来收买古董的。宗教信仰也不必很强，冒险精神也用不着，牺牲精神也不必有了。固然今日在中国的传教士之中确也有不少很可敬爱的人格。但我们可以说，今日教会选择传教士，远不如美孚公司或英美烟公司选择内地经理人之严格。有些人是不必来的；有些人是不配来的。

基督教古来的传教士经过了种种危险与困难的关隘，现在的传教事业到了这平阳关前，怎么办呢？

我是个直爽的人，爱说爽直的话。诸位朋友要我发表我对于基督教教会教育的前途的观察，我已经指出了传教事业今日遇着的三座难关，指出了教会教育今日不能忽略的三个新起的境地，我这个门外汉，至多只能诊察，却实在不配开药方。

药方是要请诸位自己开的。

但是我承诸位的好意，不敢不把话说完。我要提出两个疑问，作我今天谈话的结尾。这只是疑问，不是断语；只是一篇谈话的收尾，不是一个问题的结论。

第一，教会教育能不能集中一切财力人力来办极少数真正超等出色的学校，而不去办那许多中等下等的学校？

第二，教会学校能不能抛弃传教而专办教育？当前年布尔登博士（Dr. Burton）等来中国调查教会教育的时候，他曾问我有什么意见。我指着北京协和医院对他说，“这是教会教育家应当效法的。罗氏医社不到各地去设立无数小医院，却集中一切财力人力，在这里开一个设备最完，规模最大的医院。将来中国的医学教育无论怎样发达，这个医院，是打不倒的，总站得住的。教会教育何不也集中一切财力人力来办极少数的真正好学校呢？把最好的给我们，他才站得住。把三等四等的给我们，我们将来一定会不要的”。

我现把这番话拿来请教诸位。现在教会办的大学（College）已是不少的了；中学以下更不用说了。在今日国立公立学校办的不好的时候，这些教会学校固然可以侥幸存在。但从教育原则上观察，从根本上观察，这样势分力薄的政策是不经济的，是错误的。将来三等四等的学堂，谁不会办？何必劳诸位跑几万里路来替我们办呢？

如果诸位真有意要在中国办教育，我们很想看看基督教徒的好意能够办到一个怎样完备的学校。我们很希望教会能联合他们的财力人力，集中一两个地方，办一两个真正出色的学校，教将来的人看了都赞叹道："这才不愧是基督教徒的好意的表现！"

为什么我要发第二个疑问呢？耶稣说的好：你不能同时伏侍上帝又伏侍财神。我们讲教育的人也要说：你不能同时伏侍教育又伏侍宗教。在今日民族主义和理性主义的潮流之中，以传教为目的的学校更不容易站得住。

我也知道，劝教会学校抛弃传教的目的，比劝张作霖、吴佩孚裁兵还要难的多。但我有两层理由，不能不说。

（1）利用儿童不能自己思想的时期，强迫他做宗教的仪式，劝诱他信仰某种信条，那是不道德的行为。右手执剑，左手拿《哥兰经》（The Koran），是你们不赞成的。右手拿面包，左手拿《马太福音》，那是救世军的行为，是萧伯讷（Bernard Shaw）所讥笑的。但是右手拿粉笔和教科书，左手拿《马太福音》，也是我们所反对的。教育是为儿童的幸福的，不是为上帝的光荣的。学校是发展人才的地方，不是为一宗一派收徒弟的地方。用学校传教，利用幼稚男女的简单头脑来传教，实行传教的事业，这种行为等于诈欺取利，是不道德的行为。

（2）为基督徒计，与其得许多幼稚可欺的教徒，还不如得少数晚年人教的信徒。早年受劝诱人教的人，中年智识开发之后，往往要起反感。天才高的也许变成福尔泰（Voltaire）一类的革命家；中下的也许放恣流荡，打破一切教义的拘束。倒是那些中年以后信教的人，信心不易减退，宗旨不易变迁。给他自由思想的机会；他若从经验中感觉宗教的需要，从经验里体会得基督教的意义，那种信徒才是真信徒，一个可抵千百个的。圣奥古斯丁便是一个有名的先例。

我所谓教会教育抛弃传教，专办教育，只是要做到这几件：（1）不强迫做礼拜，（2）不把宗教教育列在课程表里，（3）不劝诱儿童及其父兄信教，（4）不用学校做宣传教义的机关，（5）用人以学问为标准，不限于教徒，（6）教徒子弟与非教徒子弟受同等待遇，（7）思想自由，言论自由，信仰自由。

诸位大概记得中古教会里有一种制度，叫做“魔鬼的辩护士”（Advocatus diaboli）。中古教会要讨论一种教义时，必要有一个人担任反驳这种教义，让大众尽力驳他。这个担任反对言论的人，这个“掮末梢”的人，就叫做“魔鬼的辩护士”。这种制度是极好的，因为他的用意是不肯抹杀反对的言论，要从辩论里寻出真理来。我相信诸位都是爱真理的人，所以我自己情愿给诸位做一次魔鬼的辩护者，好让诸位尽来驳我。

我谢谢诸位的容忍与耐心。

（十四年在燕京大学教职员聚餐会的谈话，十五年三月九日追记。）

（此文为英文讲演 The Present Crisis in Christian Education 的中译文，原载《教育评论》（Educational Review of the China Christian Educational Association）1925 年 7 月号，又载《宗教教育》（Religions Education）1925 年 12 月第 20 卷第 6 期）

祝贺女青年会

我常问自己：我们中国为什么糟到这步田地呢？

对于这个问题，自然各人有各人的聪明答案；但我的答案是：中国所以糟到这步田地，都是因为我们的老祖宗太对不住了我们的妇女。

我今年到内地旅行，看见内地的小脚妇女走路不像人，脸上没有人色，我忍不住对我的同伴说："我们这个民族真是罪孽深重！祖宗作的孽，子孙总得受报应。我们不知还要糟到什么田地呢！"

"把女人当牛马"，这句话还不够形容我们中国人待女人的残忍与惨酷。我们把女人当牛马，套了牛轭，上了鞍辔，还不放心，还要砍去一只牛蹄，剁去两只马脚，然后赶他们去做苦工！

全世界的人类里，寻不出第二国有这样的野蛮制度！

圣贤经传，全没有拯救的功用。一千年的理学大儒，天天谈仁说义，却不曾看见他们的母妻姊妹受的惨无人道的痛苦。

忽然从西洋来了一些传教士。他们传教之外，还带来了一点新风俗，几个新观点。他们给了我们不少的教训，其中最大的一点是教我们把女人也当人看待。

新近去世的李立德夫人（Mrs.Archibald Little）便是中国妇女解放的一个恩人，她是天足会的创始人。

这几十年中的妇女解放运动，可以说全是西洋文明的影响。基督教女青年会便是一个最好的例。今年是女青年会成立二十年的纪念，我很诚恳地庆贺她们二十年来的种种成绩，并且祝她们继续做中国妇女解放运动的一个先锋。

女青年会是一个基督教的团体，同时又是一个社会服务的团体。我们生在这个时代，大概都能明白宗教的最高表现是给人群尽力。社会服务便是宗教。中国的古人说："未能事人，焉能事鬼？"西洋的新风气也主张"服事人就是服事神"。谋个人灵魂的超度，希冀天堂的快乐，那都是自私自利的宗教。尽力于社会，谋人群的幸福，那才是真宗教。

"天国在人死后"，这是最早的宗教观念。

"天国在你心里"，这是一大革命。

"天国不在天上也不在人心里，是在人间世"，这是今日的新宗教趋势。大家努力，要使天国在人世实现，这便是宗教。

我们盼望女青年会继续二十年光荣的遗风，用她们的宗教精神，不断地努力谋中国妇女的解放，谋中国家庭生活的改善。有一分努力，便有一分效果；减得一分苦痛，添得一分幸福，便是和天国接近一步。

十七，六，廿四

慈幼的问题

我的一个朋友对我说过一句很深刻的话:“你要看一个国家的文明，只消考察三件事:第一，看他们怎样待小孩子;第二，看他们怎样待女人;第三，看他们怎样利用闲暇的时间。”

这三点都很扼要，只可惜我们中国禁不起这三层考察。这三点之中，无论那一点都可以宣告我们这个国家是最野蛮的国家。我们怎样待孩子?我们怎样待女人?我们怎样用我们的闲暇工夫?——凡有夸大狂的人，凡是夸大我们的精神文明的人，都不可不想想这三件事。

其余两点，现今且不谈，我们来看看我们怎样待小孩子。

从生产说起。我们到今天还把生小孩看作最污秽的事，把产妇的血污看作最不净的秽物。血污一冲，神仙也会跌下云头!这大概是野蛮时代遗传下来的迷信。但这种迷信至今还使绝大多数的人民避忌产小孩的事，所以“接生”的事至今还在绝无知识的产婆的手里，手术不精，工具不备，消毒的方法全不讲究，救急的医药全不知道。顺利的生产有时还不免危险，稍有危难的证候便是有百死而无一生。

生下来了，孩子的卫生又从来不讲究。小孩总是跟着母亲睡，哭时便用奶头塞住嘴，再哭时便摇他，再哭时便打他。饮食从没有分量，疾病从不知隔离。有病时只会拜神许愿，求仙方，叫魂，压邪。中国小孩的长大全是靠天，只是徼幸长大，全不是人事之功。

小孩出痘出花，都没有科学的防卫。供一个“麻姑娘娘”，供一个“花姑娘娘”，避避风，忌忌口；小孩子若安全过去了，烧香谢神；小孩子若遇了危险，这便是“命中注定”！

普通人家的男孩子固然没有受良好教育的机会，女孩子便更痛苦了。女孩子到了四五岁，母亲便把她的脚裹扎起来，小孩疼的号哭叫喊，母亲也是眼泪直滴。但这是为女儿的终身打算，不可避免的，所以母亲噙着眼泪，忍着心肠，紧紧地扎缚，密密地缝起，总要使骨头扎断，血肉干枯，变成三四寸的小脚，然后父母才算尽了责任，女儿才算有了做女人的资格！

孩子到了六七岁以上，女孩子固然不用进学堂去受教育，男孩子受的教育也只是十分野蛮的教育。女孩在家里裹小脚，男孩在学堂念死书。怎么“念死书”呢？他们的文字都是死人的文字，字字句句都要翻译才能懂，有时候翻译出来还不能懂。例如《三字经》上的“苟不教”，我们小孩子念起来只当是“狗不叫”，先生却说是“倘使不教训”。又如《千字文》上的“天地玄黄，宇宙洪荒”，我从五岁时读起，现在做了十年大学教授，还不懂得这八个字究竟说的是什么话！所以叫做“念死书”。

因为念的是死书，所以要下死劲去念。我们做小孩子时候，天刚亮，便进学堂去“上早学”，空着肚子，鼓起喉咙，念三四个钟头才回去吃早饭。从天亮直到天黑，才得回家。晚上还要“念夜书”。这种生活实在太苦了，所以许多小孩子都要逃学。逃学的学生，捉回来之后，要受很严厉的责罚，轻的打手心，重的打屁股。有许多小孩子身体不好的，往往有被学堂磨折死的，也有得神经病终身的。

这是我们怎样待小孩子！

我们深深感谢帝国主义者，把我们从这种黑暗的迷梦里惊醒起来。我们焚香顶礼感谢基督教的传教士带来了一点点西方新文明和新人道主义，叫我们知道我们这样待小孩子是残忍的，惨酷的，不人道的，野蛮的。我们十分感谢这班所谓“文化侵略者”提倡“天足会”“不缠足会”，开设新学堂，开设医院，开设妇婴医院。

我们用现在的眼光来看他们的工作，他们的学堂不算好学堂，他们的医院也不算好医院。但是他们是中国新教育的先锋，他们是中国“慈幼运动”的开拓者，他们当年的缺陷，是我们应该原谅宽恕的。

几十年来，中国小孩子比较的减少了一点痛苦，增加了一点乐趣。但“慈幼”的运动还只在刚开始的时期，前途的工作正多，前途的希望也正大。我们在这个时候，一方面固然要宣传慈幼运动的重要，一方面也应该细细计划慈幼事业的问题和他们的下手方法。中华慈幼协济会的主持人已请了许多专家分任各种问题的专门研究，我今天也想指出慈幼事业的几个根本问题，供留心这事的人的参考。

我以为慈幼事业在今日有这些问题：

（1）产科医院和“巡行产科护士”（Visiting nurses）的提倡。产科医院的设立应该作为每县每市的建设事业的最紧急部分，这是毫无可疑的。但欧美的经验使我们知道下等社会的妇女对于医院往往不肯信任，她们总不肯相信医院是为她们贫人设的，她们对于产科医院尤其怀疑畏缩。所以有“巡行护士”的法子，每一区区域内有若干护士到人家去访问视察，得到孕妇的好感，解释她们的怀疑，帮助她们解除困难，指点她们讲究卫生。这是慈幼事业的根本要着。

（2）儿童卫生固然重要，但儿童卫生只是公共卫生的一个部分。提倡公共卫生即是增进儿童卫生。公共卫生不完备，在蚊子苍蝇成群的空气里，在臭水沟和垃圾堆的环境里，在浓痰满地病菌飞扬的空气里，而空谈慈幼运动，岂不是一个大笑话？

（3）女子缠足的风气在内地还不曾完全消灭，这也是慈幼运动应该努力的一个方向。

（4）慈幼运动的中心问题是养成有现代知识训练的母亲。母亲不能慈幼，或不知怎样慈幼，则一切慈幼运动都无是处。现在的女子教育似乎很忽略这一方面，故受过中等教育的女子往往不知道怎样养育孩子。上月西湖博览会的卫生馆有一间房子墙上陈列许多产科卫生的图画，和传染病的图画。我看见一些女学生进来参观，她们见了这种图画往往掩面飞跑而过。这是很可惜的。女子教育的目的固然是要养成能独立的“人”，同时也不能不养成做妻做母的知识。从前昏谬的圣贤说，“未有学养子而后嫁者也”。现在我们正要个个女子先学养子，学教子，学怎样保卫儿童的卫生，然后谈恋爱，择伴侣。故慈幼运动应该注重（甲）女学的扩充，（乙）女子教育的改善。

（5）儿童的教育应该根据于儿童生理和心理。这是慈幼运动的一个基本原则。向来的学堂完全违背儿童心理，只教儿童念死书，下死劲。近年的小学全用国语教课，减少课堂工作，增加游戏运动，固然是一大进步。但我知道各地至今还有许多小学校不肯用国语课本，或用国语课本而另加古文课本；甚至于强迫儿童在小学二三年级作文言文：这是明明违背民国十一年以来的新学制，并且根本不合儿童生理和心理。慈幼的意义是改善儿童的待遇，提高儿童的幸福。这种不合儿童生理和心理的学校，便是慈幼运动的大仇敌，因为他们的行为便是虐待儿童，增加学校生活的苦痛。他们所以敢于如此，只因为社会上许多报纸和政府的一切法令公文都还是用死文字做的，一般父兄恐怕儿女不懂古文，将来谋生困难，故一些学校便迎合这种父兄心理，加添文言课本，强迫作文言文。故慈幼运动者在这个时候一面应该调查各地小学课程，禁止小学校用文言课本或用文言作文；一面还应该为减少儿童痛苦起见，努力提倡国语运动，请中央及各地方政府把一切法令公文改成国语，使顽固的父兄教员无所借口。这是慈幼运动在今日最应该做而又最容易做的事业。

十八年十月